David Lodge

GINGER,
YOU'RE BARMY

生姜头，你疯了

GINGER, YOU'RE BARMY

David Lodge

[英] 戴维·洛奇 著

任丽丽 译

新星出版社　NEW STAR PRESS

GINGER, YOU'RE BARMY
Copyright © DAVID LODGE, 1962, 1982
Simplifed Chinese translation rights arranged through BIG APPLE AGENCY, INC.
All rights reserved.
Simplified Chinese translation rights 2018 by New Star Press Co.,Ltd.

著作版权合同登记号：01-2018-3897

图书在版编目（CIP）数据

生姜头，你疯了／（英）戴维·洛奇著；任丽丽译．——北京：新星出版社，2018.12
（戴维·洛奇作品）
ISBN 978-7-5133-3281-1

Ⅰ.①生… Ⅱ.①戴…②任… Ⅲ.①长篇小说－英国－现代 Ⅳ.①I561.45

中国版本图书馆 CIP 数据核字（2018）第 242390 号

生姜头，你疯了

[英]戴维·洛奇 著；任丽丽 译

策划编辑：	程　卓
责任编辑：	程　卓
特约编辑：	葛　畅
责任校对：	刘　义
责任印制：	李珊珊
装帧设计：	冷暖儿

出版发行：新星出版社
出 版 人：马汝军
社　　址：北京市西城区车公庄大街丙3号楼　100044
网　　址：www.newstarpress.com
电　　话：010-88310888
传　　真：010-65270449
法律顾问：北京市岳成律师事务所

读者服务：010-88310811　service@newstarpress.com
邮购地址：北京市西城区车公庄大街丙3号楼　100044

印　　刷：北京盛通印刷股份有限公司
开　　本：889mm×1194mm　1/32
印　　张：8.25
字　　数：171千字
版　　次：2018年12月第一版　2018年12月第一次印刷
书　　号：ISBN 978-7-5133-3281-1
定　　价：59.00元

版权专有，侵权必究。如有质量问题，请与印刷厂联系调换。

献给玛丽

作者题记

士兵的语言行为粗俗鄙陋,人所共知,但为达成本小说的写作意图却是必不可少。特此警告,读者可能因此而感觉烦扰或反感。

G. 比灵顿博士(G. Billington)、亚瑟·哈里斯(Arthur Harris)、约翰·乔丹(John Jordan)、马库斯·勒弗布(Marcus Lefebure),以及一位我相信他宁愿匿名的现役军官为我提供了相关信息。对于他们的帮助,我深表感激。书中出现的任何错误或不大现实的事情,上述各位概不负责。

书中的人物(包括叙述者)和故事情节皆为虚构,但是其中莱恩遗产画作一事确系真事。我将虚构的人物与此事件结合了起来,虽然那起事件的细节我并不清楚。

戴维·洛奇

生姜头①，你真疯
你永远也当不了兵
你永远也当不了侦察员
把你的衬衫挂在外面
生姜头，你真疯

---

① 在英文中，生姜头（ginger head）是对那些长着红发、肤色苍白、通常脸上还有雀斑的人的称呼，带有歧视意味。

序

　　三年前写的东西现在拿来看感觉真奇怪，好像是别人写的一样。事情并未如我所期待的那样进展顺利，也或许是我故意不让它们进展顺利的？我想，从根本上说，眼前的情况都是因为那次在去伦敦的火车上上的一次厕所。我仍然不确定那次上厕所是为了什么，只记得当时感觉自己得做点儿什么。无论如何我都觉得这事没什么可称道的，之后更是追悔莫及。如果我觉得自己值得称赞的话，如果我现在眼中的自己比那时眼中的自己要好一点的话——正如我在此书中所描绘的那样——那是因为我意识到了，对于一个明知自己缺点以及别人的需要的人，要想让他改正缺点、满足别人的需要，单凭告诉他这将决定他的个性和个人命运，这样一套说辞是最微不足道的诱惑。我感觉自己并没有变得更好，也没有更幸福，但是或许我有了些许的进步。我再也不会如下文中一样把自己描述得如此不堪了，因为这将导致太多修改，这太可怕了。这整个故事都充斥着一种奇怪的自命不凡，不可侵犯又可笑逆反。

　　对于我来说，这个故事也充斥着地中海度假区的海藻的那种甜腻腻的、令人作呕的气味。我就是在那儿写下了这个故事的最初版本，那个版本比较短，也未经润色。整个写作就是一种自白式的倾诉，利用了所有本该空闲的时间——还有一些靠不礼貌争取来的时间。我坐在沙滩上写，太阳烤糊了纸页，晒干了笔尖流出的墨水；我在酷热难耐的小旅馆里写，全世界都在安享午休；我挑灯夜战，在无罩灯泡下写，笨重的飞蛾撞得灯泡摇摇晃晃。

我说"自白"是因为，尽管自己少有悔悟，但促使我不断写下去的，让我酸痛的手舍不得释笔的，并非文学上的原因。只是因为当我回到英国，重读这些浸着汗渍、沾着沙粒的纸张时，形式这个魔鬼开始在我耳边低语，告诉我可以做些修改，特别是可以把我在巴特摩的时间压缩成几天，用倒叙的手法重述我在卡特瑞克的几周内发生的事情，以此形成美学优势。因此，我最初本来是想记录并审视自己的经历，结果却变成了对自己所观察的生活的肆意操控。这真令人愉快，我变成了一个窥视自己生活经历的偷窥狂。

即便是现在，我似乎也未能摆脱形式的低语。在这个不同寻常的早晨，我所写下的这些话让我觉得可以作为这个故事的序和尾声。

1

"我累坏了,我想我得准备睡觉了。"波琳说。

"好吧。"

这已是惯例了。从表面上看,她说完这句话我就该起身去乘十二点一刻的大巴回巴特摩,而她就可以上床睡觉了,但实际上,作为我们周末相聚时光里的最后一件事,这也给我们增加了一种亲密和激动的感觉。她拿着睡衣去了小厨房,我听见水龙头的流水声,水壶底下的煤气喷嘴啪啪点火的声音。波琳非常讲卫生,这整座房子只有一个浴室,所以她每周只能洗两次澡。不能洗澡的话,晚上她就在厨房水槽那儿把腰部以上清洗一下。我之所以知道得这么详细,是因为几周前我从厨房和立柱之间的窄缝里偷瞄过她。

我从长沙发上起来,逛荡到厨房门边。这次我可没有偷看,因为上次的偷看让我的心思乱成一团。尽管只是看到了她的裸背,也足以点燃我的欲望之火。虽然只是后背,却是那样匀称而美妙。我之前从未见过她背部全裸的样子,我发现泳衣的几根细带子也会让人的后背看起来大不相同。要是我现在偷看,我可以看到更多,但是如果摸不到的话,我宁愿不看。

"你在干吗，乔纳森？"波琳的声音透过毛巾，感觉闷闷的，"不是在偷看吧？"

"我在找火柴。"

"我的打火机在你送的首饰盒里。"

上次她过生日，我送给她一个绿色的皮质首饰盒。在她的陶瓷耳环和玻璃念珠之间翻找了一番之后，我找到了那个小小的心形打火机，然后我看到在盒子底部有一个刻着字的金属片，那种火车站机器刻印的金属片。我把它拿了出来，看了下上面的字，上面刻着"M. B. 爱 P. V."①。我脑中的一扇尘封的门突然打开了，记忆之河瞬间将我淹没。

波琳穿着睡袍从小厨房里出来，梳着头发走回卧室时，我手里还拿着那个小金属片，心神恍惚，呼吸困难。"要喝点咖啡吗？"波琳问。没听到回应，她停下了手里的动作，然后看着我。

"你究竟找到了什么？"

我拿给她看，她脸红了一下。

"我都不知道我还留着它。有一次迈克跟我开玩笑送我的。"

"我知道，当时我在场。"

"你在吗？我不记得了。"

"我当时在火车里。我可不认为那是玩笑。"

波琳沉默着，有点不悦地说："不管怎样，一切都结束了。"

"结束了吗？"

---

① M. B. 和 P. V. 分别是迈克和波琳的姓名缩写。

"当然了。"

"不知道他现在在哪儿?"

"谁啊?迈克吗?我希望他一切都好,而且他一般都能化险为夷。"

"我可不这么认为,他一般都比较倒霉。"

"好了,咱们别在你走之前这样考虑他了,好吗?这太痛苦了。过来,坐沙发上。"

这一般都是我的建议,"坐下"是"躺下"的委婉说法。但我还是慢吞吞地遵从了她的召唤,笔直地坐在她旁边。波琳说:

"亲爱的,我想你是嫉妒吧?"

"不是嫉妒,实际上正好相反。当你觉得自己不配比别人好时,该用哪个词?我不知道该怎么说。"

"你为什么会有那种感觉?"波琳继续梳着头问道。

"我的意思是,首先,我拥有了你,而他没有。"

"但是亲爱的,我们彼此更合适啊。迈克和我根本不合适。我是很喜欢他——他是我第一个固定男朋友,但是我没有一刻不在担心。而咱们在一起总是很有趣。我的意思是,比如说,迈克尔从来没带我去看过一场正式演出。"

"但我从没带你去跳过舞。"

"我同意你的看法,但去剧院更值啊。"

是的,我已经成功给波琳洗脑,不仅让她做我想让她做的事,还让她喜欢上了这件事。我沉默了,波琳放下了手中的梳子。

"你知道,不管你承不承认,你就是嫉妒。我猜你是认为我想把那个小锡片留作纪念吧。其实我没有,为了证明这一点,"她站起身来,"我要把它扔掉。"

她滑稽而又茫然地绕着房间扫视了一圈,想找到一种足够果决的处理方式。炉子本该是最明显的地方,但是它通的是煤气。最后,她把那个金属片扔进了一个废纸篓。

"我怎么知道你会不会等我走了再把它找回来?"我戏弄她说。

"好吧。"她恼怒地噘着嘴,把金属片从纸篓里取出来,打开沙发上的窗户,把它扔到了花园里。

"你明天早上还是可以找到它。"我评论道。

"我可不打算去找。"她生气地说。

我笑了,把她拉过来在沙发上躺下。她假装挣扎了一下之后就顺从了,然后开始回应我的爱抚。

她似乎总是比我更享受,我的手滑过她的睡袍,伸到她上衣里面,刚刚碰到她的肚子,她就陷入了一种感官催眠状态。我也挺享受,身体也如常地有了反应,但是我却从不能像她一样停止思考。同时,我的主要乐趣来自对她身体的掌控,当然还有一种学术性的好奇,想看看我究竟能和她亲热到什么程度。

这次我的手伸到了她胸部更高的地方,直到摸到了她乳房上柔软的凸起。我屏住了呼吸,就像一个小偷踩到了咯吱咯吱作响的地板,然后用手握住了她的乳房。这感觉如此美好,但几乎同时我又有点难过。这虽是第一次,感觉也很美妙,但是之后却再没有什么进展了。波琳轻声呻吟道:"最好别这样,亲爱的。"我把手收了回来,但是我继续亲吻她,引领她躺到了地上。

我们一起躺着，静静地吸了会儿烟。波琳快活地打了个哈欠，伸了伸懒腰。

"亲爱的，这不可能是你最后一次回军营吧？"

"不，不可能。"

两年来，我穿梭于巴特摩和伦敦之间，每个周末都要来回走几百英里。不，是几乎每个周末。我只错过了两个周末：一次是大检查之前的周末，一次是去年复活节集体休假时，我被迫留在了后勤部门（以前的每次后勤任务我都设法逃脱了）。尽管只错过了两个周末，也让我略感不悦，但这也算得上是一个不错的纪录了。比较幸运的是，巴特摩的周末站岗任务是由待委任的士官去做的，在我接受委任之前，我就花钱找那些穷坦克兵帮我去做。虽然每次要花十五先令，但是还是值得的。

"当然不可能，"我重复道，"我相信下周日我会纯粹因为习惯去坐巴特摩的大巴。"

"不行，亲爱的，"波琳开心地说，"因为我们要去马略卡①！"

"那当然啦！我刚才把这高兴事都给忘了。几点来着？"

"早上六点一刻，在终点站。"

"太好了，巴特摩基地可以提前一天放我们走。"

下周四早晨，我从部队解放一天之后，我们就要乘包机飞往帕尔马②度假了。这令我非常开心。脱掉军装，飞向天空，这象征着我摆脱了长达两年的禁锢，庆祝我重获自由。尽管那个地方曾经对

---

①地中海的岛屿，位于西班牙以东，是西班牙巴利阿里群岛中最大的岛屿。
②马略卡岛上的城市，巴利阿里群岛首府。

你并不怎么友好,这种不友好反倒可以消除当你离开一个熟悉的环境时所感受到的那种淡淡的惋惜和怀旧之情。我早就计划要给 A 中队的人寄一张闪亮又美丽的风景明信片了,背面还要写上几行扬扬得意又欢欣鼓舞的话。还是不寄了吧,这可能只是人们口中随便说说的那种"同志友谊"的表现,那么虚假。最好完全断绝和部队的联系。记忆就像筛子,它留下的只是不开心的回忆,除非我可以偶尔花几分钟去想想当时的一切是多么的无聊单调又令人气愤。有时候我真的很痛苦,特别是在卡特瑞克的前几周。卡特瑞克,这令我再次想起了迈克。

"还有咖啡吗?"我问。

* * *

我和迈克·布雷迪的友情始于 50 年代中期。那是八月末的一个周四,在达灵顿火车站的站台上。我忘了是八月的哪一天了,但我知道那天是个周四,因为部队招募的新兵要在周四到训练兵团报到,每两周一次。在那天早晨,英国各地的火车从中央车站、乡村停靠点等大小车站开拨,车上满载着乳臭未干的小伙子。大家各怀心思,有的踌躇满志,有的顾虑重重,还有的战战兢兢:来自公学的孩子们憧憬着能否在老爸的老军团获得委任(他们根本无需担心,老爸们早就给上校写过信了);来自文法学校的孩子们下定决心要继续学习,为以后上大学做准备(在之后的两年中他们几乎没有摸过一本书);来自办公室、工厂的孩子们和其他各色人等想着如何保住女朋友或是如何偿还购买摩托车的分期贷款，又或是如何享受经济繁荣——报纸指责正是这些人引起了这样的繁荣（他们很快就发现女朋友保不住，分期贷款也还不上）。

我从国王十字车站来到了达灵顿车站，发现车厢里真是汇集了各色人物。有一位前公学学生（我猜应该是个不怎么出名的公学）在主导形势，并且掌控人们的谈话。他头发浅黄，毫无光泽，面貌英俊，我对他顿生厌恶之情。我们很快得知，他曾是他们学校军官训练队的一名中士，还说他把枪也带来了。我当时并未留意这一点，但之后却对他羡慕不已。有两个来自西部地区的孩子坐在他对面，他成功地打击了两人的士气，令他俩咧着嘴尴尬地笑着，绞拧着双手。然后他转向我，隔着报纸对我说话：

"你也要去卡特瑞克吗？"

"是的。大家不都要去那儿吗？"

"那可不一定。"他一本正经地说，"哪个分队？"

"啊？"

"你要去哪个军团？"

在他不以为然的目光注视下，我从兜里摸索出了我的征兵通知。"第二十一皇家坦克兵团，R.T.R.。"我念道。

"我也是。你申请去 R.A.C. 了吗？"

"R.A.C.？"

"皇家装甲兵部队，"他不耐烦地解释，"R.T.R. 是 R.A.C. 的一部分。"

"这些首字母缩写让我头晕。没有，我申请的是教育军团，希望训练强度小一点。"

"想轻松一点,哈?要是你放弃委任机会的话,这倒是个好主意,在教育军团自动就成中士了。可我认为你进不去,教育军团的小子们基础训练一般和步兵一起。"

我讨厌他这种感觉自己知识渊博的神气劲儿,当我想到他说的可能是对的时,就更加厌恶他了。在装甲兵部队的两年里,我到底能干些什么呢?

"拿到普通程度证书①了吧?"他问。

"刚拿到学士学位。"我说,希望以此来打压一下他的气焰。

"哦,在哪儿?"

"伦敦。"

他肯定地点了点头。"离开部队后我要上牛津。"

是吗,当然了,我想。现代三艺课程②和曲棍球蓝色荣誉③。我把报纸盖到了自己脸上。

我们的车厢里还有一个人,有点邋邋遢遢、笨手笨脚的样子,是在格兰瑟姆站来到我们车厢的。他转身问他:

"你要去卡特瑞克吗?"

"俺吗?不。"他狂笑道,"不,俺去过卡特瑞克了。"他又一次狂笑:"干完部队的事了。"

---

① 在英国的普通教育证书制度下,中学毕业生(一般是十六岁)参加普通程度考试,通过者可获普通程度证书;大学预科毕业生(一般是十八岁)参加高级程度考试,通过者可获高级程度证书。
② 数学、自然科学和外语三门学科的统称。
③ 授予代表牛津或剑桥大学参加两校比赛的运动员的最高荣誉。

"你已经服完兵役了,对吗?"我问他。

"对,今儿个!"

我们都有点揶揄地笑了起来。那个公学男孩也有点惊讶,不悦地发现原来自己也不过是个新手罢了。我后来才发现,这其实并非如我们想象的一样完全是巧合,新兵入伍之日也是老兵退伍之时。那个退伍老兵腾出了点空地,我们中的人往那儿靠了靠。我好奇地看着他,他看上去根本没有军人气概,头发很长,衣服廉价又花哨——英国北方的时尚总是落后于南方两年。他长满粉刺的额头因为某种脑力劳动皱成了一团。最后他的额头终于舒展开来,而他也露齿笑着说:

"嗯,你们只要挺过七百三十天就行了!"

火车到了唐卡斯特,开始慢慢减速。老兵站起身来,焦急地望着窗外,从行李架上取下行李,从走廊消失了。

"他的分队肯定不好混。"那个公学男孩重申自己的看法。

我不想再对这场谈话做任何贡献了。那个退伍老兵的欢欣雀跃令我心里乱糟糟的。我意识到自己对部队的事考虑得太少了。以前,为了毕业考试,我抓紧学习,考试之后又焦急地等待成绩。当时只是感觉参军一事令人烦扰,并未过多理会。我意识到,对于将来两年里我要做的事,自己竟然一无所知。当我们到达灵顿车站时,我很高兴,因为我终于可以摆脱那个公学男孩了。当我看到迈克时,我开心极了,他正在站台上摆弄着一台自动售货机。

"迈克!"我喊道,"没想到在这儿看到你!"

"你好,乔恩。"他平静地回答,"别告诉我你在这儿干什么。

我猜得到。"

"卡特瑞克?"

他点了点头。

"哪个部队?"

"啊?"

"哪个军团?"

"哦……二十一还是什么的。"

"我也是。"我太开心了,"来,吃点东西去。我们有半小时。"

他转身踢了一脚自动售货机。"这玩意儿吞了我仅有的六便士,却连块巧克力都吐不出来。"

"哦,我请你吃点儿去。"

我们来到小卖部,我买了两块油光闪闪的猪肉馅饼和两杯茶。

"嗯,真够巧的。"我说。然而,和那个退伍老兵的事一样,我想错了,这其实并非真的巧合。你以为部队分配部门的人会考察并区分你所填写的那些表格,然后决定你的兵种,但实际上根本没人留意那些表格,成捆的表格都被堆到了恰好空着的分类架上。迈克和我同时来自同一所大学的同一个学院,我们注定要被分到同一个训练军团,这并不意外。然而在一大堆陌生人中,能找到一个朋友却令我们两个都很高兴。那些不知所措、忧心忡忡的青年现在都在达灵顿车站闲逛。

我们的问候在当时的情况下显得热情洋溢,但换个场合却不一定如此。因为尽管迈克和我在同一年级学习同一专业——英语,但在学院里我们却很少接触。我们俩都不算是很有代表性的大学生。

我走读，一心学习，但是就算我更积极地参与学生会活动，我也怀疑迈克和我是否能更亲密，因为迈克对课外活动和课内活动都不怎么感兴趣。据我所知，他大体上是个好奇的、漫无目的的人，大部分时间都待在学生会酒吧，和一群狐朋狗友一起喝啤酒、掷飞镖，他们好像不顾一切打算将各自的大学时光白白浪费在这些事儿上。他还时不时地在学院文学杂志上发表一些充满暴力又晦涩的诗，有一次在一场辩论赛上还就反对避孕的问题发表过据说是激动人心的演讲。（"布雷迪先生说那些宣扬避孕的人总是等自己出生之后才去宣扬自己的观点。"学院报纸曾经这样报道。）我对迈克的大学生活的了解不过如此。

我隔着大理石台面看着迈克，饶有兴味地猜测部队会令他变成什么样。穿着脏兮兮的、疏于打理的衣服，站在学院那些精心打扮的、自我意识超强的花花公子中间，他就像度假牧场里的一个真正的牛仔，那么与众不同。现在他穿着一件肮脏的运动衫，领口因为缺少纽扣而开口到了胸部以下，可以看到他里面没穿背心；一件棕色的旧运动夹克，袖口和扣眼处磨损严重；一条走样的、沾满污渍的灯芯绒裤子；还有一双自从买下之后再也没有擦过的黑皮鞋，它的前任肯定支离破碎，被留在一脸惊诧的店员手中了。他鲜艳的红色头发比我以前见过的还要长，蓬乱地散在苍白的、满是雀斑的前额上和脖子上。

"要把头发留到最后一刻？"我开玩笑道。

"很长吗？"他天真地问，"我本来想剪剪的，但是没钱。"

这个尴尬的话题一直横在我们中间，他承认了这一点之后，我如释重负。

"恭喜你拿了一等①。"

"谢谢。"我回答,"你运气不太好啊。"迈克考试挂了。我的话并非真心,迈克并非不走运。他压根儿就没学习过,唯一令我吃惊的是,系里居然让他在大一之后继续读下去。

"是啊。"他说,"真是烦人,我妈气坏了。"他像马一样甩了甩头,好像要甩掉这些不开心的记忆一样。我对此感到抱歉完全是自私的缘故。我的一等是最近拿到的,每次想到这事我都兴高采烈,我也很乐意有机会去打探一下论文和其他人的成绩。但在当时,这就有点不合时宜了。

"你怎么不继续做研究?"他问。

"这边完事之后我就回去。我想先搞定这边的事情。"

"我要是你的话,就不管这边了。他们可能很快就废除义务兵役制了。"

"是啊,那太恶心人了。但我不想这么快就开始学习,我觉得休息一下对我有好处。"

天知道我怎么有了这种想法,居然认为军队可能"对我有好处",认为两年枯燥的奴隶生活将会是一种"休息"。我猜我只是捏造些词儿来安慰自己罢了。

"我们的火车几分钟后就要开了。"我瞥了一眼头上的表说道,"走吧。"

---

①英国大学学士学位有严格的等级之分,划分为四个级别(一等、二等、三等、普通成绩)。

对于我来说，达灵顿火车站不过是个车站，一个去伦敦的换乘站，一个边防站而已。我们几乎可以沿着边界线找到这个车站。伦敦快车进站的站台很宽敞，旁边有小卖部、书报摊，走在站台上的有看上去事业有成的旅客和聪明的女孩。迈克和我经过这里，然后走向里士满支线终点站，那边的站台小一些，而且更荒凉，也更脏。我们上了一列满载着应征士兵的火车。空气里弥漫着忍冬牌香烟的气味，来自不列颠群岛各个地区的人们操着五花八门的口音。火车内外的人们忙来忙去，焦躁不安：门被拽开又被重重地关上；各色脸孔突然出现在窗口又骤然消失。人们来回调换座位和车厢，快速经过又快速返回，从窗口探出身子扯着喉咙喊叫。到处是一种紧张热闹的奇怪场面，好像某个滨海克拉克顿[①]旅行团遇上了西伯利亚专列[②]，没有人知道他们是要去巴特林还是集中营。

到部队的前几周的生活更像集中营，当火车吱扭吱扭、呼哧呼哧走了四十五分钟，穿过沉闷的约克郡乡村最终到达里士满之后，我们很快就看到了这种迹象。在火车站大院内停了好多辆大卡车，这些车要带我们去各自的营区。每辆车上都有一个军士，每个军士手里都拿着一块厚纸板。

"第二十一皇家坦克兵团的，到这边来！"一个高个子、神情紧张的下士喊道，他留着稀疏的浅色胡须。迈克和我爬上了这辆又高又笨重的卡车，车厢里面一片漆黑又阴冷潮湿，我们就靠在了后

[①] 英国海滨城市，20 世纪 50 至 70 年代曾是著名度假地。
[②] 20 世纪 20 年代，苏联在西伯利亚和远东地区建造了很多集中营，关押战俘和不顺从者。西伯利亚专列负责运送战俘或不顺从者到那些集中营。

挡板上。其他新兵也都匆忙爬上来,其中一个点着了一根烟。

"把烟掐了!"那个下士严厉地呵斥。惹事的人赶紧把烟扔到了卡车底板上,用脚踩灭了。这引得其他乘客一阵紧张地窃笑。

"烟头不能留在车里。"下士继续呵斥。有人及时捡起了烟头,又用力把它弹出了卡车。这一插曲如此幼稚,仿佛是为了证明军队的坚定果决似的。迈克和我本能地对视了一眼,咧嘴笑了一下。

"你们两个笑什么?"那个下士冲着我们吠叫,"你们这些黑鬼要学的第一件事,就是在军用车辆上不能吸烟。"

这个小插曲不仅教会了我们不能吸烟,还教会了我们一个新词:"黑鬼",意思是新兵,军队俚语中杜撰的奇怪语汇之一。另外,我们人生中第一次意识到了我们将要遭受辱骂和批评,却没有一条文明社会的成文或不成文的法律能保护我们。

"是啊,你现在来部队啦。"我对迈克说。下士一声令下:"开路。"卡车猛地发动起来。

"他可真让人讨厌,"迈克评论道,"我希望他们别都这样。"

里士满是个可爱的小镇,却因部队的存在而遭了殃。卡特瑞克军营像梅毒一样浸染了小镇内外以及周边的土地,肮脏的临时建筑玷污了小镇的古老和美好,破坏了约克郡山区的优美轮廓。军营规模庞大,我们的卡车吱吱嘎嘎地行走在一片一望无际的广阔区域,荒凉的练兵场四周是聚拢在一起的数不尽的低矮小屋、令人望而生畏的营房、萎靡的已婚人员的宿舍。到处都是扎眼的军事布告牌,上面用刺眼的颜色写着野蛮的缩略语。

亚眠营(这个名字是以单词形式发音的)坐落于卡特瑞克郊

外，是第二十一皇家坦克兵团之家。从某种意义上来说，这是个不利条件，因为军营远离里士满，尤其是远离火车站，处处不便。但从另一个方面来说，如果你从亚眠营的斜坡上往下看，就能看到未受军营侵扰的壮丽非凡的风景，这也未尝不是件好事。在老军营内部是19世纪建成的一个工业小镇，丑陋的建筑杂乱无章，像贫民窟一样，令人倍感压抑。而亚眠营也不怎么新，大部分营房在1939年就被弃用了。但它的衰败并非城市的衰败，更像是乡村的衰败；被遗弃的营房旁杂草丛生，为了控制杂草数量，一群群的羊在军营各处吃草。

我们从卡车上跳下来，鱼贯走进新兵接待处。接待员坐在支架撑起的桌子后面，负责记录我们的个人信息：姓名、地址、职业、教育、运动、宗教等。这些信息在我们入伍前就在各种表格中填过了。

"天主教。"迈克说。他就站在我旁边。

"R.C.[①]。"接待员嘟囔着，费力地写着这两个字母，"爱好或特殊兴趣？"

"红色印第安人。"迈克回答。接待员惊讶地抬起头来。

"别搞笑了……"他说。

"我完全是认真的。我对红色印第安人很感兴趣。我曾祖母被一个红色印第安人强奸过，她是美国西进运动的拓荒者。我可能有红色印第安人——"

[①] Roman Catholic，罗马天主教。下同。

"好吧,好吧。"

我被他们的对话吸引,连我自己的接待员正在问我的问题都没听见。

"宗教?"他重复道。

"呃?哦,不可知论者。"

"什么意思?"

"我不信仰任何宗教。"

"无神论者。"他说。

"不,不可知论者,这两者截然不同。"

"你要么是 C. E.①,要么是 R. C.,要么是 O. D.②,要么是无神论者。"

"O.D. 是什么?"我颇感兴趣地问。

"其他教派。"

"写不可知论者吧,需要的话我来解释。"

他犹豫着:"怎么拼写?"

接着我们去体检。在一个热乎乎的、密不透风的充斥着汗味儿的房间里,我们穿着短上衣和裤子沿墙而坐,等候军医的召唤。三个穿着工装裤的士兵在修理灯具。我们安静而又沮丧地坐着,希望这次体检在最后一刻判我们缓刑。那三个士兵却对我们视而不见,高声叫喊,说着我这辈子都没听过的污言秽语。这也可能是军队部门为我们精心安排的军队语言入门课。污言秽语充斥着他们的每一

---

① Church of England,英国国教。
② Other Denominations,其他教派。

句话，而且他们还很有独创性，这一现象在军队所有人的谈话中都持续存在，那些话也被反复重复。但是在当时我还不太懂他们说的那些下流词，只能猜测他们的意思：上周末经历的性活动，或者下周将要经历的性活动，处女作为性猎物的优缺点（"太麻烦"），与月经来潮的女人性交的危险（"我伙计说他的蛋变蓝了"）等。

我偷偷摸摸地听着，有点着迷。之所以偷偷摸摸，是因为我想迈克可能不喜欢这些话，但他却好像陷入了沉思一般。

"真是精挑细选出来的伴儿啊。"最后我说。

"嗯？哦，他们啊。确实挺烦人，但你会习惯的。"

仔细想想他的话，我才意识到迈克对这种事情比我要熟悉得多。我在高中和大学过的都是受保护的生活，并不像大多数同学，我从未在假期打过工，而是锱铢必较地省着花我的补助金，以此来维持学业。而迈克却经常在上学期间，在校方不知情的情况下，去工厂、建筑工地等地做各种各样的临时工作。因此，他对于广大英国底层民众的粗俗行为和语言已经有了广博的认识，而在军队的前几周里，这些却令我大开眼界。

基础训练中让我终生难忘的任务之一，就是搬运大型重物，非常辛苦而且让人倍感羞辱。在卡特瑞克，我们好像一直在搬东西，把它们从军营的一个地方搬到另一个地方。第一天下午，仓促的体检结束，分发完刀子、叉子、杯子和床上用品后，我们的搬运生活就开始了。我发现搬床垫实在是太尴尬了，因为不管怎样你的胳膊都绕不过它来。一路上，我掉了一次床垫，摔了一次杯子，终于跌跌撞撞地赶到了营房，把东西扔到一张空床上，又迅速把毯子甩到了旁边的一张床上，为迈克占了一个空床位。

我坐在床上看着简陋的营房内部。地板是裸露的石板，窗户上少了几片玻璃，每张床边都有一个低矮的锡制储物柜。剩下的就只有两张松木桌子和几把椅子了。营房中间离我的床有点远的地方，有一个小小的、不怎么管用的炉子。我很庆幸现在才刚八月。

营房的一部分已经被新来的正规军占据了，通常都是他们提前入伍，但是要和现役军人一起训练。如果这样安排的目的是为了让他们产生身份优越感的话，那么效果已经部分地达到了。因为在基础训练中你会失去辨别能力，比如说失去时间概念。两周后来了个长发、穿着平民服饰的新兵，我像戴着有色眼镜一样饶有兴味地看着他，就像一个老囚犯看着一个新进牢房的、不知所措的新囚犯一样。他们比我们早来三天，气定神闲地躺在床上，熟稔又镇定，用反问句回答我们的问题，用刺耳的声音互相开着粗俗的玩笑。在他们面前，我们感觉局促不安。

但他们的优越感并没有持续多久。训练正式开始后，我们就完全平等了，很快现役军就占据了上风。部队安排现役军和正规军一起训练，真是大错特错。在任何争论和谩骂中，现役军人只靠一句话"我至少不用熬三年（或六年，或二十二年）"来回击，就能让他们哑口无言。可笑的是，尽管那些正规军是自愿入伍的，他们却很快染上了现役军的习惯——"数着指头过日子"。

迈克进来放下床品后，我们跟着一群正规军去了食堂。食堂像个屋顶高耸的黑洞，里面回响着餐具碰撞的声音和咀嚼香肠、土豆泥及肉汁的声音。这顿饭在当时特别令人反胃，尤其是肉汁，我还没来得及拦住，一勺肉汁就被泼到了我的盘子上。迈克机械地吃着，看不出是喜欢还是讨厌。

"你当时申请去皇家装甲兵部队了吗？"我问他。

"没有，我没有申请去任何部队。"

"我申请了去教育军团，我说只有在教育军团我才有点用。你说他们把我送到这儿来是不是为了泄愤？"

"我怀疑他们是否有这种头脑。"迈克回答，"我怀疑他们是否能看出把你放在装甲兵团有多不合适。我想他们是为了表彰你吧。"

"我打心眼儿里希望能被调离这儿。"我看着周围惨淡的光景说。

新兵已经筋疲力尽了，他们胡乱地塞着香肠，强行咽进食道。一位身穿黑色军装、腰带和腰带扣都闪闪发光的军官在我们中间走来走去。另一位系着黑色腰带的中士警惕地跟在他身后，带那位军官从食堂中穿过，就像穿过一间动物园，里面满是受到惊吓却又危险的动物。

"有什么问题吗？"他走近我们时简短地问。

和我们一桌的人都嘟囔着"没有，长官"。我也没有勇气抱怨，而迈克却用温和而又清楚的声音说：

"土豆泥太稀软了。"

那位军官本打算离开，听到他的话便停住了脚步，慢慢地转身回来，从他艰难的动作里可以看出受过训练的痕迹。他表情僵硬地拿起我的勺子，尝了一小口土豆泥。使劲咽下之后，他说：

"没什么问题。"

军官走后，中士落在了后面。

"新来的？"他用一种可笑、做作的语气问道。

"是的。"迈克回答。

"嗯……你最好尽快改变你的态度，小家伙，否则你就有麻烦了。还有，记住称呼军官'长官'，称呼中士'中士'。"

我们桌上的其他人都好奇地看着迈克。

"速食土豆。"其中一个边说边把叉子插进了土豆泥里。

"啊？"迈克说。

"速食土豆，这就是土豆泥稀软的原因。"

"哦，是这样啊，我知道了。"

"什么是速食土豆？"我问迈克。

"脱水土豆，和水混在一起。"

我厌恶地一把把盘子推开。

"怪不得这么恶心呢。他们何必呢？土豆本来就够便宜的了。"

"他们可能还在用上次打仗时存的货呢。"

我们站起身来，走到食物垃圾箱旁边，我把大部分吃的都倒掉了。后来我学会了在这个时候避开视线。当我们向门口走去时，我看到了一张似曾相识的面孔。

"等等，迈克，那是谁？老天，那一定是——"

那人确实是戈登·坎普，他也是我们系的，和我们同年夏天毕业。我那么吃惊的一部分原因是我们三个本该分在同一地方，另一部分原因是他外表上的变化，这种变化让我在认出他时说话都结巴了。他脸色苍白，面容憔悴，头发剪得很难看，一簇簇地竖立着；他的脖子又细又长，像羸弱的麻秆一样从土褐色的军装领口伸出来,好像和他身体的其他部分都没有接触似的。他正贪婪地吃着饭,我们从背后拍了他一下,一下子让他呛到了。

"哎呀,你们好。"他好不容易才说出话来,然后看着我们的平民着装,他咧嘴笑着问,"刚来?"

"对,"迈克回答,"过得怎么样?"

"目前很糟。很多'公牛'①。但谢天谢地,周四就结束了。"

"公牛是什么?"我问他。

他又咧嘴笑了:"你很快就会明白的。"他抬头看着我,用一大口琥珀色的甜茶冲下最后一口浇着肉汁的土豆泥。

"恭喜啊。"他放下杯子说。

"谢谢。"我回答,听到他提到我得了一等,我的心里美滋滋的,有点不太谦虚的感觉,"你没得一等,有点不走运啊。"戈登通过艰苦的努力得了二级甲等。

"没有,我已经很满足了,我永远也不可能得一等。迈克要是稍微努力一点儿的话,也许能得。"

迈克耸了耸肩。这倒是真的,典型的戈登式发言,非常诚实。但这也把戈登排除出了我下意识里和迈克组成的小团体,我们两个对部队都有抵触情绪。尽管面容瘦削,戈登似乎很享受基础训练的艰苦,或者他在用顽强的毅力坚持,就像在学习盎格鲁-撒克逊变音和《爱的徒劳》文本变体时那般顽强。

"我得走了。"他匆忙站起身来,"明天全套装备列队。"

---

① 指令人厌烦的例行工作,比如擦鞋子、擦枪等。

"我们也要去。"

我们跟着他走到水槽，用浑浊的温水清洗了盘子和餐具。戈登的营房和我们的在同一个方向，于是我们陪他走了一会儿。我们了解到他这么热情澎湃的原因了：他下决心要获得委任。

"你为什么想获得委任？"迈克问。

听到这个问题，他似乎有些吃惊。

"你不想吗？"

"我不知道。我从未想过这事。"

"一方面，你的生活条件会改善，另一方面，退伍后找工作也方便。"

"什么样的工作？"

"呃，工厂啊、行政啊之类的。"

我们和他告别后漫步走回营房，夜风中的营房阴冷又潮湿。迈克躺倒在床上吸着烟。在我清扫储物柜内部、整理手提包时，我和迈克断断续续地聊了几句关于戈登的话。我拿出带派力肯牌皮套的多萝西·赛耶斯①翻译的《地狱》，却发现很难集中精力阅读。一些现役军人闷闷不乐地坐在床上，有的在写信，有的在看那些正规军胡闹。正在胡闹的人当中的关键人物叫诺曼，他又矮又胖、身强力壮，长着一双小短腿和据我看是性病导致的梨形脑袋：用伊丽莎白时代的话来说，他有"法国王冠"②。他说话时带着一股浓浓的中东部地区的刺耳口音。他最喜欢叫嚷"避孕套上有个补丁"，最喜欢

---

① 多萝西·赛耶斯（1893—1957），美国推理小说大师，整理并翻译了但丁的多部作品。
② 指梅毒。

威胁别人"我要骑你丫的",而后者的具体动作就是把躺在他床上的伙计压在身下,趴在他身上猛烈地上下,假装出强奸他的样子。这很明显地成了他们一伙人的一项运动项目,经常会有五六个人压在一个人身上,边叫边笑地把那个人压得喘不上气来。在看完了三场演出之后,我绝望地合上了书。

"有没有别的地方我们可以去?"我问迈克。

"我想那边可能有个海陆空军小吃部,"他站起来回答,"我们去找找吧。"

"我们的朋友诺曼可真像卡列班①,你说呢?"我们在暮色中走着时,他评论道,"'一条失水的鱼儿'。"

"应该是《特洛伊罗斯和克瑞西达》②中的埃阿斯。"我说,"'他简直变成了一条失水的鱼儿,一个不会说话的怪物。'忒耳西忒斯说的,我想是第三幕第三场。"我捕捉到他脸上闪过一丝痛苦的神情,赶紧匆忙补充道:"不过那也适合他。卡利班也一样适合他。"

海陆空军小吃部是座很高大的房子,里面间隔放着一些胶木台面的桌子,这些桌子被钉在了地板上,一个长长的吧台上放着两只罐子,还有一些盖在塑料盖下面的干瘪甜甜圈。一个面色苍白的女孩在我们走近她时无精打采地审视着我们。餐厅里除了一群看上去老到的老兵外,别无他人。他们围坐在一张桌子旁,桌上乱七八糟

---

① 莎士比亚剧《暴风雨》中半人半兽形怪物,即丑恶而凶残的人。
② 莎士比亚悲剧之一,讲述了特洛伊战争和在特洛伊战争背景下展开的特洛伊罗斯和克瑞西达的爱情故事,埃阿斯是一个"蠢牛一样的狗杂种将军",一个傻瓜。

地扔着一堆啤酒瓶。看到那些瓶子,迈克的眼睛亮了。

"能借我一英镑吗,乔恩?"

"当然。"

"我想喝一杯,实际上我想喝杯威士忌。"他跟那个女孩要了一杯威士忌。

"你认为这是什么地方,军官餐厅吗?"她站在柜台边动也不动地回答。

"呃,那好吧,我喝啤酒吧。桶装的你们有什么?"

"只有瓶装的。"

迈克叹了口气,问:"巴斯①?"

"有。"

"那就来瓶红三角吧。"

看到吧台后面比上面有更多好吃的,我很开心。我买了一个火腿卷和一杯咖啡。我们占用了角落里的一张桌子,迈克一口气喝了三分之一杯啤酒,然后点着了一根烟。

"一分钱听听你的心事。"我说。

"不值得。我刚跟你借了一英镑呢。"他补充说,"我得写信要点钱了。"

"别担心,我有很多。"

迈克停顿了一下,说:

"实际上我在想,如果我稍微有点理智,现在也不会在这里。"

---

①一家于1777年成立的巴斯酿酒厂,曾是英国最畅销的品牌,家喻户晓的红色三角商标也是英国第一个注册商标。

听到这话我很高兴，因为对于各个方面展现出的前景，我越来越灰心失望，却一直试图掩饰，希望迈克不要看出来，害怕他会认为我懦弱。

"那你会在哪里？"

"爱尔兰吧。"

"你是爱尔兰人吗，迈克？"

我一直在想此事，他的名字和外表看上去是爱尔兰人，但他的口音和英国南部标准口音区别不大，只是元音说得稍微优美柔和一点儿。

"不是，很不幸。否则我就不会在这儿了。我父母是爱尔兰人，而我则出生在英格兰。"

他给我讲述了他的家庭背景，就像是近代爱尔兰政治历史的一段生动缩影一样。布雷迪家族很有政治意识，他们是热心的民族主义者，并且反对教会干预政治。迈克的叔祖父曾是巴涅尔①的朋友。他爸爸当时是医学系的学生，曾积极参与过1916年的复活节起义②，他还保留着替皮尔斯③缝伤口的一根线。复活节起义失败后，布雷迪先生逃过了报复行为，继续支持民族主义运动，但是爱尔兰分治令他深恶痛绝，在1924年他出乎意料地和妻子移民到了英

---

① 查尔斯·斯图尔特·巴涅尔（1846—1891），19世纪后期爱尔兰民族主义领袖，自治运动领导人，在1875年至1891年间任英国国会议员。
② 爱尔兰在1916年复活节周期间发生的一场暴动。这场起义是一次由武装的爱尔兰共和派以武力发动的为从英国获得独立的尝试。尽管军事上是失败的，但起义可以被认为是通往爱尔兰共和国的最终成立道路上的一块重要的里程碑。
③ 帕特里克·亨利·皮尔斯（1879—1916），爱尔兰教师、律师、诗人、作家、民族主义者与政治家，1916年复活节起义的领导人之一。

国。他重新获得了医生身份,在黑斯廷斯行医。1934年迈克在那里出生。

"你爸爸回过爱尔兰吗?"

"从没回去过。"

"你呢?"

"嗯,我回去过,几乎每年夏天我都回去。实际上,今年夏天我就是在都柏林过的,也是在那儿收到的入伍通知书。我把通知书给烧了,还找了个工作,给美国游客当导游。"

"那你为什么又回来了?"

"我妈给我发了封电报,说我爸生了重病。"

"哦,抱歉,迈克。他现在好了吗?"

他苦笑着说:"他只是重感冒罢了。那封电报是为了把我骗回英国。我妈可不想因为家里出了个逃兵而丢脸。"

我搜肠刮肚却不知如何回答。迈克言简意赅地向我描述了他们波澜壮阔又充满戏剧性的家庭生活,这完全超出了我的经验,令我无法理解。自从赢得文法学校的奖学金之后,我所做的任何事都没有遭到过父母的阻拦。作为他们的独生子,我出生时他们都四十多岁了,一直到现在他们似乎都还因为惊喜而头脑发昏。有时我想他们是不是无意中才发现了生育的诀窍;有时又想我到底是不是他们的孩子。我的学业成绩并不优异,但足以震慑他们,让他们毕恭毕敬地遵从我的意愿,而我的性格天生就比较安静、谨慎而勤勉,所以我们的关系并无困扰。

我觉得有点累了,而且之前听说明早的起床时间早得不可思议,所以我建议我们该回营房了。营房里的大部分人都已经上床了,有的坐着读书、写信,有的已经睡着了,只有正规军发出吵闹声和说话声,有的则目光空洞地望着天花板,或许在想着女孩、西装和他们留在家里的电唱机。一个已婚男人——我后来知道的——在读一本儿童漫画书,我想是《比诺》①吧。

我换上妈妈给我带的睡衣上了床。迈克和其他大部分人一样,睡觉的时候只穿内裤;也和其他大部分人一样,即使后来发了睡衣,他也仍然这么穿。对于英国相当一部分男士来说,他们很奇怪地讨厌睡衣,而这也是我在服役期间最初几周里的一些有趣的小小发现之一。

正当营房安静下来准备入眠时,一位准下士②进来了,后边跟着一个被床垫挡住的年轻人。准下士把一个包扔到一张空床上,指引着那个新兵走了过去。

"你就在这儿吧。"他说。

从床垫后面传来一声含混不清的"谢谢您",接着,床垫被扔到了床上,我们这才看清这最新且最不幸的一位新成员。他身形瘦弱,从外表上看好像是贵族近亲联姻的产物。他皮肤白皙细嫩,身材纤细,瘦骨嶙峋,嘴巴很小,下巴凹陷,眼神暗淡无光又惊慌失措,文雅中带着一丝傻气和颓废。才几分钟我就注意到了,他的四肢显然不受他的控制。他笨拙地摸索着包上的带子,掉了好几次东西,而他的大脚则一直和床腿纠缠不清,碰来碰去。当时我把这

---

① 由 D.C. 汤普森在 1938 年创办的漫画杂志,因其中的众多漫画形象在英国家喻户晓。
② 英国军队最低军衔的未受军官衔的军官。

一切归结为紧张,因为他很不走运,唯一空着的那张床在营房最里头,而且被正规军包围着。正规军们因他迟到造成的注意力转移而兴高采烈。

"错过了'恁'的车吗,伙计?"

"是啊,确实是。"新来的红着脸回答。这引来了一阵哄堂大笑,还有人模仿他说"确实"。

"'恁'得小心点儿,伙计。在'恁'拿到军装之前得关禁闭。"这引来了更多的笑声和嘘声。

"别听他们的,年轻人。"诺曼故作同情地说,"他们就像牛屎一样恶心。"

"你说什么?"那个男孩谦逊地问,希望这个畸形怪物怀着友好的意图。

"他听不懂你的话,诺曼。"有人喊道,"你太无知了。"

"闭嘴,要不然骑你丫的。"

"怎么不去骑骑他,他屁股那么翘。"

那个男孩脸红到了脖子根儿。

"你叫什么,年轻人?"诺曼问。

"希金斯。"

"你的名字,不是姓。"

"珀西①。"

获取到了他需要的信息,诺曼带着胜利的笑容转过头来。他的

---

①珀西(Percy),谐音 Pussy,指女阴。

伙计们高兴地大叫，伴随着一阵阵大笑互相叫喊着珀西的名字。他的名字让那些正规军大感兴趣，各种各样的问题从四面八方向他涌来。他要是有点脑子的话应该保持安静，并且尽快上床。但是他收拾东西花了太长时间，对于那些他能听懂的问题，他都带着本能的礼貌给予回答。那些他听不懂的问题都有别人替他回答。

"你从哪儿来，珀西？"

"我出生在伦敦，但我一直在汉普郡上学。"

"那是个女校吗？"

"不，是个男校。"

"珀西，你跟女孩性交过吗？"

"没有，珀西和男孩性交过。"

珀西问厕所在哪儿时引来了一阵叫喊："诺曼，带珀西去茅房，他想尿尿。"那个可怜的孩子脱掉裤子准备上床时，吵闹声达到了沸点。一个正规军滚上他的床，活灵活现地模仿起无法控制的性兴奋来。在营房另一头的我们这些现役军对珀西倍感同情，却无人抗议。这些恶作剧其实并无真正的恶意，珀西之所以痛苦只是因为他太敏感了，我们没人注意到他的脆弱敏感，直到他满脸涨红，眼里盛满了泪水。

"天呐，我想这可怜的孩子要哭了。"迈克对我说。

那个可怜的家伙显然是个乐于接受惩罚的人，因为他竟然跪下，并且开始祷告起来。这让折磨他的那些人惊讶不已，对宗教原始的尊敬让他们暂时安静了一会儿，但很快就恢复如常了。既然他不再回答他们的问题，他们就把他当做那些脏话的反射镜。因为珀西正跪在地上,他们求诺曼不要趁机占他的便宜。这使得诺曼的一个哥们儿掀开被窝,淫荡地站在珀西身后。看到这一幕,迈克拽开毯子,脚尖着地从冰凉的石板上走到正规军那边。他白皙、健壮的身体上覆盖着一层红色的绒毛。

"你们能不能别欺负他了。"他安静地说。这突然让大家肃静下来。珀西还跪在那里,茫然地抬头看着拯救自己的人。

"只是开个玩笑罢了,伙计。"

"那么玩笑结束了,我要是你,就钻回被窝了。"

"你在对谁发号施令?我他妈想干什么就干什么。"那个人气势汹汹地说。

准下士的再次到来打破了紧张的气氛,刚才就是他护送珀西来营房的。

"你们他妈的到底在干什么!"他咆哮道,"我在半英里以外都能听见你们的吵闹声。"看到珀西床边戏剧性的一幕之后,他严厉地说:"你们三个都回床上去。"珀西蜷曲着身子躺在了毯子里面,那两个也沉默着各自回床。准下士站在门边,手放在电灯开关上。

"要是我今晚再听到这个营房的一点儿吵闹声,接下来的五周内每天晚上都罚你们做杂役。"他说完,关上了灯。

2

我像平时一样在晚上十一点三十五分离开了波琳家。我总是在十一点二十分提议要走,这样就可以享受她的挽留,同时又不用担心赶不上火车。即使我真的错过了这班,还有一班一点半从滑铁卢发出的火车,只是那辆车比较慢,而且我得从火车站走很长一段路。我坐地铁去了滑铁卢,在莱斯特广场换乘,这一切都几乎是下意识中完成的,因为我经常这样做。

老维克剧场对面的停车场里停满了长途大巴,车上坐满了陆军、水兵和空军,有些已经准备发车了。热狗摊、咖啡摊生意兴隆。义务兵役制取消后会有很多人感到难过的,我想,比如说本·哈代。我看到他正站在自己的灰色贝德福德双层巴士旁边,和另一位司机说话。看到我走近车门,本向我点了点头。

"周末愉快啊,下士。"

"谢谢。这该是你最后一次见我喽,本。"

"什么!你要退伍了?"

"下周三。"

"你肯定会难过的。"

"哦，那当然了！我要签约入伍。"

"滚吧！"有人在我背后说，"对于一个正规军来说，没有什么比现役军签约入伍更糟糕的事了。"

我回头一看，原来是在军需品商店工作的"白垩"。他这个人很古怪，既机智又幼稚，既自负又胆小。他的下巴很长，肩膀高耸而前倾，两条腿像细长的竹竿，走起路来一瘸一拐，跟跟跄跄。他这副样子总是让我想起受伤的苍鹭。我们一起爬上了大巴车。

"你先请。"我说着，指引他坐到了里边的座位上。

我这样做不是因为礼貌，而是自私——坐在外边，腿可以伸到过道里，更容易睡着。

"周末过得好吗，'白垩'？"

"挺好，挺好。我们在这个酒吧玩儿来着，每个人挣了三十先令。不错吧？哦，我从未想过要抱怨……""白垩"用指尖有节奏地敲打着窗台，他在一个爵士乐团打刮板。

"你呢，乔恩，周末过得好吧？"

"很好，我做好了假期计划。"

"什么假期，退伍后？"

"对。"

"你什么时候退伍？"

"下周三。"

"下周三！"他的声音提高了好几个八度，"我想不是三周或四周后的周三吧。"

"就是下周三，'白垩'。周二我就要万分开心地把我的靴子、军装和其余的垃圾都交给你了。"

遭受了两年别人带来的折磨之后，终于要解放了。不管和谁说话，我总是难以抑制地反复提及此事。

"你还得熬多久，'白垩'？"

"还有该死的九个月。"他沮丧地回答。

"为部队效点力吧，年轻人。"一个中部地区的男低音说。营队办公室职员布恩准下士小心地把手提包放到了行李架上，然后坐到了我过道另一侧的座位上，手放在穿着军装的大腿上。自从他获得委任后，每次休假都穿军装——据"白垩"说是为了炫耀肩章上的竖条纹。"白垩"说："如果你要为了自己的家而去努力争取蹩脚的竖条纹的话，那可想而知那个家该有多么寒酸。"

"我看到他们安排你明晚站岗了。"布恩看着我说。

"扯淡，我头一次听说。"我惊叫。

"周五的中队命令上写的。"布恩自鸣得意地说，"但我想你应该没看到那命令，你午饭时就溜掉了。"

我借口因为我的研究要去学校见教授，骗取了上司皮里上尉的允许，周五早走了一会儿。我是乘火车去的，又预订了一张回程的大巴车票。

"肯定是福瑟比那个王八蛋。"我恶狠狠地说，"我明早搞定这事。"

"你也该站岗了，不是吗？"布恩说。他对中队命令特别感兴趣，甚至会用复印机复印一份。看到别人被安排值班，他总是乐于在别人看到命令前告诉他们。"我注意到你已经很长时间没站过岗了。"

"天呐，布恩，"我说，"别人每次该死的站岗你都记住了？你能不能想点别的事？"

"冷静点儿，我以为你想知道呢。"

"那很难，真的。""白垩"插嘴道，"在你退伍前一周站岗。"

"难？"我嘟囔着，"简直是他妈的可笑。我知道是谁，肯定是新上任的军士长福瑟比。我会搞定他的。"

其实我心底里并不那么自信。为了保证我在巴特摩的生活舒适、便利，我的整体策略是巴结讨好权威人物。对于我的顶头上司皮里上尉来说，我是不可或缺的左膀右臂。我和团里的高级军官之间有着心照不宣的默契，那就是由我来阻止皮里的一些愚蠢行为，以免出现灾难性后果。但是皮里上尉不仅是物资处处长（负责团里的福利和娱乐活动），而且还是A中队的指挥官。作为物资处的职员，我可以牢牢掌握他作为物资处处长的活动，但是作为A中队的指挥官，他却在中队军士长的控制之下。我在巴特摩的大部分时间里，中队军士长都是由一个参加过北非战争的无趣老兵担任，因为我能以较低的折扣帮他儿子弄到体育用品，所以我轻易获得了那个老兵的好感。然而，他在一个月前离开了，换上了这个一肚子坏水又爱嘲讽人的福瑟比军士长，他对巴特摩最精彩的评论是一声刺耳而又轻蔑的笑。我没有时间了——退伍近在眼前，而且我也不想去笼络他。虽然皮里上尉有些怕我，但他更怕福瑟比军士长。因此，虽然不情愿，但我想明天晚上还是得去站岗。

车里坐满了人，本爬上车坐到座位上，发动了引擎。我们出发了,我舒服地躺坐进座位,漫长而又熟悉的旅程开始了——这次回军营是最后一次了。

经过伦敦机场时,一架飞机从我们头顶上空轰鸣而过,尾翼和两个翼尖上灯光闪烁。往常看到这一幕,我都会羡慕不已。因为天空中的飞机仿佛就代表某种旅行——激动人心,冒险刺激,志在必得——和我在伦敦和巴特摩之间来来回回浪费时间的穿梭往返截然不同。我用胳膊肘推了一下"白垩",说道:

"四天后,我就在飞机上了。"但是他已经睡着了。

"白垩"一路睡到我们从 A30 公路上拐下来,驶进"夜夜卡夫"咖啡馆的停车场才醒来。咖啡馆在夜色中灯光闪烁,温暖而又烟雾缭绕。我们从大巴上下来,浑身僵硬地走了进去。"白垩"像只归巢的鸽子一样晃到花哨的投币式点唱机旁边,选了一首曲子。

再见了我的爱

再见了幸福

孤独你好

我想我要死了

再见了我的爱,再见

我点了两杯茶,端着茶杯坐到了一张桌子旁。像往常一样,咖啡馆里坐满了回军营的士兵,他们回来要么开车,要么骑摩托,要么乘大巴。坐在油腻腻的桌子旁边,他们目光呆滞,互相说上几句话,感激地用脚附和着音乐打着节拍,沉浸在对刚刚结束的休假的回忆中，计划着下一次休假。屋子里有一种打了败仗的气氛，就像刚从战场上撤退的军队一样，充满了沮丧的感觉。但这一次我却没有这种感觉了，因为我很快就要离开这个战场了，这也将是我最后一次来"夜夜"了。我以一种新的视角留意观察着周围的情景。最近，我发现自己总在以一种超然的心态观察着服役期间反复做的无聊事，就像是在心底进行的一种奇怪的仪式，持续不断地告诉自己"这是最后一次了"。

大巴驶离咖啡馆后，本就把车里的灯关掉了。这么做虽然违法，却有助于睡眠。在车后部，四个正规军组成的四重唱小组开始哼唱下流歌，想以此延长周末休假的醉意酣然的愉悦感受。

　　我们来自格林街，我们都是好女孩
　　我们为我们的童贞而自豪

但是，车里的大部分乘客都像我一样，是体面的周末通勤者，我们更喜欢以得体的安静来结束休假之旅。可能的话，睡觉最好了。大家抗议了几次之后，歌手们才安静下来，而我也开始不安稳地打瞌睡。"白垩"的头歪到我的肩膀上，我躲开了，但他却一直往我这边靠。他的头发上打了百利牌发胶，脏兮兮的，几乎黏在一起。后来我站起身来，假装从行李架上拿东西，"白垩"失去了平衡。他醒了，开始骂我。

"你不该把头靠在我肩膀上，"我解释说，"我又不是你的妞。"

"是啊，"他回答，"至少她的屁股比你的大。"

"你怎么知道她的屁股是真的啊,'白垩'?"有人在黑暗中问。大家都笑了起来。

"我才不告诉你呢。""白垩"坏坏地说,他又一次仰躺下准备睡觉,这一次他把头靠向了窗户。

但是我发现我很难再睡着了,刚才关于"白垩"的姑娘的话让我想起了几个小时前波琳家长沙发上的情景。我们的关系到了一个关键时刻。在做爱这件事上,好像有个防倒转的棘齿:你只能前进或者原地不动,但是不能倒退;并且,保持原地不动的时间也是有限的。回想过去的几周,我感觉最近棘齿好像转得比从前更快了。在帕尔马,任何事情都有可能发生。我强迫自己再想确切一点:有可能的是,波琳已经准备好了,她想要让我得到她。如果是这样的话,我就得提前想好该怎么做,这很重要,否则会相当尴尬、相当丢脸,还可能会毁了我们的假期。

我冷静地思考着这事。我差不多已经决定了要娶波琳——没有人比她更合适了——但是对于她的处女身,我有点犹豫,是不是要先消费后付款。夺走她的童贞不会影响我要娶她的想法,但是却有可能让人没了期待,少了乐趣。对于很多事情,我总是提前谨慎地谋划,以免留下遗憾,长时间为之懊悔难过。这件事需要仔细权衡。一方面,我在完成自己的研究并锁定令人满意的职位之前并不想结婚,那就至少得等到两年后了,但我们的自制力好像坚持不了那么久;如果不再坚持,那我们在帕尔马的假期就具备了天时和地利。同时我可以提议订婚,有了这样一大笔"存款",可以减少我对分期付款的保留意见了。

剩下的问题就是该如何准备避孕用品了，以前没有考虑过，这实在令我懊悔不已。因为作为物资处职员，我的职责之一就是时不时地订购避孕套（九折），再由团部理发师派发给大家。避孕套会被定期送到办公室，装在普通的牛皮纸包里，上面附着一张纸条，说明这些物品能够满足我们计划生育的需要。要是时间宽裕，我本可以利用职务之便轻松拿到想要的东西。但是，发快递一般需要四到五天，我离开巴特摩时又不能没有它们。在离开军营上飞机之前，我手头的时间太少了，而我在岗期间也不能总是随身带着一个牛皮包裹，这太尴尬了。或许我可以从理发师亨利那儿要到几个。

这时候我肯定打盹儿了，时间好像只过了一分钟，我就被大巴上的灯光照醒了。我们回来了，"白垩"蜷曲在窗子下边，我粗暴地摇醒他，他咒骂着在刺眼的灯光中睁开了双眼。我们走下大巴，停下脚步系好了大衣扣子。本载着其他乘客去了军营另一个地方。

一辆在一战中被焚毁的坦克被放在军营外面的草坡上，坦克的轮廓若隐若现。在经过坦克旁边时，"白垩"紧张地瞥了它一眼。据说这个坦克闹鬼，曾有个德国兵被活活烧死在里面。德国人俘获了这辆坦克，并留作己用，后来一个英国巡逻队放了一把火又把它抢了回来，里面的两个德国鬼子跑了出去，剩下的那个被困在了里面。没有人见过那个鬼，但是大家对此却都深信不疑，很多士兵宁愿多绕路也不肯一个人在深夜走这个门。负责巡逻军营这一带的警卫也会小心地避开它，甚至看都不想看到它。

当我们走到一个飞机库拐弯处时，一个警卫朝我们走了过来，他的丁字斧敲打着地面，像一条木质假腿一样。他是"白垩"的朋友,来找他要烟抽,"白垩"给了他一根弯了的忍冬牌香烟。我和"白垩"在军需店分开了。

我推开了四号营房的门,一股混合着灰尘、口臭和汗液酸臭的熟悉气味迎面扑来。我打开灯,盘算着怎样走才能绕开那些桌椅。周日没有人检查营房,整个屋子像往常一样脏乱不堪。残破的周末版报纸七零八落地散在地板上,海报女郎慵懒而又销魂地向我抛着媚眼,盛着半杯浑浊茶水的杯子上,满满都是黏糊糊的手指印儿。窗户全都关着,我打开了两扇,有人抱怨,有人咒骂。我关上灯,摸索着走向营房深处我的床铺——一个小隔间。我打开了床头灯,它照亮了我的书架和我钉在墙上的图卢兹·洛特雷克[①]的海报。我感激地躺上床,看了一眼手表,三点半了。本对时间掌握得刚刚好,秋天的雾很快将挡住他的去路,而我已安全回到军营。

在我等待入眠时,我想到了波琳和帕尔马,还有理发店的差事。迈克写的一首诗的片段浮现在我脑海,它曾被发表在学院杂志上(当时负责的编辑后来被迫辞职了)。这首诗是模仿布莱克的,内容关于好色之徒的橡胶手套,不,应该是谨慎的好色之徒的橡胶手套。苦苦思索了大约十分钟后,我想到了其中的七行:

  从这条街到那条街
  为老英格兰编织裹尸布的
  不是娼妓的哭喊

[①]图卢兹·洛特雷克(1864—1901),法国贵族、后印象派画家、近代海报设计与版画艺术先驱,被人称作"蒙马特之魂"。

而是避孕套

好色之徒的橡胶手套

不留痕迹地

偷走了处女的嫁衣

这几行诗既不合韵律,也不押韵,但是想到迈克的诗的特点,我认为这并不是因为我的记忆出了错。成功回忆起这些诗句令我成就感十足,之后我就放松了心情,很快进入了梦乡。

* * *

"布雷迪、布朗、法洛菲尔德、希金斯、彼得森,起立!"

最先被叫到名字的迈克和我,和其他几个人一起站了起来。到达卡特瑞克的第一个周一,我们C班接受了贝克下士主持的军士训话。他个子高高的,留着胡子,那天去火车站接我们的人就是他。很不幸的是,贝克下士并不像典型的英国皇家坦克团士兵。坦克团(与骑兵团不同,他们历史更悠久,也为此所累)训练出的士兵和军士往往很特别:矮胖、驼背、肮脏,对繁琐的"公牛"嗤之以鼻。不知为何,贝克下士狂热地喜欢开会和训练,在部队看来,他极其适合训练新兵。他个子很高,瘦而结实,脸颊和下颌皮肤紧实,因为刚刚刮过脸,皮肤闪着青光。他的军装熨得整齐笔挺,没有一丝褶皱,腰带毫不留情地将腰部扎得紧紧的。因为努力锻炼和坏脾气的缘故,他身上没有一丝赘肉。

他看着我们六个人站了起来。班里的其他人，包括正规军和现役军在内，也都好奇地看着我们。

"人事军官——"他带着一丝嘲笑意味说，"认为你们适合做预备军官。在我们开始训练前，我要把话讲清楚。你们被称为预备军官是因为你们要接受训练。你们中有一个人大学没有毕业，另一个甚至没有通过大学入学考试，老天才知道为什么选你们。"他看着迈克和珀西。"但是，即使你们要接受训练，即使你们学业优秀，这也不意味着你们作为一个士兵比别人强。在我看来，你们甚至不如别人。不要以为你是预备军官将来就会比较轻松，这不可能。即使你努力通过了分队遴选测试和陆军部遴选测试——对此我持怀疑态度——在蒙斯还有几个月的训练。和蒙斯的训练比起来，这五周的训练简直是小儿科。但我会保证我们的训练不至于太小儿科。作为预备军官，我希望你们能够表现突出，取得非凡的成就。否则，我想知道原因是什么。"

他一边阴险地微笑着，一边审视我们，露出两排整齐的、尖尖的牙齿。他冷酷的蓝眼睛依次打量着我们，首先是我。

"名字？"

"布朗。"

"布朗，下士。"

"布朗，下士。"

他瞥了一眼自己面前的文件，说："你给部队写了不少信呐，布朗。"（我确实写过一封信，但那是应部队的要求写的，我在信中告知他们我的学位等级，并利用那次机会重申了想去教育军团的渴望。很明显,这封信被转递给了第二十一皇家坦克团。)

"只有一封。"

"下士!"

"下士。"

"想去教育军团,嗯?打算偷奸耍滑的才想去那儿。整天坐着教那些黑鬼们 ABC。这次你可不走运啊。"他的目光转向了迈克。

"名字?"

"布雷迪,下士。"

"看到你剪了头发,真是不错。你刚来的时候,我还以为我们招了一块红毯子呢。"他等着看我们的反应,也如愿地听到了笑声。迈克大变样了,既然要剪头发,他干脆让团部理发师给他理了个平头,既符合规定,又能让他一定程度上保持特立独行的个性。

贝克和法洛菲尔德、彼得森简单地交流了一下。法洛菲尔德就是那个我曾在火车上碰到的头发金黄的上过公学的学生,幸运的是,他不在我们营房。彼得森也来自公学,但他和法洛菲尔德大不相同,虽说不上是天壤之别,但也风格迥异。彼得森上过伊顿公学,他身上有一种充满魅力和自信的光环,对很多事情都不屑一顾。他爸爸曾是苏格兰皇家灰骑兵团[①]的一员,所以毫无疑问,只要表现出一丝热情,他就可以获得委任。而法洛菲尔德的学校也不过刚刚能混进名校长协会[②]之列而已,尽管他可能比较容易在某个不太排外的步兵团或补给与运输勤务队获得委任,但要想成为皇家

[①] 现役英军最古老的骑兵部队,该团有着辉煌的战史,在战争中赢得了无数的荣誉。
[②] 一个汇集了世界顶尖私立学校校长的专业机构。

装甲兵部队的军官，那可不容易。皇家装甲兵部队的军官仍然保留着老骑兵团的那种完全不合理的优越感，而这正是法洛菲尔德渴望得到的。他知道这需要他付出怎样的努力，和彼得森相反，他非常紧张、焦虑，而且极度认真。我们可以肯定，如果发生意外，他俩都没有得到委任，彼得森可能会把这看做是军旅生涯的一个搞笑事件，而法洛菲尔德却将郁郁寡欢，痛苦万分。

最后，贝克转向了珀西。

"希金斯？"

"是的，长官。"

"你不能称呼我长官，傻瓜。我是贝克下士。"

"请再说一遍，下士。"

"老天呐，他们为什么让你做预备军官啊？"

"我不知道，下士。那位军官说要给我个机会。"

"你多大了？"

"十八岁，下士。"

"十八岁，你入学考试没过？"

"我拉丁语和希腊语学得不好，下士。"

大家都笑了起来。贝克用一句话结束了这场训话："感谢上帝，我们有了一位海军。"伴随着一阵靴子的咔嗒声和板凳翻倒的声音，我们站起身来，在营房外列队听第一次训练指导。法洛菲尔德和彼得森是预备军官，这理所当然，而迈克、珀西和我也忝列其中，这就让人出乎意料了。到了亚眠营的第二天，我本已渺茫的想进教育军团的希望最终破灭了。在领靴子和剪头发的间隙，一位暴躁易怒、劳累过度的人事军官简短地面试了我，这面试对我来说毫无益处可言。我一看到这位军官，就对他的举止极为厌恶，而我对他的厌恶也得到了他相应的回应，因为后来我有机会看到了那天他在我的训练记录表上写的评论：受教育到大学；自以为了不起。这些话证实了面试过程中我的感觉，也是从那个时候起，我第一次意识到军队将是多么不适合我。

我模模糊糊地感觉自己被从一个占尽优势的精英社会拽了出来，一头栽进了一个充满了特权的古老世界，在这里我天生处于劣势。人事军官粗暴地告诉我忘掉教育军团，即使教育军团有空缺我也不能转过去，因为皇家装甲兵部队比教育军团级别高，高级别军团的人不能向低级别军团转。面对这冷酷又荒谬的规定，我的争辩毫无用处。因为部队违背了我的意愿，武断地把我分到了皇家装甲兵部队，所以我对此既没有兴趣，也谈不上忠心。一场毫无意义的谈话又禁止我选择一个对部队和我个人都有好处的职位，只能留在这个对部队无益且于我无用的岗位上。我尽量礼貌地将这一想法告诉了人事军官，他的脸涨红了，尽力地控制着自己。

"听着……（他瞥了一眼文件上我的名字）布朗，你才到部队两天，因此我不跟你计较，我只是想告诉你，因为你刚才的话，我本可以关你禁闭的。忘掉大学，忘掉教育军团吧。你要在皇家装甲兵部队待两年，最好尽力而为。"

"我给你把情况讲清楚。周一你要开始参加基础训练，持续五周。然后你要接受兵种训练，除非你是预备军官。你可以从四个兵种中选择：通信兵／炮兵、炮兵／驾驶员，驾驶员，或文员。因为你学历较高,我可以让你做预备军官,这样的话,你将在这儿上一个短期预备军官课程,之后参加分队遴选测试。通过之后,参加陆军部遴选测试。通过之后,你将去预备军官学校。在学校表现好的话,你将在十个月后获得任命,当然,极有可能你将不在皇家装甲兵部队任职,而是去一个步兵团或者补给与运输勤务队。"

"对不起,长官,您刚才说从皇家装甲兵部队不能往外转啊。"

他脸红了,愠怒地看着我:"军官不一样,不可能所有预备军官都在皇家装甲兵部队任职,我们没有那么多职位。那到底你要不要做预备军官?"

我低下头思考,感觉心灰意冷,萎靡不振。

"拜托,布朗,我时间有限。"

我告诉他我要做预备军官。

迈克紧随我之后面试。在那个人事军官往记录册上写对我的不良印象时,我和迈克聊了几句,告诉了迈克我差强人意的面试结果。然后人事军官叫了他的名字,我则在候见室里坐着等他,一肚子闷气。

我所面临的所有可能的选择都令人难以接受,处于这样的境地实在令人沮丧。我不想做军官,也不想做通信兵／炮兵,也不想做士兵,句号。我天真地认为做预备军官可能日子会好过一点,因此决定去做一个预备军官。我加入了一场自己并不特别想赢的竞争,尽管当时感觉有些不安,但我最大的担心是迈克——他是否会做出类似的选择,是否能和我做伴。后来我发现我的愿望实现了,这才放下心来。他的面试比我的容易得多,或许是因为他对将来的事完全不在乎吧,又或许是因为他毕业考试没通过,打消了那个人事军官的戒心。不管怎样,那个人事军官当即建议迈克应该努力去获得任命。

第一次训练教导时,我们就很快发现珀西的日子将会很难过。只是练习了齐步走和立定而已,珀西就总是在走路时步调不协调,在立定时撞到前面的人。之后的几周里,随着训练复杂化,珀西犯的错也更加离谱起来。向左右或向后转时,他肯定会猛然绊倒,撞在班里其他人身上。武装训练时,他频繁地掉步枪,会伤到他自己不说,但凡在他半径两米范围内的人也都会因他而倒霉。李-恩菲尔德[①]根本想不到这步枪到了珀西手里是多么的有杀伤力。

实际上,我自己也颇为惊讶和烦恼地发现训练很难,需要打起十二分精神全神贯注。武装训练尤其烦人,因为我很瘦弱,没有多少肌肉,步枪又很重,经常会挫伤我的锁骨,令人痛苦不堪。我们大部分人都时不时遭到贝克痛骂,但珀西却很快成了贝克的主要嘲弄对象。我们眼睁睁地看珀西不可避免地搞砸最简单的指令,看他因贝克的粗鲁讽刺而痛苦挣扎,就像是在看一场部队里上演的粗俗闹剧一般,实在于心不忍。这当然会引来班里很多人的笑声,而贝克却只是象征性地制止一下。有时他会让其他人稍息,然后让珀西单独表演以作消遣。还有一次,一位军士训练员路过时,贝克拦住了他,像炫耀马戏团的动物一样让珀西表演军步。那位军士很尴尬地咧嘴笑了笑,我猜他并不赞同贝克的这种做法。惩罚全班或许是

[①] 1895年至1956年间英军使用的制式手动步枪的发明者。

贝克因珀西的愚笨而给予他的最残酷的惩罚了。因为珀西齐步走的时候不会向后转，我们经常在宝贵的海陆空军小卖部休息或午餐时间被留在空旷又荒凉的军营广场上继续练习，把靴子重重地砸向地面，而其他人早就解散了。每到这样的时刻，连我这种算是珀西某种意义上的朋友的人也会小声咒骂他，其他那些恨他的人就更不用说了。

但我其实并不是珀西的朋友。我觉得他很可怜，虽然令人同情，但却乏味无趣。然而，他和迈克却因为第一天晚上迈克英雄式的挺身而出而产生了一种奇怪的友谊，两个人也像典型的校园奇谈中那样成了好朋友。因此，我见珀西的次数也多了起来。

我逐渐地了解了珀西的家庭背景——有一些情况是他亲口说的，大部分是迈克转告我的，因为珀西和迈克在一起时话比较多。他来自林肯郡的一个贫困潦倒的名门望族，父母早逝，由叔叔和婶婶抚养长大。他的家人是旧天主教徒，迈克给我解释说他属于英格兰天主教少数派，信奉惩治法典。我猜他们应该是一个紧密团结而又保守的团体，自成一伙又排外，与新教徒有隔阂，更敌视爱尔兰天主教徒和皈依天主教徒。珀西的监护人送他去了汉普郡一所附属于神学院的寄宿制学校，那儿的教育明显是打算把学生都培养成神职人员，学校的男孩必须从小接受神职教育。他的监护人认为这种命运的安排很适合珀西，认为他的父母也会赞成。珀西天生乐于助人，愉快地接受了这种安排。但他三次都没有通过普通程度考试，神学院院长很遗憾地通知他的监护人，认为没必要再继续鼓励他为从事神职而学习了。这有点出乎我的意料——我认为教士的生活无聊又枯燥，还以为教会部门会对那些送上门来的傻瓜死抓着不放呢。

"该死的不可知论者！"当我表达了我的这一观点后，迈克轻蔑地说，"玛丽亚·蒙克①死得很惨。我猜你应该以为，贝辛斯托克和卡姆登镇的宗教法庭是在阴暗的地下室里由长老们主持进行的吧。不过说真的，我同意你的说法。神职人员明明已经很缺人手了，要成为教士还这么困难，确实令人惊讶。可这也不失为一项好政策，在意大利和西班牙要做教士就容易得多，但那边有关教士的丑闻也更多。"

这番对话是在第一周周六的基础训练时进行的。那天早上我们接种了一种可怕的三合一疫苗，破伤风/伤寒，还有一种我忘了名字，之后又注射了天花疫苗。注射完疫苗后我们的反应很严重，于是那个周末，部队给我们安排的是"低强度任务"。有些人发了高烧，躺在毯子下浑身哆嗦，大汗淋漓。我有点头痛，但最主要的还是一种难以言喻的精神抑郁。迈克和我趴在床上，难受得动弹不得。

"珀西被院长拒绝后很失望吗？"我问。

"没有吧，他只是不想让他的监护人失望罢了。他们说话很无情，但是来部队对他来说肯定是沉重的打击。"

"有这样感受的人可不止他一个。"我由衷地说。

---

①玛丽亚·蒙克（1816—1849），加拿大人，在她的《玛丽亚·蒙克的可怕披露》中讲述了对修女的性虐待，蒙特利尔圣·约瑟夫修道院的修女被迫与隔壁神学院的教士性交，教士通过一个秘密通道进入修道院。如果因此导致修女怀孕产子的话，孩子将在受洗后被勒死并丢弃在地下室的石灰坑里。此书出版后充满争议，有学者称其为骗局。

"是啊，但我们和他不一样，乔恩。从某些方面来说，珀西在神学院学校的生活比现在还要清苦。他习惯了吃恶心的饭，睡宿舍，早起做弥撒，没有自由，等等。他并不像我们一样为这些而烦恼。他烦恼的是，不管他多么努力地去取悦别人，得到的都是喊叫和咒骂。神学院的学生也有可能很残忍，但至少表面上还比较正派体面，尊重平静和隐私。离开神学院来到社会上已经够糟糕了，我弟弟就是这样的。但从神学院直接来部队，那绝对是在天堂拐错了弯，一头栽进了地狱。"

虽然我没跟迈克承认，但他的这一比喻也符合我的感受。天堂：伦敦，我曾居住过的无聊乏味的郊区；大学，由仓库改建的拥挤的教室，昏暗的、散发着陈腐气味的休息室。那是天堂。而部队——是的，当我俯视着阴冷的营房，看着铁床上因疟疾而翻滚呻吟、脸色灰白的年轻人，是的，这就是地狱。我闭上了眼睛。

每个人在部队都能学到一项本领，那就是嗜睡。对于普通的年轻人来说，睡眠只是一种烦人的自然需求，它占用了本可以享受和学习的时间。而对于士兵来说，睡眠却像鸦片，像一种廉价的万能药，一种令人从无聊和思乡中解脱的麻药。缺乏睡眠的经历——站岗或休假后返回军营的旅程——教会了一个人睡眠的重要性，让他贪求睡眠，因此他开始在不累的时候也睡觉。没被批准休假或没钱的周日，他就会习惯性地待在床上，即使之前的一整周都是闲散怠惰地度过的。基础训练期间，白天要参加军事训练，半夜还要清理装备，人困马乏，所以我们抓住所有的机会睡觉。

我们早上五点半起床。值班下士冲进营房又迅速离开，留下召唤我们起床的刺耳声音在空中回荡。我们边抱怨边咒骂，努力挣脱睡魔的温暖怀抱。大家的反应方式各式各样：有的立马从床上跳下来；有的在毯子下扭动，徒劳地想要回到睡眠状态；有的坐在床上，哈欠连天，抓耳挠腮，屁声雷动。迈克无意识地伸手去够头天晚上吸了一半就掐灭的烟。我醒来之后则一动不动地躺着，仿佛只要多加练习就可以用意志力使整个世界多静止一会儿似的。吸完烟，迈克把腿从床上转到地上，我也照做，好像我们的四肢由隐形的线连着一样。我越难受，就越不愿意让他离开我的视线。我们穿上靴子和军装，在晨风中微微打着寒战，一路沉默地拖着脚步去洗漱间。幸运的话，水龙头里还有热水，否则就得忍受用凉水刮胡子的痛苦，下颌骨上的伤口也得用止血笔来止血。

然后该说到早餐了。已经起床两个小时的厨师一脸乖戾，面色苍白地为我们准备早餐：软塌塌的培根和罐装西红柿被放在一个个冰冷的盘子上，底下是红色的汤汁，就像一场大手术之后留下的残留物。回到营房，我们要尽快清肠：厕所从来不冲，一个人上完之后另一个人接着上也从不见怪。但往往是，连上厕所的时间都没有，因为营房内外还有各种各样的事情等着去做：扫地、擦窗子，不走运的话还要"洗礼"，意思是往堵塞的坐便器里猛倒几桶水，这样，来检查的军官就不知道水管坏了。在营房里，首次列队之前也是一阵紧张忙乱。我们得叠被子，摆好任何需要检查的装备，艰难地扎上腰带，穿上锃亮的靴子。

七点五十五分，贝克下士会骑自行车来到营房外，边下车边倒数，嘴里说着一些精挑细选出来的骂人话赶我们出营房。随后，他带我们到营房广场和其他新兵一起列队。接着，庄严的检查闹剧开始上演：我们在凛冽的晨风中立定，等候面部粗糙如树皮的博克斯中士慢慢沿着队列检查，贝克跟在他身后一步之遥，手里捏着一支细细的铅笔，随时准备记下博克斯中士对我们的训话。要是你来不及去厕所的话，就会感觉肚子憋得很难受。博克斯像考古学家研究稀有黄铜纪念章一样仔细检查我们的腰带扣。"这都是些什么屎？"他会指着腰带扣上的一小块油渍问。

士官特别喜欢询问一些因军纪限制别人只能从不利于自己的角度去回答的问题。以下例子中字体不同的部分代表可能真实却因显而易见的原因被压制了的回答。

"这都是什么屎？"

我没看到屎。

"我不知道，中士。"

"嗯，我告诉你，这就是屎，看到了吗？"

没有。

"是的，中士。"

"你昨晚清理装备了吗？"

当然了，这一点你也心知肚明。

"清理了，中士。"

"那你清理得不彻底，是不是？"

彻底。

"不彻底，中士。"

"为什么不彻底？"

首先，你说我装备清理得不彻底，我并不同意。其次，如果装备清理未达到你的满意，那是因为你偏不满意。第三，你我明知这事原本无关紧要，是你故意刁难以此立威，还要煞费苦心地通过毫无意义的仪式来给我们造成幻觉，以为你们要把我们塑造成士兵呢。

"我不知道，中士。"

"你不知道！那么你最好明天早上之前搞清楚。你的问题是你太懒了。你是什么？"

一个他妈的比你更聪明的人，首先。

"懒蛋，中士。"

实际上，迈克发明了一种成功的方法来对付"你是懒蛋——你是什么？"这样的问题。他会故作无知地回答："您刚才说的，中士。"然后士官就会确信自己会得到想要的答案，假笑着问："我说的什么？"

"您说的，我是懒蛋。"

这一般都会令那个傻瓜一样的问话者感到满足，但也会模模糊糊地感觉到"您说的，我是懒蛋"和"我是懒蛋"不一样。很遗憾我从没胆量效仿迈克。

这种检查当然是一场闹剧，但是，我沮丧地发现大家很快开始态度严肃起来，几乎是焦虑地观察着博克斯中士是否走近身边。至少我是如此，珀西则明显地被看出在颤抖。但我敢肯定，对于这种事情，迈克只有蔑视。

检查结束后会有一段简短的操练，接着就是体能训练了——对我而言，这是一天中最讨厌的时候。我们要换上背心短裤，穿着靴子，拎着橡胶底帆布鞋慢跑到体育馆。松松垮垮的裤子，圆球状的膝盖，毛茸茸的大腿，再加上笨拙的黑靴子，这已经让我们看起来荒唐可笑了，而接下来的体能训练更将令人颜面尽失。到了体育馆，我们被转给了负责体能训练的教导员，不得不接受他的慈悲怜悯。而他则和他们那伙的其他人一样，穿着脏臭背心横行霸道，装出一副肌肉发达身手敏捷的样子，但这也不足以掩盖他们极其懒惰的天性和同性恋倾向。一切活动都毫不留情地以跑步的形式被完成："最后一个到达体育馆的罚做杂役。"因此每次脱靴子都是一场混战，教导员在旁边嬉笑着挥舞着一只塑料胶鞋。"要是他敢惹我，我准叫他吃不了兜着走。"有一天，迈克对我嘟囔道。但教导员对老一点的士兵总是很谨慎，等到了体育馆再伺机加倍报复。体育馆的肋木[①]令人四肢疼痛，鞍马让人感到腹部快要爆裂，绳子会磨破手上的皮，硬毛垫子本来是为了让人摔得不至于太惨的，却也可笑地成了伤人工具，整个体育馆就像一个折磨人的酷刑室。我在设有体育馆的学校上过学，所以尚可以表现得足够好，让自己免于责难。但是其他一些小伙子显然是第一次来体育馆，珀西则更加惨不忍睹了。

因为练习齐步走，我的脚踝很快受了伤，再去锻炼体能就非常痛苦，我犹豫着要不要请病假，不再锻炼体能。但是，这样一来所有的训练都得停下，持续几天的话还会被"重新编队"，这意味着加入一拨新兵，从头开始基础训练，这是最可怕的判决。要避免被

[①] 一种体育运动器材，有两根立柱间装置若干根平行的圆形横木，可做悬垂、攀爬等动作。

"重新编队",我们宁可咬紧牙关忍受一切痛苦,在基础训练期间很少有人请病假。

体能训练结束,剩下的大部分时间都用来操练,偶尔会有一节关于枪械或性病的课放松一下。我们围成一个圆圈蹲坐在草地上,一位手指沾满油污的军士像魔术师一样灵巧地把司登冲锋枪拆开,再冷笑着看我们试图把它重新组装起来。"战争的目的,"他说,"是杀掉敌人。"他停了一下,等我们充分领会他的话。"不要瞄头,你可能打不准。不要瞄腿,你可能打不死他。瞄准他的身体。"一种嗜血杀戮的激动在我们中间弥漫开,令人产生跃跃欲试的想法。一位年轻的军医盯着教室后墙上的一个点,说道:"不得性病,最好的方法就是避免性交。"大家对其他方法更感兴趣。我们了解到,在海外军营,我们可以在警卫室领到避孕用品和药皂。

这些课都很受欢迎,因为酸痛的肌肉可以得到休息,但是迈克和我最盼望的还是"教育"时间,我们这些预备军官会被留在图书馆里学习时事。迈克和我会坐着聊聊天,读一读每周评论上关于艺术的新闻,后者简直是一种痛苦的怀旧过程。关于新书和新剧的新闻好像来自一个几千英里以外的遥远、光明而又不可触及的世界。相比起眼前让人牢骚满腹的现实世界,那些争论和话题琐碎又微不足道,但我却渴望能重回那个由琐碎和微不足道组成的世界。

信件在午饭后派发。我会收到几封信,它们都来自我父母之手。妈妈凭记忆精心挑选适合我口味的食物,定期寄给我。这些食物包裹很受我欢迎,却无法满足我对信件、对与外面世界交流的渴望。有生以来我第一次感到自己的朋友太少了,也第一次为此深感遗憾。有时候人会渴望一种父母无法给予的同情——尤其是我的父母更无法给予，因为我永远不会有勇气告诉他们我有多痛苦。我也没有女朋友，对于别人收到的信几乎垂涎三尺。他们的信纸上夸张地印着红色唇印，封口处写着"以吻封缄"。但也有时收到信比收不到信更令人难过。来自女朋友的"分手信"很常见，通常是女孩有了别的爱慕者，或者受够了总是不在身边而回家时又身无分文的士兵男友。

迈克每隔一天就会收到一个淡紫色的长信封，对此我很好奇。它们看起来很女性化，但是在大学里我从未见过他和哪个女孩在一起，或听他提过任何女孩，他自己也很少写信。不知怎的，对于此事我总是忍着不去问他，我隐约感觉，要是证实了迈克确实有个女朋友的话，她会在某些方面干涉我和迈克。

基础训练期间根本没有"自由"时间，连晚上和周末也不让人闲着，主要是清洁、擦亮装备，或者用军队的行话来说叫"公牛"。这部分训练的内容肯定有人仔细考虑过。首先发给我们一些绿色的锈蚀严重的腰带扣，需要用砂纸打磨好几个小时，如此一来，巴素牌擦铜水才能显出一点效果。我们的靴子颜色暗淡，表面像橘子皮一样，这当然是好的防水鞋的特征，但是我们得把上面的凹坑磨掉，让它像漆皮一样光亮。大家一致认可的做法是用蜡烛烤热勺柄，然后用烤热的勺柄擦鞋，挤出皮革里的油，使靴子表面变得光滑。这一过程自然会毁掉鞋子本身的功能，但是"公牛"的奥秘就在于不考虑这样的功能。有些人使用更加极端的方法，比如用滚烫的熨斗擦靴子，甚至给靴子涂上上光剂之后用火烧。除了腰带扣和靴子，还有腰带也需要用用布兰可牌上色粉上色，衣服要熨烫。第一次发给我们腰带时，贝克命令我们洗掉上面已有的、深嵌在布料中的卡其色。"把它们刷成白色。"他说。用冷水洗了四个小时之后，卡其色变成了土灰色。第二天，他又要求我们用布兰可把腰带刷成与发给我们时完全一样的颜色。第二十一坦克团像皇家坦克团其他营队一样系黑色腰带，这给了他们一种野蛮、忧郁的气质。在基础训练结束、我们被分配到具体军队之前，我们都要系卡其色腰带。"我希望不要分到坦克团，"有一次迈克对我说，"我想要该死的黑棕①。"但是对我来说，黑色好像更容易保持清洁，因为可以往上面刷鞋油。

开始的时候，熨衣服对我来说有点难，因为我入伍前从未熨过一件衣服。常见的熨烫技术是先用剃须刷把一张牛皮纸打湿，把湿牛皮纸放在衣服上，再用熨斗熨。在我心中，蒸汽的嘶嘶声和牛皮纸被烤焦后的煳味与军队密不可分，就像退伍老兵记忆里的炮弹轰鸣声和无烟火药的气味一样。我平时都穿自己的睡衣和内裤，以此来尽量减少熨衣服的次数。我先按规定要求的，把军队发的衣服熨好，然后，在我整个服役期间都让它们保持原状，用塑料袋把它们仔细装好，走到哪儿带到哪儿，需要展示装备时，再把它们拿出来。

基础训练期间，被要求展示以供检查的装备数量不知不觉中越来越多。一开始只有几件，到最后成了全套，这让我们一直忙到深

---

① 指皇家警队后备队，也指一种酒。

夜。还有一件烦人的事情，那就是偶尔要值"消防岗哨"，这个任务的名称有点莫名其妙，它包括头戴钢盔与守卫列队游行和在厨房旁边的小屋里削两个小时的土豆皮。我们当然听说过这类事情——削土豆皮多多少少算是漫画家为了描绘军队生活用的陈词滥调了——但是，当我发现自己在做此事时，仍然感到颇为震惊，至少在我看来如此。我本以为削土豆皮像鞭刑一样，是一种可能已被废弃了的刑罚，但是之后我才更加切身地感受到了厨房杂役的可怕。

一个周日，我们去教堂游行。我以为哪怕是军队也不能强迫我去教堂做礼拜，于是便以一种挑衅的语气告诉了贝克，这可能给我自己埋下了祸根。

"你可以决定你他妈的喜欢什么，"他回答，"队里其他人继续游行。检查过后，离队向我报到，别人祷告时我给你找点事儿做。"

当我向他报到时，他派我去了厨房。如果真有上帝，如果上帝真的永恒不朽，如果上帝真如人们所说的那样，把夜晚的漫长时间都消磨在为自己的创造物精心设计惩罚上的话，那么，他在为我选择地狱时根本无须犹豫，派我去做永无止境的厨房杂役就可以了。到了那个周日的晚上，我因为痛苦和委屈，几乎要哭了。那些去教堂游行的人中午就自由了（相对而言），而我却在臭气熏天、油腻黏糊的厨房苦干了一整天。厨房很老旧，脏得无可救药，几个排的士兵都擦不干净，厨师中士却试图让我和我的同伴把它擦干净，这几乎要把我们逼疯。我记得我极度难受又沮丧地踢了一根热水管一脚，一大群蟑螂从墙上四散奔逃，令我浑身哆嗦，恶心不已。我自虐似的疯狂地踢着那根热水管，直到墙上爬满了恶心的蟑螂。然后我冲到附近的一个水槽吐了起来。我走到厨师中士旁边,向他乞求:"我生病了,感觉很难受,可以走了吗?"他看着我苍白的脸,轻蔑地点了一下头。祝福他。我一摇一晃,无力地回到了营房,瘫倒在床上。迈克并没有像我希望的那样对我表示同情。"你现在可以算是一个光荣的不可知论殉道者了。"他说。和他坐在一张床上的珀西也笑了。教堂之行似乎令他们精神不错。

"只要能让我免除厨房杂役,即便是现在让我成为耶和华见证人①我也愿意。"我愤怒地说。

"好主意,"他说,"做耶和华见证人能直接让你离开军队,他们出于信仰的原因,不服兵役。"

"那正合我意。"我说。

"我姐夫是个耶和华见证人,但这并没有让他离开军队。"坐在我床对面的一个士兵说。他叫巴恩斯,是个古怪但不讨人厌的小个子,说话带着奇特的莱斯特郡口音。有一天晚上,他看到我在看《地狱》。"你在看什么?诗吗?这儿有几首好诗。"说着,他把一本破破烂烂的旧《湖上夫人》塞到了我手里。尽管他的品位并不合我的口味,但看到他似乎有点文学素养,我还想继续和他探讨一下。"你喜欢司各特吗?"我问他。但他根本不知道《湖上夫人》是司各特写的,只会说"那诗不错",然后把书从我手里夺走,小心放回储物柜。

---

① 一个独立的宗教团体,认为信仰应完全依据《圣经》,强调《圣经》的主题——上帝的王国,只有上帝的王国能真正解决人类的难题。对耶稣基督的理解与传统基督教主张存在较大差别,经常强调传道与上帝的救赎安排。

"你姐夫后来怎么样了?"迈克问。

"嗯,那时候在打仗,好像是的。他们不允许欧尼因信仰的原因而不服兵役,但欧尼说不管他们做什么,他都不会穿那该死的军装。所以他们把他带到了一个训练室,可他还是不肯穿。他们就把他的衣服扒下来,只留下一条内裤,就这样把他锁在了那个小牢房里,再把军装扔进去。当时是冬天,好像是的,他们猜他会因为冷而不得不穿上军装。"巴恩斯停顿了一下。

"他穿了吗?"

"穿了才怪。第二天早晨他们打开牢房的房门时,欧尼还穿着内裤。桌上摆着他的军装——都成了碎片儿了。"

"都成了碎片儿是什么意思?"

"他花了一整夜把军装撕成了碎片儿。提醒你,他可不是用手撕的,他是用牙咬的,缝合线都给咬断了。他的袜子成了两团毛线球儿。他说再多给他点儿时间,他能把靴子也弄碎。确实,他正在搞靴子。"

这个故事让我们开怀大笑。

"他们应该为他建一座雕像。"迈克虔敬地说。

"那他最后怎么样了?"我问。

"几天之后,他们又来了,告诉他他老娘被德军的炸弹炸死了。他简直疯了,飞一样地穿上军装,加入了伞兵部队,打完仗拿了十三块奖章。"

我们都苦笑起来。

"真是个叛徒。"迈克说。

"天呐,就没有离开军队的办法吗?"我哀号。

"罗伯茨跟我说,他要花钱买出去,"珀西说,"那可能吗?"

"天呐!"我大叫,"要花多少钱?为了离开军队,让我把继承权卖了也愿意。"

"别冲动了,士兵。"迈克说,"只有正规军才能花钱买出去。不管怎样,他将来还要被招来服兵役。"

"他说他不会,"珀西答道,"因为他在矿上工作。他说为了离开矿井,他才参了军,现如今他迫不及待地要回去。"

"那么,乔恩,"迈克说,"你现在只有一件事可做了,那就是开枪打掉自己扣扳机的那根手指。第一次世界大战的时候经常有人这么做。"

"你是说我的'公牛指'吗?"我看着自己因为擦洗腰带扣和靴子而红肿疼痛的食指说。

3

"醒一醒啦,醒一醒!"

我在睡意蒙眬中听到了值班下士的喊声,但它并不足以喊醒我。我翻了个身继续睡,直到七点被别人走调的口哨声吵醒。斜靠在床上,我把小隔间的门帘收了起来,然后把杯子递给了离我最近的一个士兵。

"你去吃早饭时给我接杯茶,利物浦人。"我说,"让别人给我把杯子捎回来。"

"好的,下士。"他答道,然后从我手上接过杯子。他刚来巴特摩,对我恭敬顺从。他又说:"俺是乔德人,不是利物浦人。"

"哦,我从来都分不清北部的小村子。"我不假思索地反驳。我们一定不要放过取笑别人老家的机会。乔德人、塔夫人、爱尔兰人、苏格兰人,只有莎士比亚才知道他在《亨利五世》中用到各地方言时有多么搞笑。

七点半喝过茶之后,我感觉神清气爽,开始起床洗脸剃须,然后监督士兵们清理营房。因为是周一,营房里弥漫着一种忧郁的气氛,但我感觉很高兴。这是我最后一个周一了,连灰尘都在灿烂的阳光中欢欣雀跃。

"快点,快点!把这堆屎收拾干净。"我急切地催促那几个斜倚在扫帚把上的士兵。

"别这样啊,下士。你很快就走了,何必烦这些呢?"

"看见他们今晚安排你站岗了,下士。"乔克·高登斯顿说,"需要我给你擦靴子吗?"

我情绪黯淡下来。"该死的,好的。我都忘了那事了。"我思考了一下,"请帮我擦一下吧,乔克,除非我在小卖部休息时告诉你不用擦。"

乔克总是身无分文,因为他每个月都要骑哈雷摩托车返回佩斯利的家。除掉路上的时间,他在家只能待大约十二个小时,路费要花掉差不多四英镑,但是他总是骑哈雷回去。碰上我站岗的话,我总会给他半克朗[①],让他帮我擦靴子。

早间检阅八点一刻开始,我点名之后把花名册给了军士长福瑟比。他的上一任军士长很少操心早间检阅的事情,但是军士长福瑟比对此却十分热心。或者说,他曾经很热心,因为他已经意识到了要想改善巴特摩的生活方式几乎是不可能的。他第一次早间检阅花了一个小时,而现在每次检阅时,都带着一种痛苦的无奈。只有一次他打破了沉默,对乔克·高登斯顿说,他的头发长得都可以用来擦屁股了。

巴特摩过去是、将来也一直会是所有军士长的伤心之地,因为

[①] 英国旧币单位(等于现在的二十五便士)。

军士长的工作需要用外观来呈现。他的目的是让每个人看起来都一模一样,因为人只要外表相似了,他们的行为也会相似,最终思维也会相似,或者说很少会产生不同的想法。但是军士长必须建立一个基本的整齐划一的框架。没有这个框架,他就像一个没有教条的神学家。这个类比再恰当不过了,一个军团就像一种宗教,军团的教条规定了成员们系勋带的方式、戴贝雷帽的角度,以及完成训练动作的方式。正如纽曼[①]的宗教教义理论所言,在这个过程中,会产生新的发展。军士长的职责就如神学家一样,需要去控制这些发展并使之合理化,还需要去分辨到底是真的发展还是异端邪说,如果是后者的话,需要对其进行无情的镇压。实际上,所有军营的军士长每年都要召开一次类似全体理事会的大会,在会上讨论并规范此类事宜。

然而,巴特摩并非一个军团,它的官方名称是"皇家装甲兵部队特殊训练基地",它的作用是利用装甲车的新技术发展来培训军官和军士。训练课程涉及来自皇家装甲兵部队各个军团的人员,工作人员也是来自很多军团的士兵。女王生日游行时,整个部队看起来就像是各路散兵游勇偶遇之后又被联合起来了一样。帽徽各式各样:皇家坦克团的老式坦克、龙骑兵卫队的骷髅头与两根交叉骨、女王卫兵队的花环、爱尔兰团的竖琴、枪骑兵队的交叉长矛。皇家坦克团戴黑色贝雷帽,系黑色背带;骑兵团戴蓝色贝雷帽,系卡其色背带;皇家坦克团用纯黑色勋带,骑兵团用白色或黄色打褶

---

①约翰·亨利·纽曼(1801—1890),英国基督教圣公会内部牛津运动领袖,后改奉天主教。著作有《为自己一生辩护》《论基督教教义的发展》《与信徒谈信仰》等。

勋带，肩章和翻领上的徽章也各式各样。第十一轻骑兵团被戏称为"摘樱桃者"，因为他们的军团曾在一次前往战场的途中停下来摘樱桃。他们带着奇怪的深红色镶边无徽章贝雷帽，这被看作是一种古老的耻辱烙印。从远处看，他们的贝雷帽显得不伦不类。皇家电气和机械工程兵团、信号兵团、给养部队和皇家炮兵团更加令人眼花缭乱。这一切足以让一位军士长心碎。

外表不像一个军团，在大家内心也感觉不像一个军团，反而更像一种军校。队伍中大部分人是不满二十岁的现役军，军士们大部分是上了年纪的正规军。现役军被派往巴特摩是因为他们要么是扁平足，要么有令人同情的原因不能去外地工作，要么在别处找不到工作；而正规军被派往巴特摩是因为他们要么得了静脉曲张，要么曾在自己军团传出过某种丑闻，要么在别处找不到工作。现役军和正规军之间的关系也像是军校里孩子和老师的关系，像我一样的现役军军士们扮演的则是学长的角色，大家对于职务的想法也都像孩子一样。有一次大游行时，皮里上尉搜肠刮肚想到了这样的话问福瑟比："士兵们士气昂扬吗，军士长？"因为一位准将要来检阅，A中队的人一直都很担心。那些坚定的口号容易让人联想到坚定的英国大兵面如黑漆、随时准备冲锋陷阵的画面，然而现实却是一群满脸粉刺的小子，穿着最好的军装瑟瑟发抖、坐立不安，队伍站得歪七扭八。这一对比着实滑稽可笑。

想到这里，我忍不住扑哧笑出了声。福瑟比疑惑地看了我一眼，然后让我们立正。

"A中队，解——散！"

我们一哄而散，回到各自在办公室、商店、食堂或马厩的岗位上去了。我们营被分成了两个中队：B中队负责训练时使用车辆的清洁和维护，A中队负责其他活动，包括营部办公室。实际上A中队办公室和营部办公室在同一栋楼里，那栋楼低矮又破旧。

上尉皮里的办公室有三个门：一个连着我的办公室，一个连着福瑟比的办公室，还有一个连着走廊。上尉皮里总是蜷缩在自己的房间一角，等着门开：福瑟比来催他检查营房，副指挥官或副官来抱怨运动器械，或者我来找他结算分类账。一般来说，我是最不令他烦心的，因为我会提前用铅笔把所有的金额数目写下来，他只要用钢笔描一下就可以了。

我和一个平头百姓共用一个办公室，他叫弗莱，负责给在军营工作的平民发工资和保险，包括园丁、运动场管理员和店主等。他们人很多，但是我们一般见不到他们。他们只在周三下午才从自己低矮阴暗的处所爬出来到办公室领工资，他们咧着嘴笑、咳嗽或者撩前额上头发的样子活像哈代[①]笔下的乡巴佬。弗莱先生工作勤勤恳恳，总是慢悠悠、一丝不苟。但他总是需要休息的，不可能一周工作四十二个小时。因此，当我来到办公室时，发现他像往常一样，把《每日快报》铺在桌子上看。

"早上好，布朗下士。"

"早上好，弗莱先生。"

"周末过得好吗？"

[①] 托马斯·哈代（1840—1928），英国诗人、小说家。哈代一生共发表了近二十部长篇小说，代表作有《德伯家的苔丝》《无名的裘德》和《卡斯特桥市长》等。

"挺好,谢谢。我过得很开心,你呢?"

"很安静,知道吗,很安静。"弗莱先生的周末要是很吵的话才奇怪了呢。"除了下花园里的草。今天天气很好。"

"是啊。"我走到窗户旁边,看着外面的运动场。一辆割草机在运动场中间嗡嗡地转着圈,割下来的草被喷到一边。我打开窗户,青草的香味沁人心脾。

"没几天了吧,啊,布朗下士?"

"是啊,弗莱先生。"

"是周三吧,对不对?"

"对。"

"你走了我会很难过的,布朗下士。"

"谢谢你这么说,弗莱先生。我就不能诚实地说'我要走了,感觉很难过'之类的话了。"

"当然,你当然不能了。对于你这样的年轻人,在部队就是浪费时间。之后你要回学校去吗?"

"不是立马回去,我要先去度个假。"

"哦,对了,当然了,我真傻,竟然忘了。是去西班牙吧?"

"马略卡,靠近西班牙海岸的一个小岛。"

"我想你会给我们寄明信片吧?"

"我会给你寄一张的,弗莱先生。"

远处的一扇门被"嘭"的一声撞开,有人吹着刺耳的口哨,伴着流行歌调子和笨重的脚步声从走廊走过来。弗莱先生皱起了眉头。我要走了,他难过的主要原因是他感觉士兵拉德洛不好相处。

门被撞开后，拉德洛踉踉跄跄地走了进来。

"恁好，乔尼小子！恁好，弗莱先生。"他用伯明翰口音咋咋呼呼地说。"周末过得好吗？"他问我，还没等我回答就猛地转头问弗莱先生，"忒他妈难了，是不是？退伍前要值四十八小时班？"

弗莱先生硬挤出一个笑脸，却未置评论。

"你呢，罗伊？周末过得好吗？"我问道。

"还行，周六晚上喝醉了。"他回答，"有烟吗？"

"只有过滤嘴的。"过滤嘴香烟不受欢迎，我选这种烟的部分原因就是为了对付这些讨烟的，"问问布恩，我听见他刚进来。"

"那个王八蛋？他就像只一毛不拔的铁公鸡。那给咱一根过滤嘴的吧。"他把过滤嘴折断，点着剩下的，然后大步走到窗户旁边把火柴扔了出去。这时正好有个士兵经过，他惟妙惟肖地模仿福瑟比刺耳的声音大叫："把你的头发剪剪，康诺利。"康诺利担心地抬头张望，咧嘴笑了一下，比了个"V"的手势。就在这时，营部办公室的一位打字员目中无人地走了过来。康诺利赶紧把"V"换成了挠耳朵的样子。看到这滑稽可笑的一幕，拉德洛发出了震耳欲聋的笑声。好不容易调整好呼吸，他又评论说那个打字员是个好坏子："我要是有了一道杠，或许能把她拿下，嗯，乔尼？你说什么时候少校能晋升我？"

"我认为得等到下次审计结束。账目平衡的话，你就能拿到一道杠了。否则你俩就要上军事法庭。"

"不用担心，乔尼小子。把我双手反绑在背后，我也能做好账。"

说句公道话，拉德洛比我更擅长处理数据，他来当兵之前曾是个赌场的记账员。

"上尉来了。"弗莱边叠报纸边说。我们都挤到窗户边。皮里上尉抵达军营总是很值得关注,没准他又会撞到什么值钱的东西。他的绿色老式宾利是四轮驱动的,车子风驰电掣般地漂移了过来,消失在一排房子后面,很长时间之后,才慢慢地从房子另一头倒着出来。

"肯定是遇到难题了。"拉德洛颇有见地地说。

好不容易挂上挡之后,皮里上尉把车朝着我们这边猛地开动起来。他双手紧紧握住缠着毛线的方向盘,有些近视的眼睛盯着泛黄的挡风玻璃,把车倒进了办公室外面的停车位,停在那里,差几英寸没碰上副官的捷豹。在他熄火之后,那辆可怜的车似乎还在战战兢兢、气喘吁吁。大块头的皮里上尉离开驾驶舱,从车上爬了下来,然后喘着粗气走向办公室。两只可卡犬跳了出来,跟在他身后,像是被一根无形的松紧绳系在了他脚后跟上一样,只要一走到离他超过三码远的地方,就会被拽回来。我们听着小狗呼哧呼哧地跟着他走过走廊,进了办公室。我拿起一摞账单,应付公事一样地敲了敲门,走进他的办公室。

"早上好,长官。"我边敬礼边说。

皮里上尉正在装烟斗。"早上好,布朗下士。"他在空中比画了一个差不多的手势,算是问候我。不幸的是,烟袋还在他的右手里拿着,一些烟叶落到了地板上。躺在桌子底下的那只可卡犬快速叼回了一些给主人,皮里上尉带着一丝骄傲的微笑从狗嘴上接过湿漉漉的烟叶,但还有一些碎烟叶沾在了狗嘴上,它又跑去啃排骨了。

"有些账要付,长官。"我说得很坚决,然后把账单放在他的桌上。

"哦。啊。嗯。"他嘟囔着,"等等再付行吗?我想福瑟比军士长……"

"有两张今天就到期了,长官。"

"是吗?是吗?嗯,那好吧,那我们最好付了吧,嗯?"

"好的,长官。"

"该死的支票簿哪儿去了?"

"在您左手边第一个抽屉里,长官。"

"什么?哦,对。谢谢。"

正在他誊写支票的时候,有人敲响了通往军士长办公室的那扇门。上尉皮里假装没听到,福瑟比却不请自来了,厚重的皮靴发出"嘭"的一声响,他敬了一个准确无误的军礼。

"我能和你谈谈吗,长官?"

"我手头正有点军需事务,恐怕不行,军士长。是不是啊,下士?"他浓密的眉毛下,一双狡黠的眼睛向我会意地瞥了一眼。

"是的,长官。"我回答,然后又对福瑟比说,"不会耽误很长时间的,长官。"我试着让福瑟比缓一缓,但他并不理睬。

"有两个人在等待命令,长官。"

"哦,嗯,发回指挥部裁决?"上尉满怀希望地问。

"我认为你可以自己处理,长官。"

上尉有些闷闷不乐。他是个好心肠,不喜欢惩罚别人,这也正是为什么他都四十五岁了却还未被提为少校并且将来升职希望也很渺茫的原因。

"我去拿案情记录。"福瑟比说完就走了。

"这里应该是十先令,长官,不是十英镑。"我指着上尉正在签字的支票。

"哦。啊。对。"他慌了一下,划掉那些字时漏了一滴墨水在纸上。

"我该怎么办?"

"填上十先令,然后在修改处写上您的姓名首字母缩写,长官。"

他松了口气,把支票簿放到了一边。

"嗯,布朗下士,你很快就要走了。"

"是的,长官。"

"什么时候走?"

"周三,长官。"

"周三,真的吗?拉德洛能准备好吗?你教他了吗?"

"他会准备好的,长官,您不用担心。我今天就把清单和零用现金移交给他。"

"好,好。"

他在办公桌上一堆乱糟糟的文件中翻了一会儿,找到一本粉色的小册子,原来是我的退役书。

"你的证明信我写好了,布朗下士。"他说,然后略带羞涩地把文件递给了我,"希望没什么问题。"

他似乎想让我读一下,我顺从了他的意愿。

"一位诚实可信、有能力的军士,智力超常。善于组织,记账和会计工作很在行。喜欢运动,曲棍球打得很好,和队里其他人相处愉快。"

上尉皮里字母大小写掌握得不好,这使得他的字有了一种奇怪的古雅的感觉。但这封证明信却是他有史以来写得最连贯的内容了,这肯定让他费了一番脑筋。我深受感动,不忍心告诉他我痛恨运动,也从未打过曲棍球。

"谢谢您,长官,您写得很好……"我把小册子还给了他。福瑟比回来了,我敬了一下礼就走了。

在订单办理的过程中,我把我办公桌后面橱子里的物品清单给了拉德洛:一百三十七瓶布兰可、二十三个各种各样的胸章、九百六十一张巴特摩圣诞贺卡(坦克和冬青图案)、八个纸帽子、一个圣诞老人胡子、一台相机(已坏)、十五个衣帽寄存间号牌、一个煮蛋器……

"一个什么?"拉德洛大叫。

"一个煮蛋器。"

"干什么玩意儿使的?"

"煮蛋的。"

"我知道是煮蛋的,你这个搞笑的王八蛋。它怎么在军需品橱柜里?"

"听着,你要是想知道这些东西为什么在军需品橱柜里的话,我到周三也出不去。看一下清单,你就会知道这个煮蛋器是由一个一个军需官传下来的,你肯定不想打破这一美好的传统吧?"

"不知道你在说些什么。好吧,继续。"

弄完之后，我去了福瑟比的办公室，他正在写中队命令。

"打扰了，长官。"

"怎么了？"

"我看到您安排我今晚站岗了。"

终于，他抬起头看了看说："没错。"

"嗯，长官，您可能记得上周五我经上尉允许提前走了，因为——"

"你十二点就溜了，我只知道这一点。怎么了？"

"是的，长官。我没看到命令。我直到今天早上才知道我要站岗。"

"怎么了？"

"我在想，鉴于目前的情况，我能不能不站岗？"

"你吃了豹子胆了，布朗下士。鉴于什么情况？"

"嗯，长官，我没有时间准备装备。"

"你有午餐时间。"他又带着强烈的嘲讽语气说，"要是你如此担心你的装备问题，我可以让上尉让你下午提前解散。"中间沉默了一会儿。

"还有事吗，下士？"

"没了，长官。"

我怒气冲冲地离开了他的办公室。像这样的溃败是我在巴特摩很少遇到的。当我回到自己的办公室时，出纳室的塔比·休斯正在和拉德洛闲聊。

"还要站一次岗？"他招呼我。

"去你的。"

拉德洛哈哈大笑。"那你没推掉?"

"没有,没推掉。"我烦躁地厉声说。

"布朗下士!"

皮里上尉的声音因为隔着门的缘故而显得闷闷的,但是他的话里也带着一种紧急的意味。我不想应付他。

"你去,"我对拉德洛说,"练习一下。告诉他我不在。"

拉德洛回来时脸涨得通红,看上去很郁闷。

"他的傻逼狗吐了,要我给它擦干净。"

现在轮到我和休斯因为拉德洛而大笑了。无情的嘲笑正是这样循环的:我们解除旧联盟,结成新盟友。

"肯定是烟叶。"我上气不接下气地说。

"什么该死的烟叶?"

"那条狗吃了他的烟叶。"

"那他该自己清理那堆屎。"

"你得清理,罗伊,要是你想要那道杠的话。"我边说边把贝雷帽从衣帽钩上拿下来,"你去小卖部吗,塔比?"

罗伊的不幸,还有这些迟来的早餐热香肠肉卷和咖啡让我说服了自己去站岗。我在食堂看到了乔克·高登斯顿,告诉他去帮我擦靴子。

"只剩几天了吧?"塔比搅着咖啡说。

"对。希望你已经准备好我的退伍费了。"

"会准备好的,小子,不用担心。感觉怎么样?"

"什么？只剩几天了？有点扫兴啊。"

这不是真的。但对于一个不了解你的人提出的问题，你又能如何回答呢？

"什么意思？"

"你知道，你感觉被辜负了。我等得太久了。"

"你个王八蛋受过教育，是不是，乔尼？他们干吗不让你当军官？"

"我不想当，塔比。你想当吗？"

"我不介意。我不介意在军官食堂喝醉而不是参加单身汉聚会。"

"这倒提醒我了，今晚值班军士是谁？"

"副官。"

"天呐，"我呻吟着，"我真是走运。"副官是个野心勃勃的年轻人，他值班最让人讨厌。他偶尔会在半夜返回，看看是否一切正常。这样的做法，但凡在巴特摩的人都感觉不怎么光明正大。

塔比走后我留在了餐厅，一边吸烟一边心满意足地沉思着。我心满意足地回忆，没当上军官也没什么可遗憾的。

* * *

在卡特瑞克，迈克和我很快就明白了，军队是英国社会封建制度仅存的残余。整个军队被分成了不同的等级，从名义上的最高等级到农奴——普通士兵，统治特权被严格划分。最高统治者的神圣权力只是表面文章罢了（女王诞辰日时，我们机械地举起帽子，向着飘扬在军营广场上英国国旗的方向欢呼三声)。统治阶级的高层个个善妒低能,脑子里满是阴谋诡计,却又一致认为自己的权力和权威是天赋的、不容置疑的。他们用一种荒唐可笑的、不公平的东西来保全自己的职位,那就是军法。而农奴则毫无权力,需要做所有的工作。

迈克和我现在就身为农奴,而且我们一致认为农奴生活很讨厌。作为预备军官,我们也拥有了往上爬的机会,但这并没有唤起我们的热情。作为预备军官,在基础训练时确实有些好处,我们可以时不时地摆脱训练,去听讲座或接受面谈。这些活动可以让我们免于军事训练,所以当然很受欢迎,但却也令我们愈发担心。

对我而言,这种担心夹杂着多种不同的直觉和反应。我不喜欢在卡特瑞克遇到的军官,而我之后的经历也并未改变我的看法,我认为那些军官全都傲慢自大而又愚蠢势利,有一种奇怪的膨胀感,总以为自己是大人物。在皇家装甲兵部队得以委任算不上什么了不起的成就,任何有合适背景的庸才都可以做到。然而卡特瑞克的军官们却一个个趾高气扬,明目张胆地把自己视为精英,而且根本不关心农奴生活的疾苦。

不知怎的,成为军官就属于精英这种迷信的说法被传给了大部分预备军官。预备军官之间展开了激烈的竞争,看谁能证明自己最热心、最渴望成为军官。当我们来到预备军官侧楼时,他们纠缠着军士询问关于即将到来的军官训练的问题。听着那些关于军官训练的描述,我心中充满了沮丧,因为那听上去就像是更加密集且旷日持久的基础训练。这值得吗?我开始问自己。即便是成功了,你也不过是站在了一个多级序列的最底层：一个服役的少尉，仅此而已。不管怎样，我能成功吗？

这是个关键问题。我一生中选择参加的比赛全都赢了，这是因为那些比赛都是学术研究领域的，而我在学术上颇有些能力。我不想经历失败，也不想让军队打败我。这场军官之战，我的装备严重不足：智力、关键性判断、文化——要想获得委任，高等教育赋予我的只有拖累，没有一丝好处。我从来都不知道该靠什么去通过分队遴选测试、陆军部遴选测试和军官学校那些接二连三的障碍。一切似乎都要靠"领导力"这一神器。"要成为军官，你不必特别聪明。"负责管理预备军官侧楼的上尉这样骄傲地告诉我们，"我们军队不需要长毛天才。（哈！哈！）但你必须有一种能力，那就是领导力。"不管这种神秘的能力是什么，我都很确定我并不具备。在陆军部遴选测试时，要评估一个人使用刀叉的能力和借助两块三英尺长的木板跳过七英尺沟渠的能力。这些测验我都不比别人强。

贝克下士持续不断地羞辱我，使得我对自己作为预备军官的担心也越来越重。我们发现了他这样故意刁难预备军官的原因：他自己曾试图获得委任，可没能成功。尽管我讨厌他，但我从某种程度上也可以理解他的委屈。他虽然残酷无情又满嘴脏话，但是比起大部分军士来，他要聪明得多，而且从军队的标准来看，他是个"好士兵"。他到了军官学校才被踢出。我可以想象他在军官学校时和现在截然不同的样子，沉默寡言、焦虑不安又缺乏安全感，不自在地想要融入其他学员，尽量少说话，刻意掩饰自己的粗俗口音，在训练、初始测验和识读地图上表现突出，却搞砸了五分钟面谈，喝汤时用错了汤匙。我可以理解他对我们这些预备军官的憎恨，我们得益于所处的阶级或所受的教育，可以很快获得委任，而他却不能。但是我恨他，因为我备受凌辱却无力反击。而且我认为在所有的预备军官中，他最憎恨的就是我。对法洛菲尔德和彼得森，他尚能勉强示以尊重，就像私立学校的职业拳击手训练绅士一样；他对迈克的敌意因为迈克强健的体魄和顽强的意志而得以缓和；他折磨珀西就像残忍的孩子折磨无助的小动物一样。而我则是一个值得他发泄怒气的对象。我和他来自同一社会阶层，但我受教育的程度比他高。我傲慢又自负，身体条件一般，基础训练的每个部分我都努力让自己达到最低要求，避免惹麻烦。我从不掩饰对他的讨厌，他说的笑话我从来都不笑，因此他把最恶毒的辱骂留给了我，一般是攻击我居然想做预备军官。

所有的这些想法在基础训练的前几周一直在慢慢积累，直到第四周终于达到了临界点，迈克强迫我做出了决定。第四周的某个下午，所有预备军官都要接受负责新兵事务的布思·亨德森少尉的面谈。对于想获得委任的人来说，他算得上是最差的广告宣传了：又矮又胖，肌肉松弛，满脸粉刺，愚蠢紧张又傲慢自大。我们了解到了他的历史——我不确定我们是怎么做到的，但我想应该是同样瞧不起他的贝克泄露给了中队里的马屁精们。布思·亨德森曾三次试图获得军队委任，三次全都败北，对他所属的社会阶层来说，这样的失败实在是奇耻大辱。他不顾一切地签了第三年服役合同，最终获得了正规军委任。当我走进布思·亨德森的办公室时，我发现自己无法给他留下什么好印象。

"嗯，布朗，"他开口说，"我想，你是不是认为成为军官很容易？"

"没有，长官。"我回答。

"嗯，我可以告诉你，不是的，"他未受任何影响，继续说道，"要成为军官非常难。现在我手里有贝克下士给你的报告。我不得不告诉你，报告不尽如人意，你对此有何解释？"

"我能想到的唯一原因就是贝克下士碰巧不喜欢我。"他的下巴微微下垂了一点。

"你不能这样说，布朗。我是说，这太可笑了。贝克下士的职责是，呃……是训练好你们。（找到这种措辞令他大舒了一口气）训练好你们。这不带任何个人恩怨，只是为了训练好你们而已。在这一栏里，他说你的腰带扣总是很脏。这不够好，布朗。真的，你得改进。"

"不光我自己，长官，所有预备军官都这样。他似乎对我们心怀怨恨，总想让我们在其他人面前出丑。"

"够了，布朗！我在这儿不是为了讨论贝克下士的。我在这儿是……这些腰带扣怎么说？"

"它们像别人的一样干净。"我答道。

"哎呀！"他得意扬扬地说，"这就是问题的关键所在，布朗。作为预备军官，我们希望你们比其他人表现得更好。下周基础训练结束、搬去预备军官侧楼之前，你要接受指挥官的面谈。要是你想通过分队遴选测试的话，我建议你发奋图强，好好干。现在，你还有问题要问我吗？"

"是的，长官。预备军官在七十二小时结束时，要比别人提前十二小时回军营报到，这是真的吗？"

我指的是基础训练结束之后的三天假期，我们一直急切地盼望着这三天假期。听到我的问题，布思·亨德森似乎有些惊讶。

"是的，我认为是这样规定的。你为什么问这个问题？"

"嗯，我认为这很不公平，长官。这意味着周日早晨就得离开家，那就使七十二小时的假期缩成了四十八小时。"

他在回答我之前可怕地停顿了一下。

"布朗，我必须说你对待这件事情的心态大错特错了。比起成为军官的荣耀，几个小时的损失实在不值一提，不是吗？"

我沉默了。他想不起来还有什么要说的，就让我离开了。在他房间外面的走廊里，已经访谈完的迈克在等我。

"嗯，你和英国军队中被寄予厚望的人相处得如何？"

"相当差，我认为。我问他关于缩短我们假期时间的事了，我感觉他对此很反感。"

"那个人就是个白痴。我简直忍不住想笑。"

我们走向营房，去拿下午茶要用的餐具。天开始下起了毛毛雨，我们在泥泞的路上一步一滑地走着。一群群疲惫的士兵像幽灵一样，冒雨走向厨房。迈克说：

"乔恩，你真的想当军官吗？"

"恐怕不是。"

"我也不想。我一直觉得自己的处境很违心，我不想做预备军官。我讨厌军队——那些纪律，谄上欺下的做法，还有遵从指示不能问问题的规定，除此之外倒是没什么困扰我的了。但有些人——

当然不包括那些大胆果断的——他们没问题；但那些有点愚蠢的，那些结了婚的，那些紧张不安的，还有像珀西一样的，他们看上去痛苦极了，可他们自己好像也不知道是什么令他们痛苦。这让我感觉如此不公平。我想，如果我成了军官，那我也将成为这种不公平的参与者。你明白我的意思吗？"

"明白，我和你的感觉一模一样。"

"我们不得不假装像那个白痴布思·亨德森一样。我们得培养一套新的看法：普通士兵都是畜生，军官都是绅士。普通士兵脏乱不堪，军官有勤务兵为他们收拾。普通士兵在餐厅只允许喝啤酒，以防他们喝别的喝到烂醉，军官却可以猛灌威士忌。普通士兵在守卫室领取发放给他们的避孕套，军官却为只有他们才能从玛丽夫人那里染上梅毒而感到得意。"

我笑了。据迈克所说，玛丽夫人在伦敦经营一家高级应召女郎机构，专门为休假的军官服务，她的奇闻逸事有一箩筐。迈克的一个熟人——皇家陆军后勤部队的一位年轻军官——有一次致电那个应召女郎机构，却被一个惊讶的声音告知："我们只为最好的军团服务。"

"这都是真的，士兵。"

"我决定撤回我想获得委任的申请，你呢？"

"嗯，这样做有点儿过头了吧？"

在我们去营房的路上，我仔细想了想。迈克无私的顾虑对我毫无影响，对我来说归根结底的问题是，我想获得委任的心情是否足够急切？是否足以抵消失败的风险？在营房外，我们碰到了法洛菲尔德。

"怎么样?"他冒冒失失地问。

"什么怎么样?"迈克回敬道。

"你们两个,面谈怎么样?"

"不太好。我用他的帽子遮住他的眼睛,然后用他的轻便手杖打了他的头。"迈克板着脸说,"你呢,乔恩?"

"呃,我只是告诉他别再挤粉刺了。"

法洛菲尔德生气地耸了耸肩,转身走了。然后他又回头丢下一句话:"明天全套装备列队。"

"我们知道。"迈克反驳,尽管我们并不知情。"法洛菲尔德这样的人怎么就这么乐于散播坏消息呢?"他嘟囔着。

在我们拖着沉重的脚步走向厨房时,我突然想到,如果迈克撤回申请而我不撤的话,我们就要被分开了。

"我决定了,迈克。"我说,"我也要撤回申请。我们该怎么做呢?"

军队一直要我们牢记,要获得委任是不大可能的,然而同时它又刚愎自用,我们想撤回申请也几乎不可能。无奈之下,我们只得先去找贝克。

"我把你们吓住了?"他冷笑着说,"我本以为你有点胆量呢,布雷迪。"

"这跟胆量无关,"迈克红着脸回答,"我们只是不想当军官而已。我们该怎么做?"

"你们得去见亨德森中尉。"贝克说。他总是故意缩短布思·亨德森的名字。

"那你能安排面谈吗?"我问。

他慢慢地转向我,脸上带着一种夸张的震惊表情。

"你他妈的真有胆儿,士兵。我有更重要的事情要做,没空跑腿为你这样的人安排面谈。另外,你得称呼我'下士'。"

"对不起,下士。"我含糊地说。我已经忍气吞声多少回了,再多一回也无所谓。但是贝克再也不肯帮我们了。

几天后,我们碰到了布思·亨德森,他看上去很困惑。"我建议你们不要草率做决定,"他说,"好好想想。"

"我们仔细想过了,我们非常确定,长官。"我说。

"好吧,我会处理的。"他匆忙离开了。

几天后,我们的名字和其他预备军官的名字一起出现在了中队命令上,要我们接受指挥官面谈。我问贝克我们该怎么办。

"你识字,对不对?"

"是的,下士。"

"那么,命令是什么?"

"命令说,我们要在周五下午到指挥官办公室外等候面谈。"

"那么,你他妈的最好去一趟。天呐,这已经说得很清楚了。"

"但我们上周就告诉您我们不想做预备军官了。"我耐心地解释。

"你们去见亨德森中尉了吗?"

"去了。"

"他怎么说?"

"他说他会处理。"

"我什么都不知道,而且我他妈的一点儿也不关心。你们得自己跟指挥官解释。"

我忽然间明白了为什么贝克和布思·亨德森举止如此奇怪,一直在推脱逃避。从他们的角度来说,要是由他们负责的两位预备军官都撤回申请的话,那就太难堪了。征召很多人却只选用少数,这才是委任军官的官方态度。要是有人对征召表现得漠不关心的话,会尴尬地引来疑问。毫无疑问,贝克和布思·亨德森认为我们可能不敢当面告知指挥官本人我们的决定。一般来说,面对指挥官,士兵会充满敬畏之心。但我们在军队待的时间还不够长,还没有这种敬畏心。

我们的决定令珀西十分高兴,因为不久前他因贝克的建议而被罢免了预备军官资格。确实,我们一度认为要将他从军队开除也并非不可能,这一点人尽皆知。B中队曾有一个莫名其妙被征召入伍的人,因为心智不健全而在几周之后就被开除了。一天下午,迈克和我遇见了他,他穿着平民衣服,手拿提箱,正摇摇晃晃地走向军营大门。

"丧假?"我问。

"不是,我被开除了,再也不用待在他妈的军队里了。"

我们世故地没问他被开除的原因,尽管我也怀疑他自己是否知道。我怀疑他是否理解军队里发生的其他事情,除了在长达两周的时间里,他不断被骚扰、被欺负,因为犯的一些可怕错误而被嘲笑、被呵斥,尽管这些错误现在都已被改正。他感情脆弱,心智不成熟，却因祸得福，我们以一种带有讽刺意味的嫉妒之情目送他离开。

然而珀西与那个人不一样，尽管他行为古怪，缺乏协调感，但他并非心智不健全。要把他从军队开除毫无依据。与人事军官第二次面谈之后，他就不再是预备军官了，这显然令他极度伤心失望。"和他家人有关。"迈克跟我解释。因此当我和迈克（尤其是迈克）告诉他我们要撤回申请时，他很高兴。

但是，此时的珀西已经开始堕落了。和早些时候相比，其他士兵和他开的玩笑温和多了，但他却对此更敏感了，经常幼稚地大发雷霆或生闷气。这当然只会再次唤起别人戏弄他的欲望，要不然他们早消停了。我脑中有一幅关于珀西的画面：诺曼揪着他的衣领，轻松地和他保持着一臂的距离，而珀西则脸色苍白，面部因愤怒而扭曲变形，却毫无反抗能力。有时候迈克会去干涉，但他似乎也意识到了，珀西要想生存下来的话，不能受到太多的保护。早晚有一天他们会分开的。

有一天珀西失控了，在广场上痛哭不已。我们在太阳底下训练了整个早晨，大汗淋漓，努力练习行军时转身的动作。贝克脾气很差，他的恶毒话语肆意舔舐队中士兵，毒液四处喷溅，刺伤我们的自尊。像平时一样，受辱骂最多的人是珀西。最后，轮到珀西那部分人列队展示时，他的表现极其怪异可笑：他先是绊倒了自己，之后又一次摔倒在地。贝克用手猛拍着前额，大声辱骂他，骂声经久不息。

"操他妈的基督，希金斯，"最后他说，"你行军的样子就像皇家陆军女兵走过营房一样——双腿交叉！"

队里的其他人都机械地哄笑起来。珀西慢慢从地上爬起来,开始痛哭。大家看着他,要么出于好奇,要么出于怜悯。

"向前看！"贝克厉声道。

我们目视前方,耳边传来珀西低沉的啜泣声。迈克站在我正前方,我看到他的脖子黑里泛着红光。

"希金斯,一直以来我都知道你是个傻瓜。"贝克说,"但我不知道的是,你还是个胆小鬼。因为有人粗暴地呵斥了你,你就哭得像个孩子一样！或者你刚才摔倒时是不是弄伤了小脚丫儿？"

珀西喘了一口气,说：

"没有——根本不是这样的。因为——因为你——一直在说操他妈的基督。"

即便是贝克也一时窘迫起来,大家也都屏息静气地沉默着,直到一辆卖冰淇淋的面包车开到了广场,发出悦耳的铃声,冷不丁又不合时宜地打破了沉默。

"吸烟休息。"贝克说。

谢天谢地,我们解散了。一些人缓缓走到面包车那儿去买冰淇淋。迈克和我松开背带,躺在了广场边的草坪上。迈克扔给我一根烟,我们贪婪而又安静地吸了一会儿烟。珀西独自一人坐在远离大家的地方,迈克瞥了他一眼。我一边猜测迈克的想法,一边说：

"或许我们不该告诉他的。"

"或许不该。"

我们想的是昨晚的事情。昨晚,我们三个在基督教青年会^①餐厅,围坐在一张桌子旁边,想尽量晚点回营房,不想回去继续欺凌弱小。餐厅很小,是个简陋的棚屋,但比起干净的海陆空军小卖部,我们更喜欢这儿;而且,这里的咖啡也更好。我正在写一首诗——我并没打算认真严肃地写作,只是想表达一种姿态,以一种文艺的方式嘲笑一下军队而已。迈克边抽烟边看着一份破破烂烂的报纸,珀西手捧咖啡杯沉思着。他突然打破了沉默。

"'操'是什么意思?"

这个问题把我们吓了一跳,我紧张地偷笑了一下,四下环视,看周围有没有人听到。这个字就像定冠词"the"一样普通,但从珀西嘴里说出来的时候,还是非常让人震惊的。迈克告诉了他。

"还有'阴部'?"

珀西把军队淫秽猥亵用语从头到尾问了个遍,迈克则尽量巧妙委婉地向他解释。然后他说:

"真恶心,真该死。"

我相信"该死"应该是我有史以来从珀西口中听到的最难听的词了。

"不要为此而烦恼,珀西。"迈克温柔地说,"他们并不是真的指那个意思。"

"才不是呢。"珀西很快回答,"他们的想法既肮脏又龌龊。"

当我和其他预备军官一起在指挥官办公室外的走廊排队等候

---

① 简称 Y.M.C.A.,1844 年 6 月 6 日由英国商人乔治·威廉创立于英国伦敦,是基督教非政府性质的国际社会服务团体。

时，我感觉很放松，甚至有点愉快。其他人有的紧张地摆弄军装，有的用手帕擦腰带扣，还有的用裤腿内侧蹭皮鞋头。法洛菲尔德问迈克他的帽徽是不是在前额中间。"就像独眼巨人的眼睛一样。"迈克向他保证。法洛菲尔德半信半疑，跑到附近的一扇窗户玻璃那儿去检查。

"希望他们快点儿。"他说。

"为什么？"我问，"时间越久，我们下午训练时间就越短啊。"

"我不介意训练，"他回答，"但是等待让我紧张。"

我们的对话因为准尉的出现而被打断了，他让我们立正站好，用专业的目光怒视着我们。伴随着急促的口令，我们一个接一个地齐步走了进去。这种急促的口令是军队的惯用伎俩，为了向我们这些大兵灌输一种在指挥官面前的自卑和局促不安的感觉。

终于轮到我了——我排在迈克前边。我迈着正步走进了房间，转过身敬了个礼。陆军中校兰斯坐在他的办公桌后面，两侧分别是来自预备军官侧楼的詹姆斯上尉、人事军官和副指挥官。他们懒洋洋地斜靠在椅子上。

"下午好，布朗。"指挥官彬彬有礼地说，"请那边坐。"我在他指示的座位上坐下。

"把腿分开，布朗。"詹姆斯说。我照做了，指挥官朝詹姆斯咧嘴笑了一下。

"只是一个小细节，布朗。"他对我说，"但是，要想成为军官，小细节也很重要。现在，我想请你告诉我，你为什么想当军官。"他充满鼓励地微笑着。

"我感觉自己处在一个错误的位置,长官。"我回答,"因为事实上,我不想当军官。"指挥官脸上的笑容瞬间消失了。我继续说:"上周我告知了布思·亨德森中尉,但我的名字还是出现在了面谈名单上,贝克下士告诉我应该来参加面谈。"

指挥官转向了詹姆斯。

"这事你知道吗,罗尼?"他问。

"不知道,长官。"詹姆斯说。然后他又跟我说:"关于此事,你为何不来见我呢,布朗?"

"没人告诉我该找您,长官。"

指挥官转向人事军官:"我相信这个人是预备军官吧?"

"是的,长官。我面试他时,他要求做预备军官的。"

这几句话让我想笑。面对着出乎意料而又可能尴尬的局面,兰斯本能地想要推脱,想让下属承担责任,但他很快就恢复了镇定。我猜他是想证明我的想法有多荒谬吧。

"那么好吧,布朗,跟我说一下你为什么改变想法了?"

我想我或许也该开心一下了。

"好吧,长官,我不想拐弯抹角。我不喜欢军队,我很清楚,两年内我脱不了身,但我确信我会继续讨厌它。我不知道有这种看法的人怎么能当军官,您同意吗,长官?"

"你不喜欢军队的什么?"

"几乎所有,长官。"

副指挥官微笑着低头看自己的鞋。指挥官开始怒形于色。

"拜托听我说,我在军队已经二十五年了,而你才来了四周。我想你是不是吃了熊心豹子胆，竟敢坐在这里说军队一无是处。"

"对不起，长官，我不想无礼。我的看法令您费解，对此我完全理解。"我开始高谈阔论起来，"我猜这和我接受的教育有关。学校鼓励我去质疑一切，形成独立的判断。在军队里，你必须毫无异议地接受命令。我想要是我想当军官的话，需要放弃的原则太多了。"

"等你再年长几岁，布朗，你就会发现有些权威必须毫无异议地去服从。但这已经无关紧要了，重要的是不管你是否喜欢，你已经被征召入伍，要为国家服役两年。我想对此你没有理由抱怨，迄今为止，国家待你不薄，至少让你接受了该死的良好教育。现在，你是否准备充分利用这一机会？"

"我认为军队没有给我充分利用的机会。"我回答，"我申请加入教育军团，我想，在那里我可能会对军队有所贡献，于我也有益。在皇家装甲兵部队，我感觉我既在浪费自己的时间，也在浪费军队的时间。"

"有没有可能把这个人转到教育军团去？"副指挥官问人事军官。

"根本不可能。之前我就告诉过你了，布朗。"

"好吧，布朗，"指挥官重拾话头，"尽管我认为你大错特错，但和你争辩显然毫无意义。你现在想做什么，接受通信兵/炮兵训练？要是你勤奋刻苦的话，最后可能会成为坦克指挥官。"

我说的话他显然一个字都没听明白。

"不，长官。我想我宁愿当个文员。"

"这可以吗,哈罗德?"

人事军官厌恶地点了点头。

"那好吧。就这样了,布朗。"

"去预备军官侧楼等我,"詹姆斯上尉说,"你得签个自愿放弃声明。"

我敬了个礼,然后离开了。迈克还在外面等着,我向他眨了一下眼,就溜达着去了预备军官侧楼。过了一会儿他也来了。

"你能先去真是太幸运了,"他说,"他们怒不可遏。指挥官问:'这是什么,一场阴谋吗?'"

我兴高采烈地笑了。

"我们让他们担心了,伙计!"然后,我焦急地问,"你有没有说想当文员?"

"说了,也没有别的选择啊。"他闷闷不乐地回答。

温暖舒适、需要久坐的文员工作对我很有吸引力,但却令迈克沮丧万分。幸运的是,他别无选择。迈克有幽闭恐惧症。一天下午,我们被带到了坦克停车场,经过允许,大家爬上了这些沾满泥巴的怪物,他脸色苍白地从驾驶舱里爬了出来。因此,坦克兵对他来说完全不可能了。我对坦克也从来不感兴趣,对我来说,它们既丑陋聒噪又危险万分,在现代战争中荒唐又过时。不管怎样,听到他的消息我很开心。

"太好了,这意味着我们要一起接受文员培训了。"我说。

这时,詹姆斯上尉昂首阔步地从我们身边走过,去了他的办公室,我们听到了打字机咔哒咔哒的声音。

"这种事情肯定很少见,"我向迈克嘟囔,"他得做个格式规范的文件。"

稍后詹姆斯上尉叫我们去签声明。

"我认为你俩是一对放肆无礼的傻瓜。"他说,"这下你们满意了吧?就这样吧。"

营地广场戏剧化的小风波之后,贝克很明显开始控制自己的用语。其他大部分士官骂人时只会说些亵渎神明的话或者一些污言秽语,贝克会的可不止这些,珀西的日子仍然不好过,贝克频繁地威胁要把他重新编队。到了这个时候,我相信这永远也不可能发生,因为贝克引以为豪的正是他可以把毫无希望的人训练成士兵的能力,他只是一直把这一威胁悬在珀西头顶,像审判官一样狡猾而又残忍。珀西会被重新编队的恐惧并没有波及我们,我们始终或多或少地处在一种筋疲力尽、精神抑郁的状态中,对于结束基础训练的渴望已经难以形容。我们不知道行业培训和军团生活会是什么样,但是感觉没什么会比基础训练更可怕了,在结业阅兵式后被剥夺珍贵的七十二小时,重来一次基础训练,这令人难以想象。

在卡特瑞克基础训练期间,两种形象持续不断地浮现在人们的脑海:一个是监狱,另一个是地狱。被监禁在营房,吃难吃的食物,士官们看守一样的态度,难看的斜纹棉布,剃光的头顶,无处不在的凄凉苦闷和日常生活的艰难不适——这一切都让人感觉像是在监狱一样。我身份卡上的照片总是令人不由自主地想到档案中的犯人形象:憔悴的脸色,剪短的头发,横在胸前的入伍编号。晚上欺凌弱小的环节像缝邮袋一样,毫无意义又枯燥乏味。每周一英镑的报酬看上去那么不合理，发放时又那么出人意料：人们对通过服务挣来的钱没什么感觉，只有惩罚才让他们刻骨铭心。

这种蹲监狱般的感觉可能占据了生活中的大部分时间，偶尔会令人产生超现实的感觉，噩梦般错乱的感觉，此时，地狱就取代了监狱。当然此地狱并非真正的地狱，而是滑稽歌剧里的地狱，一种可怕的闹剧，人们对此地狱的反应要么是报以歇斯底里的狂笑，要么是陷入玄奥抽象的绝望。

让人感觉最像地狱的是我们第一次接到命令，准备全套装备展示的时候。多加练习的话，这可能会是一个尽管辛苦但相对容易的事情。但在当时，对我们来说这是一项工程浩大的任务。我们需要清洁、打磨或用擦白剂擦白每一样装备，所有的衣服都要按规定熨烫，直到完全看不出是衣服，而是变成一种平整的、长方形的物品为止。我们每十五个人使用一个熨斗，士官们根本不管规定的熄灯时间，因为他们很清楚这工作会让我们耗到深夜，甚至是凌晨。我凌晨三点才睡，还有一些人根本就没睡。当我的旅行闹钟五点钟叫醒我的时候，幽幽的晨光开始和微弱的电灯泡一较高下，他们仍然在满眼血丝地弯腰擦靴子。我五点就醒了是因为按照复杂的展示规定去整理那些装备本身也是一个漫长的过程。事实上，小巴恩斯凌晨两点四十五分就已经摆好装备了，然后他裹上一条毯子，在床边的石砌地板上躺下睡了。其他人虽然没有像他一样使用这种斯巴达勇士似的权宜之计，但很多都睡在了床架子光秃秃的钢丝网上，装备摆放在旁边的床垫上，只等早晨抬到床上就可以了。

当然，每个人都抱怨不断，骂声连连，但该做的还是得做，虽然我并不明白到底为什么要如此大费周章。害怕受惩罚吗？或许吧，有时候是，但是我对此持怀疑态度。因为即使是受罚，也不过是辱骂而已，不管你多努力，辱骂都在所难免。不管怎样，没有什么惩罚比这项任务本身更可怕了。以工作为傲？每个中队都有几个吹牛老手，但大多数人并不是。不管多不情愿，或许我们不得不承认，军队的专横跋扈已经压制住了性格最叛逆的人，反应快的已经开始习惯机械地响应所有命令了，从不管那些命令有多荒谬。一旦你承认了这一点，你将很难原谅军队，更难原谅自己。迈克和我像中队里的其他人一样，在漫漫长夜里无情鞭策自己的同时，隐约地意识到我们要对这种荒谬抱以超脱的态度。但这很难做到。

随着夜色渐浓，大家也在变换着活动的节奏。到了大约十点半，营房里充满了一种忧郁哀愁的气氛。有人开始哼唱《奔放的旋律》，这是一首当时非常受人欢迎的流行歌，慢慢地其他人也加入了哼唱的队伍。那首歌如泣如诉，婉转低沉，反反复复，正符合它的歌名。歌词差不多是这样的：

哦，我的爱
我的爱人
我渴望你的爱抚
一段漫长
孤独的
时光
时光荏苒

物换星移

尽管你

仍属于我

我需要你的爱

上帝快赐我

你的爱

很难相信人们会因为这首歌老掉牙又毫无意义的歌词而感动，要承认这一点也令人相当尴尬。但有时候生活就是这样，能够以计取胜，让人暴露在廉价庸俗的感情攻势之下，再精明老练也抵御不了。

不一会儿，这种安静忧郁就被诺曼驱散了，他开始用沙哑而又五音不全的声音唱一首欢快的下流民谣：

玛丽这个来自山区的小娘儿们

用钢笔搞自个儿

那个王八蛋叫斯蒂芬

那个王八蛋叫斯蒂芬

那个王八蛋叫斯蒂芬

因为这正是墨水的名儿

迈克和我咯咯笑起来，珀西用责备的目光看着我们。军队里有一些出身低微的人，几乎没受过教育，痴迷于一些污言秽语，但这些污言秽语中包含的聪明才智总是令我惊讶万分。在我服役期间，经常有人塞给我一页脏兮兮的纸，上面印着一些污言秽语写就的下流打油诗，其中的巧思智慧连罗切斯特[①]都会为之骄傲。

随着夜色渐深，深夜不可避免地成为凌晨，疲倦和绝望绞在一起，在营房中产生了一种歇斯底里的情绪。我们热切地抓住每一个分心和受干扰的机会，而不是去尽快完成任务。短暂无意识的打闹此起彼伏。诺曼和他的朋友们沉湎于你骑我我骑你的闹剧中。有个小伙子放弃了自己的装备想要睡觉，因为诺曼一伙太吵闹而骂了他们几句。他们为报复他，把他连床一起抬了起来，绕着营房转了一圈，最后把那个可怜的家伙翻倒在地上的一堆毯子上了。

到了大约凌晨两点，诺曼决定打扫一下营房他那一头。营房地板是用石板砌的，有些石板裂了，缺了几块，留下几个窟窿眼。诺曼懒得到外面倒垃圾，就把它们都扫到最大的窟窿眼里了。

"你不能把这些狗屎留在这里边，诺曼。"有人抗议，"'梅毒'和'骗子'肯定会有意见的。"（博克斯中士和贝克下士被大家称为"梅毒"和"骗子"，"骗子"有一种明显的深层意思。[②]）

"操他妈的，那我就烧了它。"诺曼反驳，然后用一根火柴把那堆垃圾点着了。那个窟窿眼里有很多报纸和牛皮纸，火焰惊人地腾空而起，在观众心里激起了一丝邪恶而又幼稚的快感。有几个人跑着往火堆里又扔了一些报纸和破布。

[①]指约翰·威尔默特，第二代罗切斯特伯爵（1647—1680），英国宫廷诗人，查理二世的宠臣，风流才子、浪荡子的代名词。
[②]此处博克斯（Box）被称为梅毒（Pox），贝克（Baker）被称为骗子（Faker）。

小巴恩斯在睡梦中闻到了煳味，从床上笔直地坐了起来，嘴里喊着："着火了！"看着他恐慌的样子，我们大笑起来。我们一个个泪眼婆娑，这眼泪是因为大笑，因为呛人的烟味，同时也是因为凡间事而流。

诺曼和他的两个狐朋狗友开始围着火堆跳起一种奇怪的祭祀舞，用尽力气吼叫、呐喊着。其他人用刀叉敲打着储物柜，仿佛都沉浸在群魔乱舞之中。我虽然只是个观众，却也被这一幕奇观完全吸引，直到不经意间看到珀西蜷曲在床上，双手捂着耳朵，像疟疾犯了一样脸色苍白，浑身颤抖。

"你怎么了，珀西？"我冲他叫道。他只是看着我摇了摇头。

火焰很快熄灭了，但烟却更浓了。有人喊道："操他妈的，诺曼，把火灭了。"

"那给我们来点儿水。"他用沙哑的嗓音咆哮着，趔趔趄趄地走向乔·马修的熨衣架。乔·马修是个机灵的小个子伦敦人，总是留一杯水熨衣服用。乔一把抓住了自己的杯子：

"拿你自己的水去，诺曼。"

"拜托，年轻人，"诺曼说，"我哪有时间去接水。这该死的营房马上就要烧着了。"

"尿一泡浇死它。"

这建议正合诺曼之意，他一把拽开裤子拉链，在焖烧的余火上清空了容量超大的膀胱。

"《格列佛游记》。"我对迈克说，他咧着嘴笑了一下表示明白我的意思。当他闻到一种混合着刺鼻烟味和尿臊味的恶臭时，脸上的笑容骤然消失了。其他人有的一边笑骂一边挣扎着去开窗户，还有的蜂拥到门口。有一扇门从门轴处断开，向外倒在了地上，他们站到上面，冲着营房大喊大叫，而诺曼正试图踩灭余火。

"你个可恶的混蛋，诺曼！"

"你个傻逼，诺曼！"

"住嘴，要不然骑你丫的！"他反驳道。

最后，浓烟渐渐消散，短暂的兴奋慢慢平息，我们又开始忙碌，只是比以前感觉更加疲惫。珀西走过来站在我的床尾，徒劳地擦着靴子。

"我的鞋头怎么都擦不亮。"他绝望地说。

我拿过靴子检查了一下，鞋上有上百个细小的划痕。

"你要做的第一件事是找一块新抹布，"我说，"你用的那块里面肯定有粗砂，把鞋面都刮花了。"

"这儿，用我的。"迈克边说边从另一张床上把他的抹布扔了过来，"今晚我受够了。"他脱掉靴子，和衣躺在了毯子底下，在床上习惯性地吸了一支睡前烟。

"嗯，"迈克继续说，"距离队列训练结束没多久了。"

"对你来说当然好了，"珀西说，"但我可能得重新编队了。"

"贝克不会让你重新编队的，珀西。"我说。

"不，他肯定会的，他会一直等到结业阅兵式的前一天再告诉我。"

"嗯，即使真的出现最糟糕的情况，"我争辩着，试图安慰他，"至少新的中队也不会由贝克负责了。"

"不只是贝克,"他言辞激烈地回答,"你觉得再来一遍的话,我能受得了吗?"他伸出手臂,指着周围的一切,阴冷简陋、灯光暗淡的营房,弯腰弓背擦靴子或在睡梦中呻吟的忧郁的士兵,挥之不去的烟味儿和诺曼的尿骚味。"我宁愿去死。"珀西说。

实际上,珀西在最后一周基础训练的周二那天死了。那天我们去了步枪打靶场,天正下着毛毛细雨,但带我们去野外的大巴车里却充满了节日气氛。头一天我们做了很多体能测试项目,所以倍感疲惫。测试要求并不高,但所有的项目都集中在一个下午—— 一英里跑、一百码跑、跳高、跳远、爬绳,还有其他几个项目——总的体力消耗还是很可观的。然而,那都已经是过去式了,眼前等着我们的是结业阅兵式和七十二小时假期,而眼前的野外之行至少看起来还比较新奇。大巴内温暖舒适、烟雾缭绕,收音机正在播放"家庭主妇的选择";和司机坐在一起的贝克似乎心情也比平时好了一些,没有管那些兴高采烈的乘客,只在当我们途经几个女孩、诺曼像发情的公牛似的向她们吼叫时说了一声:"消停点儿,色鬼。"

我们很快就把军营甩在了身后,驶向了像月球表面一样崎岖不平的荒野。坦克像行动迟缓的史前怪物,夜以继日地驶过这些土地,碾轧的车辙像是把大地撕开了一般。最后我们终于赶到了打靶场,它坐落于一个山谷中:一头是靶位,另一头是射击位。除了一个开放式的波浪形铁皮屋顶和一个没有上下水管道的摇摇晃晃的厕所,这里再也没有别的遮蔽物了。雨丝温柔却从未间断,要在这荒凉偏远的地方待一天,这主意看起来并不怎么有吸引力。

我们一群人被分成了两部分:C中队被派去操控靶子,其他两队射击；之后再依次轮换。我们把防潮布裹在头顶，扑哧扑哧地走过草地，艰难地来到靶场。靶场里有一条宽宽的水泥壕沟，可以保护我们避开枪击，但当时壕沟有一部分被雨水淹了。每一个靶子由两个人操控，用滑轮升起来。每打完一轮，我们就用不同颜色的旗子表示结果，"四环""三环""二环"或者脱靶。五轮过后，我们降下靶子，用相应颜色的纸粘上弹孔。整个过程缓慢又单调。山谷那头，眉头紧锁、嘴里叼着铅笔的士官负责记录每个人的成绩。如果有疑问，也只能用陈旧的野战电话进行解答。刚开始几分钟的新鲜感和子弹"嗖嗖"地飞过头顶那种短暂危险的感觉很快就消失了，剩下的只有无聊了。贝克的好心情也随着他裤子上的折痕一起被雨水冲走了，取而代之的是他前所未有的坏脾气。贝克的情绪低落一般很难找到原因，但我碰巧看到他用手摸了几次脸颊，他的脸颊稍微有点肿大，这让我怀疑他是不是牙疼。

"我想贝克牙疼犯了。"当我们把靶子从壕沟里升起来时，我对迈克说。

"别说了，你让我的心都碎了。"他回答。

十二点半，我们开始午餐，海陆空军小卖部的厢式货车带来了腌牛肉三明治和热甜茶。两点半左右，轮到我们射击了。

"你之前开过枪吗？"当我们艰难地走在山谷中时，珀西问我。我们的防潮布披肩已经湿透，一下一下地拍打着膝盖。

"没有，除了前几天打过二零二。"在来靶场前几天，我们本该练习使用三零三口径步枪射击，但到了最后一刻才发现弹药短缺。所以对于我们大多数人来说，这是第一次使用合适的枪械射击。但是，结业之前我们必须达到一定的精确度标准。

"希望我能搞定，"珀西说，"希望贝克别看我。他当然会看我，他肯定会把我打发掉。"

"不会有事的，珀西。不过你要当心你的右肩，后坐力会严重挫伤你的右肩。"

"我是左撇子。"他说。

"那么就是左肩啦。你怎么样，迈克?"我转过身去问他,"你用小口径打得不错。"

"我在爱尔兰打过枪。"他回答，"但是用的不是这样又笨又重的家伙。我想它们在布尔战争时就开始用了。"

"希金斯！布朗！布雷迪！别瞎扯了！"贝克从后边叫道,"快他妈走。我们可不想整夜都待在这儿。"我向旁边瞥了一眼，贝克正用一块卡其色手帕捂着下颌，看上去很痛苦。

等我们到达射击位后，贝克简略地解释了一下程序：

"轮到你时，会有人喊你的名字。去博克斯中士那里，他会给你一个装有五发子弹的弹夹。然后，在一个已经准备好射击的人身后十步的位置站好，等他打完你就走向前卧倒。听到'上膛！'的命令，你就把弹夹插入弹匣。听到'拉保险栓！'的命令，你就拉开保险栓。听到'瞄准！'的命令，你就把步枪瞄准靶心，注意两边视线对齐。听到'开火！'的命令，你就打一发子弹，然后按下弹匣卡榫弹出空弹匣。按这种方式打五发。在未发令前不要开火。一次不要打多于一发的子弹。五发打完后，捡起空弹壳并立即交回博克斯中士。试图带走实弹的人将被送上军事法庭。听明白了吗？

好的,让我们尽快干完这该死的事情。"

毛毛细雨对于精确射击并无帮助,大家的水平普遍很差。贝克很烦躁,辱骂着那些卧倒在地的神枪手。我们站在湿漉漉的山坡上等候,担心地摆弄着沉重的步枪。

迈克和我排在珀西之后,我们站在他后边,和他一起痛苦。他卧倒在地时,紧张得瑟瑟发抖。他无法将子弹装入弹匣。他用力推了一下,手一打滑,手背上就划了一道口子。

"看在上帝的分上,希金斯,你就不能把这该死的东西推上膛吗?"贝克哇啦哇啦地叫着,从珀西无力的手中夺过步枪,用手掌毫不费力地把弹夹推了进去。因为珀西是左撇子,保险栓对他来说位置不对,当他笨拙地拉保险栓时,贝克一直在他旁边监督。

"靶子在动吗,希金斯?"当珀西瞄准时,贝克讽刺地问。

"没有,下士。"

"那你那该死的枪管摇来摆去的干什么?"

珀西稳住胳膊。从他僵硬的身形中我们能感受到他的决心和专心。

"开火!"

子弹应声飞出。过了一会儿,靶子那边开始发信号,珀西的靶子显示脱靶。贝克脸上闪过一丝极度痛苦的表情,抬起手捂着下颌。

"把你的手拿出来,希金斯。"他用一种低沉而危险的声音说,"我警告你。"

珀西继续射击。每一次红白旗子都在他的靶子上遗憾地晃动,贝克也愈发失去理智。最后一次他命令"开火",子弹尚未打出,一名正规军给贝克带来了一个消息。

"博克斯中士说靶子那边来电,说二号靶子上有七个洞,我们他妈的在搞什么。"他咧着嘴笑着说道。贝克气得脸色煞白,用穿着靴子的脚一脚把珀西踢翻在地。

"你这个傻逼,希金斯!你瞄错靶子了!肯定是这样。你这个讨厌鬼,我再也不想看到你了。你重新编队,让别的可怜虫去把你训练成士兵吧,我受够了。从我眼前消失。快点,滚。"

珀西跟跟跄跄地从迈克和我中间走过,忧心如焚。我们眼睁睁地看着他冒着雨拖着脚,茫然地往山上走去。贝克命令我们向前站在射击位置,我们没法和他一起去。

"琼斯!"贝克向那个来传消息的正规军命令道,"把那些该死的空弹壳捡起来。"

我趴在潮湿的防潮布上,努力想把珀西置于脑后,集中精力射击。我不想也被重新编队。我旁边的琼斯像在草地上生了根一样,使得我注意力分散,实在烦人。

"快点,琼斯。"贝克喊道。

"只有四个空弹壳,下士。"那个士兵喊道。

"天呐!去找那个——"

他的话被我们身后一声低沉的爆炸声打断了,紧接着传来的是一阵极为痛苦的呻吟。这声音让人感觉非常可怕,因为尽管它来自远方,却清晰可闻。大家沉默着,像是吓瘫了。然后迈克扔掉枪,翻身爬起来,开始往山上飞奔。

"布雷迪！你他妈的什么——"贝克开口说道。但是没等说完，他也开始跑起来，我们都开始跑。

我们在臭气熏天的厕所后面找到了珀西，他躺在枪上，一摊可怕的血沿着他的身体在草地上快速弥散开来。迈克泪流满面地把珀西的头从湿草地上抬起来。

"忏悔祷告，珀西，"他急切地说，"你的忏悔祷告。哦，上帝，我为我犯下的所有罪行深深忏悔……"

我知道迈克在担心什么——自杀。不能宽恕的罪行。看上去珀西好像也明白，因为他努力地想要摇头。他发不出任何声音，眼球从眼眶里向外突出，像是因为没想到会这么痛苦而感到吃惊。迈克抬起头，看向贝克。

"你这个猪猡。"他轻声说。

贝克瞬间衰老，面色蜡黄，像是垮掉了一样。

"这是个意外。"他呆呆地说。

迈克刚要开口回答，珀西突然低声说：

"意外。"

贝克脸色明显好转了。"你们都听到了——这是个意外。"他对我们几个吓坏了的士兵说，"希金斯说是意外，你们都是证人。"声音中透着急切。

珀西又张开嘴想说话，涌出来的却是一口口的鲜血。我转过脸去，斜靠在厕所墙上，手指插到生锈的波浪形铁皮里，大口吐了起来。当我转过头来，发现博克斯中士在驱离现场的士兵，两个昏倒在地的士兵被人拍醒，贝克在护理自己的下颌，迈克在胸前画十字,珀西死了。

珀西的死结束了基础训练,他用他的死为我们提供了最后一次服务,颇有讽刺意味。

当然,射击任务立刻中止了,但好像没人知道接下来该做什么。疲惫不堪的士官们像受惊的家禽一样四处游荡。有人用靶场的野战电话叫来了布思·亨德森,我们看到他正笨拙地朝向我们跑上山。最后,他开着一辆吉普车离开了,去找公共电话亭。珀西的尸体被盖上了一张防潮布,士兵们在毛毛细雨中闲逛,吸着被雨打湿的烟,偷偷摸摸又心惊胆战地瞥一眼他的尸体。

"一个士兵之死,"迈克悲痛地说,"一个他妈的士兵之死。"之后再也不发一言。

大约二十分钟后,布思·亨德森回来了,说上级命令我们回军营。我们一窝蜂地涌进大巴,一路颠簸,在一片死寂中回到了卡特瑞克。在温暖的大巴上,一种奇怪而又恶心的烂草味从我们的军装里散发出来。一辆救护车和两辆警车向着相反的方向从我们身旁驶过。

"来了辆救护车。"有人在那辆车经过我们旁边时喊道,"他们要带他去医院,或许他根本就没死。"

"别他妈犯傻了,老弟。"另一个人反驳道,"得做尸检。那个可怜的家伙,他肯定死了。"

大家都忘了擦枪,当我们把又脏又臭的步枪交回军械库时,值班的人眼里充满了愤恨。然后,我们各自回到了营房。大家一言不发,几乎是心怀内疚地从储物柜里取了餐具往厨房走去。我一头倒在了床上，呕吐令我虚弱无力，头昏眼花。比起珀西的死，我更关心自己无关紧要的坏心情，我感到自己实在是冷酷无情。每当回想起那一幕，回想起珀西喉咙里的鲜血像温泉水一样汩汩地向外冒，我都会干呕。肚子里空空如也，干呕非常难受，但尽管如此，我也无法面对晚饭。我试着不去想珀西之死，像个冷酷无情的守卫一样横在我的胃和怜悯之心的中间。但是，当营房里只剩下我们俩时，躺在我旁边的迈克不可避免地打破了沉默。

"嗯，这事你怎么想？"

"我不知道。这很可怕，之前我从没见过死亡，我感觉有点儿蒙。"

"哦，我以前见识过不少，家族遗传。"他用一种冷酷无情而又心烦意乱的幽默口吻回答，"但我再也不想看到这样的死亡了。这就像谋杀，贝克杀了珀西，是他造成了这一切，就差扣扳机了。"

"你认为是自杀吗？"

"不，我认为不是自杀，而是意外。都怪贝克把珀西逼得太紧张、太痛苦，他都不知道自己在做什么，要不然意外也不会发生。"

"你为什么这么确定他不是自杀？"

"至少珀西说是意外。"

我沉思了一会儿，然后说：

"但是自杀的人不都那么说吗？——努力让自己的死看上去是出了意外？"

迈克皱了皱眉，说："是的，我知道。我认为它是意外的理由对于你来说可能无关紧要。只是因为珀西是个天主教徒，一个深信不疑、遵从教规的天主教徒。他知道自杀是出于绝望而犯的最大的罪，会让不朽的灵魂冒着下地狱的风险。但是我并不指望你能理解这一点。"

"我理解。"我有点恼怒地回答。为什么天主教徒总是认为别人无法理解他们的神学教义呢？迈克坐起来，把腿摆到了地板上。

"听着，乔恩。"他说，"从某种意义上说，如果他真的是自杀，那我也乐于接受。如此一来，我们就有机会让贝克对自己的罪行承担责任了。但那不是自杀，我对此深信不疑。现在我们唯一能为珀西做的，就是要保证法庭不做出自杀的死因裁决。"

"那我们到底该怎么做？"我惊讶地问。

"我们是关键证人，或许明天——反正很快就会有警察或者其他什么人来问我们问题，来取证。我们一定不能给出可能让人想到自杀的证明。"

"你不是在建议我们做伪证吧？"

"当然不是，这无非是强调什么的问题，我们一定不能强调贝克对珀西的迫害，必须淡化任何会引起自杀的话题。我知道这与我们的意愿背道而驰，我也希望看到贝克下地狱。可我们必须这么做。"

"我不知道……"我犹疑地嘟囔着。根据我的理解，迈克的动机似乎源于一种唯物主义和末世论的奇怪混合体，"我的意思是说，我不明白的是，无论我们做什么，任何能影响珀西——"

"当然不能，从你的角度来看，"迈克气愤地打断了我的话，"对你来说他不过是死了而已。"

"不，我的意思是从你的角度来看。当然，从神学上看，不管我们做出什么样的裁决，都不会影响他在另一个世界的命运——如果有另一个世界的话。"

迈克不耐烦地摸出一包烟来，忘了给我一支。

"你们不可知论者的问题在于，你们把神学看作一种冷冰冰的数理科学，就像经济学一样。神学根本不是这样的。首先，我要明确说明，我并没有想隐瞒自杀事件。我认为珀西并没有自杀，但我也认为法庭有相当大的可能做出这样的裁决。你说这不会影响珀西的永恒命运，从某方面来说，你是对的。不管我们怎么看，他都得为自己的行为负责。但事情并非如此简单。我们的教会由征战的教会、受难的教会和得胜的教会组成——分为尘世忠诚、炼狱忠诚和……"

"天国忠诚。是的，我确实了解一点关于基督教的知识。"

迈克咧嘴笑了，稍微放松了一点。他给了我一支烟。

"嗯，教会的这三个部分因为祈祷和互助而紧密相连。我们祈求圣徒为我们代求；我们参与弥撒为信徒祈求灵魂安息；等他们上了天堂，他们将为我们代求。现在，如果有谁的灵魂脱离开这个祈祷和互助的系统，那将是莫大的遗憾。如果珀西被污蔑为自杀的话，就没有追思弥撒，也没有祈求他灵魂安息的弥撒。他将被埋进不洁之地，没有人会在他的身体上祷告一句。在古老而虔诚的天主教家庭历史中，他将被看作可耻的一章。我们对于故去的亲人怀有强烈的情感，要是珀西被剥夺了这些情感的话，那将是一个悲剧。"

"嗯，"我急于安抚他，"虽然我并不能真正明白你的意思，但我会尽全力的,当然,除了撒谎。"

"好人!"他站起身来,伸手拿起湿透的披肩。

"你要去哪儿?"

"去教堂。"

"不需要经过批准吗?"

"操他妈的批准。"

这是我第一次也是最后一次听他说这个词。这令我回想起他向珀西解释这个词时的情景。他披上披肩,走进雨中。我听到他走过窗外时发出的扑哧扑哧声。

营房的其他人用完茶点后陆续都回来了。有人顺道拜访,来还啤酒钱,这些钱本来是为明天晚上结业前夜的狂欢聚会收集的。我决定去基督教青年会餐厅喝杯咖啡。等我回来时,营房里只有几个不可救药的爱吹牛的人在胡说八道。珀西的空床仍在那里,没人想去擦腰带扣,而且有传言说结业阅兵式被取消了。迈克回来时,我已入睡。

第二天早晨的列队比平时要晚,我们在营房里磨蹭到八点半,博克斯中士才出现,催着我们去广场。广场上也没有人来检查。有人叫了几个名字,其中包括迈克和我,我们被命令离队,在广场一边排好队。中队的其他人由体能教练带去越野跑,我们则排着队去了营部办公室。

贝克正等在营部办公室外,他脸色苍白,看上去很紧张。副官在走廊上向我们解释说,死因裁判官要就坦克兵希金斯之死与我们面谈。贝克第一个进去了,在里面待了很久。我们在走廊上稍息等候，路过的士兵向我们投来好奇的目光。一个身材矮小、笨头笨脑的在押犯正在徒手捡草坪和花坛的树叶，这些草坪和花坛围着营部办公室绕了一圈，边上有一些被刷成白色的石头。他缓缓走到走廊边上。

"有烟吗，伙计？"他悄悄地问。

迈克的手刚放到衣兜上，负责监视的军团警察突然厉声发令，在押犯遗憾地笑了一下，踽踽而去。

透过我右边的窗户往里看，我看到了两个漂亮的速记员，她们在准备早午茶。军营里的女性极其令人向往，这或许也是她们选择在这里工作的原因：想象着自己在一天之内要被别人意淫强奸上百次，这肯定很爽。她们的办公室看上去很舒适，电暖炉洋溢着温暖的火光。其中一个女孩坐下时用手抚平臀部的裙子，就像一只心满意足的猫在舔自己身上的毛一样。我就像站在狭长的半岛上：一边是备受呵护的打字员，一边是在泥地里翻找树叶的可怜在押犯。生活是如此不公平，人又是如此不平等，这感觉击中了我。

几分钟后，犯人被押走了，警察在他身后大步走着，嘴里以一种荒唐的速度喊着号子："左右左右左右左。"那个可怜的家伙迈着奇怪的步子，竭力跟上号令。我觉得军队纪律极度令人气愤，就像老旧的刑法典一样，为了惩罚罪犯，军队纪律似乎是在想法子创造条件让人犯罪一样。犯罪和惩罚在平民生活中是纯粹抽象的概念，但在军队却很常见。一个小小的疏漏，一个轻率的举动，或者忽视了某些琐碎的规定，突然间你就成了一个罪犯，要遭到监禁，被人欺负侮辱。对于智力相对低下的士兵来说，这种事情更是家常便饭。一天晚上，一群士兵休假结束后不想回军营，一直坐在篝火旁直到最后一辆火车离开。第二天早上，他们不敢回军营，就藏了起来，很快就成了逃兵，遭到追捕。有人在晚上沿街搜捕，挨家挨户大声敲门。再后来他们被捕了，押送回军营后就被关进了牢房。

军队纪律不仅贬低了罪犯，也贬低了警察。亚眠营的军团警察系黑色背带，为了和普通士兵加以区分，他们的腰带是斜着扎的。他们身上带着一种盖世太保般的神气，要做的就是训斥别人，欺凌弱小，而这些人中的大多数也像我一样，是现役军人。军队给人太多培养虐待狂的机会。

后来贝克终于出来了，他看都没看我们一眼，就兀自走开了。接下来，死因裁判官很快问完了三个士兵，迈克却在里面耽搁了很久。然后就轮到我了。

死因裁判官借用了副指挥官的办公室。他是个中年人，身形健硕，头发花白，状态轻松。当我进门时，他正往烟斗里装烟叶。

"请关上门，可以吗？谢谢。你是坦克兵布朗，对吗？坐下，别客气。我叫亚当斯，我想你知道我是谁吧，对吗？你也知道我们的谈话是关于什么的吧？"

"是的，长官。"

他让我宣誓之后，问了我几个例行问题——姓名、年龄等，接着又问道："你是坦克兵希金斯的朋友吗？"

"算是吧，我想。我的意思是，我经常见到他，但我不能确切地把他说成是一个朋友。"

"你并不特别喜欢他？"

"哦,我觉得他还行。这要看你眼中的'朋友'是怎么定义的。我们并没有多少共同点。"

"我明白了。"他吐出一口烟,"现在,请你用自己的话告诉我昨天下午发生的事情,从坦克兵希金斯准备射击时开始。请讲得慢一点,因为我要将你的证词手写下来。"

我简短且实事求是地向他讲述了整个事件,他时不时地打断我,问我一些问题。

"你能确切描述一下步枪和希金斯身体的位置吗?"

"可以,他躺在步枪上面,脸朝下。或许我可以给您画个草图?"

"那太好了,谢谢。"他从桌子那头递给我一支铅笔和一张纸。他研究了一下我画的草图,然后将温和的灰白色眼睛转向了我。

"当时步枪的枪托是从他身体的右边伸出来的吗?"

"是的。像我说的那样,他的拇指好像被扳机环夹住了。"

他点了点头。"还有几个问题。希金斯在周二那天看上去心情不一般吗?"

"没有,没什么让我印象深刻的。"

"没有焦虑或紧张吗?"

"他总是很焦虑、很紧张。"

"你为什么这么说?"

"嗯,他觉得军队生活很痛苦。"我绞尽脑汁想找到更多的解释:我和迈克之前达成了协议,避免说珀西自杀,而我们的谈话越来越接近我们协商的底线了,"您大概知道,来军部之前,珀西打算做一名牧师。"

"是的，我知道。告诉我，对于他手里的那颗夺命的子弹，你怎么解释？"

我想了一会儿。"我猜他最后一枪应该没打。正如我刚才所说，坦克兵乔恩斯带着消息来的时候，他们正准备射击。珀西——坦克兵希金斯想把最后一发打中，所以特别紧张，因此射击的速度慢了一些。当贝克下士命令他离开的时候，他大概以为他已经打完了而且又一次脱靶了。"

"贝克下士威胁希金斯要'重新编队'，这具体是什么意思？"

我解释了一下。

"这是很严重的事情吗？"

"不……但是我认为这种事情比较少见。"

"就你所知，希金斯有没有说过或者写过关于自杀的事情？"

"没有。他的确没有说过，我也没见他写过什么。实际上，我不记得见他写过字。"

"信都不写吗？"

"可能只有一两次吧。"

"他收到的信多吗？"

"没有，不多。"

"他有女朋友吗？"

我几乎要笑了。"珀西？他要是有女朋友的话，我会非常惊讶的。"

亚当斯一边小声嘟囔，一边把烟斗里烧焦的烟叶末儿敲打出来。

"布朗，你最先想到的希金斯的死因是什么？"

"他的死是个意外。"我回答。这是真的。当迈克小声做忏悔祷告时我就意识到了他在想什么，直到那时我才想到自杀，之后珀西自杀的想法就扎根在我心里，难以驱除。但是，迈克却声称他从未想到过珀西是自杀，对任何一个垂死的天主教徒，他都会敦促对方做忏悔祷告的。

"你为什么认为这是场意外？"

"我也不确定。我想可能是因为珀西太笨了吧，你可能会说他总爱出事故——尽管这听起来有些轻率无礼。他总是徒然地伤到自己。连装个弹匣都能划伤手。"

"啊，是啊，我想他手上确实有道伤口。这是你证词的总结，现在我想请你通读一遍……"

下午，指挥官向所有新兵讲话。他说，作为坦克兵希金斯的同志，我们一定都为他遭遇的不幸而深感震惊。令人欣慰的是，一封代表军团的电报已经派发给他的亲人，向他们的丧亲之痛致以最深切的遗憾和同情。死因裁判调查和军团调查同时开展，在这两项调查中，我们中的一些人将被要求做证人。同时，在剩下的服役时间里，这一事故我们应当牢记在心，在操作火器和实弹时一定要极度小心。鉴于当前情况，原定于第二天下午举行的结业阅兵式被取消。他很清楚我们和教练已经艰苦训练了好几周，这样的决定可能会令人感到极度失望，但却无法避免。因此，按照计划，只要我们将床上用品和装备交到仓库，当天下午就可以开始休假了。然而，当天早晨那些接受死因裁判官面谈的人将被要求做讯问证人，因此要留在驻地等候讯问，之后才可以开始休假。他们的名字是……

还没叫到我的名字时，我就知道自己肯定是倒霉蛋之一，即将在最后时刻听到令人失望的消息——关于休假，关于额外的一天（我确定我们肯定得不到别人因为结业阅兵式被取消而多出来的一天假期），这比我因珀西之死而感受到的痛苦还要令人难过。迈克当然也被留下了。出于对珀西的怜悯之情，我必须对他隐瞒我的感受——这也是令我失望痛心的一部分原因。在我们回营房的路上，我几乎不敢靠近迈克去和他说话，生怕因失去珀西朋友的身份而失去迈克的友情。

"指挥官的讲话不合常理，我早该想到的。"他评论道，"比如那个关于操作火器的说法，它暗示那是一个一目了然的不幸死亡事件，他们想怎样裁决也显而易见。媒体上没有肮脏的丑闻，下议院也无人过问。"

"怎么了，这不正合你意吗？"我不耐烦地回答。

他耸了耸肩，说："我想是吧。"

"休假的事真是烦人。"我再也无法忍下去了，但是迈克看上去却像没听见我的话一样。

营房里有一种强忍的喜气洋洋的感觉。迈克和我坐在床上，看着别人往帆布袋里装衣服，等着一会儿把包寄存在仓库。我可以想象，如果能和他们一样，我该有多开心。珀西死了之后比他在世时更受人欢迎。有人开始吹口哨。利物浦人米勒——一个好脾气又受大家欢迎的小伙子，隔着很远喊他的哥们儿：

"嗨,艾伯特!"

"怎么了?"

"没想到还因祸得福了呢,是啵?这样我就能及时回家带我的妞去看片儿了。"

"是啊,你打算去哪儿看,富豪?我妈写信说这周有好电影。"

"不知道,无所谓。我不带她看血腥的电影。"

大家都笑了起来。

"都给我闭嘴!"

迈克腾地站起身,脸拉得老长,青筋暴跳,面色苍白。"你们都不知道为什么今晚就能回家吗?因为一个男孩死了。昨天,我们自己人,一个打从第一晚来到军营你们就一直友好对待的人。至少你们应该保持沉默,而不是对那些女的摩拳擦掌……唉,你们让我忍无可忍。"

米勒脸红了,行为收敛了一些。

"我知道珀西是你哥们儿,生姜头。我也为那可怜的小子感到难过。但是我又没杀他。你没必要冲我大发脾气。"

迈克刚要缓和,又有人说话了:

"没关系的,利物浦人。你不知道吗,迈克的休假取消了。太他妈倒霉了,是不是?"

当我看清楚是谁在说话时,我突然有了一种预感,令人不寒而栗。那不是别人,正是第一晚珀西到军营时因为下跪事件而和迈克发生冲突的正规军哈德卡斯尔。从那天起,他就一直对珀西和迈克报以一种轻蔑的冷漠态度。不知他是吃了豹子胆还是鬼迷了心窍,竟敢在这时说这种话。

他身材高大健壮,是大家口中的可怕斗士。但迈克和他打起架来却带着一种十字军战士一般的正义和愤慨,而且意图很明确——并不想打赢,只想着惩罚别人。迈克在这场打斗中占尽优势,他不肯和哈德卡斯尔摔跤,而是强迫对方打起了拳击。他绕着自己的目标移动,巧妙地躲开对方笨拙的拳头,有条不紊地猛击他的脸。这场打斗非常奇怪,是在一种充满了羞愧的静默中进行的。之所以羞愧,是因为在场的每一个人都意识到哈德卡斯尔是在代表他们接受惩罚——因为不爱珀西而受罚。终于有几个旁观者介入其中,哈德卡斯尔无力地坐到了离他最近的床上,头昏眼花,痛得说不出话来。迈克在一片尴尬的沉默中径直走出了营房。

迈克可以有机会在哈德卡斯尔身上将压抑在心头的愤怒和遗憾发泄出来,倒也不失为一件好事,因为这使他变得更加坚忍,能够忍受其他新兵毫不伪饰的欢欣雀跃。我们每个中队之间的联系很少,或者说根本就没有联系,珀西之死对于 A 中队和 B 中队的影响微乎其微,到目前为止只是导致了结业阅兵式被取消,七十二小时休假被延长。因此当士兵们准备去休假时,营房内外到处都是一片欢天喜地的景象。我担心迈克会和别人再次陷入混战,一旦再打起来的话,我觉得自己应该去帮他,但他好像不想再去挑衅别人了。

其他人也未能如愿地快速离开。当我们去喝茶时,看到他们正在营房办公室外排队,等着领休假通行证。得知那晚利物浦人米勒最终无法带他的妞去看电影,我感到些微窃喜。但是当我们回到营房时，发现里面一片狼藉：床上没有了毛毯和床垫，空空如也的储物柜大敞着柜门，地板上满满的灰尘和碎纸片。我们分别坐在自己的床上，点着了烟。

"嗯，总算有点私人空间了。"我用一种虚伪的高兴的口吻说。空荡荡的营房里回响着我的声音。就在这时，博克斯中士在门口探出头来。

"哦，你们在这儿。我找你俩一个小时了，你们之前去哪儿了？"

"只是去喝了杯茶。"

"你们他妈的耽搁了不少时间啊。不管那个了，把装备和床上用品收拾好，你们要搬走。"

"搬哪儿去，中士？"

"所有证人都要搬到待命楼，直到讯问结束。"

"我们要在那儿干什么？"

他虐待狂似的笑了一下，说："做杂役吧，我想。"

待命楼像是地狱的边缘，结束训练的士兵在等候派驻时被安排在这里。正如博克斯中士所预言的那样，我们一直忙于杂役——铲煤和焦炭。这种日子枯燥沉闷，令人沮丧，仅次于基础训练，因为这里不用做那些令人厌烦的"公牛"，晨间检查也是敷衍了事。

周六我们去里士满快活了一天，去了两家电影院、名叫"& 薯条"的咖啡馆，还有海陆空军俱乐部。俱乐部里正在举办舞会，旋转门不停地转，一些来自里士满和达灵顿的女孩从门口络绎不绝地涌入，被秃鹫一样卑躬屈膝等候在前厅的士兵顷刻间哄抢一空。虽然这些女孩实在令人倒胃口,但以五比一的男女比例,她们像腐肉一般被秃鹫吞食掉也是一眨眼的事。

海陆空军俱乐部远非一个可以休息放松的地方。女性并不是唯一短缺的商品;放映厅里人满为患;乒乓球室排起了长队;餐厅排起了长队。在静修室,如果你空出一把椅子,在你直起身之前椅子就会被别人霸占;看完扔回桌子的报纸在抵达桌面前就会被另一只手接走。但是,随着寒意渐浓,这里可能是卡特瑞克最暖和的地方了,我们大多数的夜晚都会来俱乐部,还在这里发现了浴室(只有两间;而坦克兵则有上千个)。从那之后,我再也不去亚眠营那个漏风且水流不稳的浴室了。

日子一天天过去,取消我们的休假看上去完全没必要,因为直到其他新兵返回军营才有人来找我们面谈。第二次面谈非常简短,我们只需回答一个问题:珀西是左撇子还是右撇子。即使到了那时,我们也没明白这是什么意思。

死因裁判官清了清嗓子,开始做总结报告:

"诸位陪审员先生,我们今天调查的死亡案件存在很多疑问,你们听到的证据也极度复杂。努力将这些证据有序归纳,帮助你们做出裁决,这正是鄙人职责之所在。

"首先,我想你们可以排除蓄意杀人的可能。杀死希金斯的子弹来自他自己的步枪,子弹是近距离发射的。没有证据表明当时他身边另有他人。同样,我认为你们也无需过多考虑过失杀人的裁决。当然,不管希金斯因何死亡,要是有人在射击区阻止他带实弹离开的话,这场悲剧也不会发生。为防止类似可能事件的发生,我们有严格的军规,这些军规也都已经向你们详细解释过,但很明显,当时射击区的负责人贝克下士严重渎职,而且他在其他方面的行为也并非无可指摘。他似乎对希金斯发过脾气,虽然这情有可原——贝克下士那天牙痛犯了——但是,我想说明的一个重要观点是,要做出过失杀人的裁决,你们必须确信死亡是由某人的过失犯罪、有意伤害或故意漠视他人生命导致的;如果确实做出了这一裁决,那么相关人员将面临严重指控。先生们,此案中确有渎职行为,毫无疑问,军方将自行调查此事,并采取相应的纪律措施。但是,我认为你们不能说这是过失犯罪。

"本案的另一种解释是,要么是希金斯的步枪意外走火,要么是他故意自杀。

"你们听到的一些证据似乎支持第一种解释——步枪意外走火。据报告,死者本人临死前曾说过'意外'一词。而且,也有人描述希金斯身体协调性差,如一位证人所言,他'易出事故'。另外,太看重死者遗言可能也是一件危险的事。比如说,他可能会抱有一种动机,希望自己的死看上去是意外,以此掩盖他试图自杀的事实。检察员乔丹已经向你们解释和演示过,以我们看到的希金斯最后的握枪姿势,或者以任何正常的握枪姿势,想意外地给自己的身体造成类似的伤口是极其困难的。

"然后,你们必须考虑自杀的可能性。希金斯害羞敏感,在家和学校时习惯了安逸,突然陷入了粗暴混乱的军队生活。新兵训练非常艰苦,虽然其他健壮的年轻人都可以从容应对,可放在他这样性格的人身上,就可能会导致自杀。本案中,你们可能感觉并没有太多的确凿证据支持这一结论，我们了解到的只是战友们、士官们和军官们对他的一般印象，而且他们的说法有一部分也相互矛盾。布思·亨德森少尉说他从未发现希金斯压力过大，但新兵一般很少对军官开诚布公，而且希金斯的战友们至少让我相信他在军队很难受、很压抑。话虽如此，我们依然没有确凿的证据，证明他的难受和压抑的感觉达到了要以这种可怕又可悲的方式寻求解脱的程度。他没有留下一张便条，未在任何文件中提及这一想法，也未曾与任何人提及。能够让人想到自杀的最重要的证据是我们发现他时，他的拇指在他步枪的扳机环里；对于一个用步枪瞄准自己的人而言，用拇指扣扳机比用其他手指更容易。有两个深层证据不利于自杀假设，需要你们考虑。首先，希金斯是个虔诚的天主教徒，自杀对他来说是一种严重的罪过，甚至可以说是所有罪过中最严重的。这虽然并非什么决定性的证据，但值得你们考虑。你们可能更倾向于看重第二个证据：如我所说，我们发现希金斯时，他的拇指在步枪的扳机环里——但是，扳机环里的是他的右手拇指，而希金斯是个左撇子。对于一个打算朝自己开枪的左撇子来说，你们可能认为他自然会用左手。希金斯有什么理由要用右手拇指扣扳机呢？我能想到的唯一解释也正是你们听完这一证据后可能会想到的，那就是，希金斯试图打自己的左手，打掉他扣扳机的手指。

"这种自残行为在战争时期并不少见。众所周知，现役士兵要想从军队因伤残原因退役，便会采取这种极端措施。当然，在实战中，士兵有可能把自残说成受伤，因为自残是严重触犯军法的行为。希金斯可能并不了解这一点，或许他没有考虑过这一点，又或许他曾希望我们会把自残看成是意外。不管怎样，假设希金斯意在于此，你们都已听检察员乔丹解释了可能发生的情况。大家都见过，步枪很长，也很重。希金斯可能把枪托放在了地上，然后弯腰或者跪下，把拇指放在扳机上，同时左手在枪管前伸开，或者堵在枪口上。然后，因为紧张、笨拙，或者任何可能的原因，他滑倒了，失去平衡了，或者步枪在湿草地上打滑了，所以枪响时，枪管对着的不是他的手指，而是他的身体。这可能就是希金斯用最后一口气说的所谓的'意外'。

"这样一个假设又怎么和其他证据相融合呢？有这样一个年轻人，他在军队生活得很痛苦，毫无疑问，他急切地想要逃离军队生活；他可能并未绝望到要考虑自杀的程度，对于自杀，他有着宗教的和作为普通人的顾忌，但他仍会抓住任何其他的权宜之计，不管是多极端的方式。打靶那天，他的痛苦达到了极限。在射击时，他耻辱地失败了，然后遭到了士官的严厉训斥，还被告知将被'重新编队'——也就是说，他将不得不从头再来一遍令他深恶痛绝的训练。同时，他独自一人握着一把装有实弹的武器。我想，自残的想法不可能是当时突然出现在他脑中的。你们听到过他的朋友坦克兵布雷迪回忆说，他曾在希金斯面前偶然提到过自残行为——很明显当时他们是在开玩笑——布雷迪和其他士兵开玩笑时说了一些如何离开军队的办法，但这个建议可能就留在了希金斯脑中，导致了我们大家都知道的悲剧结果。如果是这样的话，我感觉坦克兵布雷迪没有理由对此负有责任，这无须多言。只有精神有些错乱的人才会把玩笑当真。

"好了，先生们，我已经尽我最大努力尽量清楚地向各位解释了希金斯死因的各种可能，你们可能会感觉没有哪一种解释是排除了所有疑点的。如果是这样，你们可以宣布存疑裁决……"

退庭四十五分钟后，陪审团做出了存疑裁决。但迈克和我都确信，珀西是因为想打掉自己扣扳机的手指，而且一如既往地搞砸了，所以才命丧黄泉。

迈克深感震惊，但我只是略感惊讶罢了。我为没能领会到珀西是左撇子这件事的重要意义而感到有些恼火。死因裁判法庭做出的敏锐而又仔细的调查使"英国机构"从我心里赢得了一些勉勉强强的尊重。这是一次有趣的经历，但令我高兴的是，珀西之死和随之而来的诸多麻烦总算了结了。或许尚未了结？我边想边看着蜷缩在带我们回军营的卡车一角的迈克，他无视军规，正在吸烟，大口吸烟的同时还紧蹙着眉头。当着其他在审讯时做证的士兵的面去和他交谈未免太冒失，于是我猜测着他在因何烦恼：当他在大庭广众之下站在证人席上时，他第一次听到了他说的关于打掉扣扳机的手指的笑话竟成了珀西逃离军队地狱的逃生路线，而这可能导致了珀西的死亡。任何人都可能会说，要是我的话，我才不会感到良心不安。但迈克的思维方式和我不同，我有种感觉，在他紧蹙的眉头之下，一种负罪感正在孕育。

但是我错了，或者说，至少迈克说我错了。我们一直没有开诚布公说话的机会，直到坐上了从里士满去达灵顿的火车，在去伦敦的路上才有机会说话。我们的七十二小时休假被推迟了很久，直到这时才开始。这一天是周四，晚上火车上的乘客不多，我们两个人占了一个小隔间。我尽量不动声色地说：

"你不是在担心你对珀西说过的话吧，是吗？"

"我对珀西说过的话？"

我不确定他是不是真的没有理解我的意思，但当我更明确地问了他一遍之后，他的回答让我放心了。

"哦，没有，我没有'责备自己'，如果你是指这个意思。如果珀西那么绝望……他从哪里得到那种想法倒真的无所谓。"

"那你在想什么呢？你看上去不太开心，毕竟他们没有做出自杀的裁决，这不正是你想要的吗？"

"但是，你难道不明白吗？"他大叫着，一把拉下贝雷帽，把手指插进了粗短稀疏的红头发中，"你难道不明白吗？你不明白我们有多傻吗？想保护珀西免于自杀的裁决，我们不得不保护贝克，但这根本就没有必要。贝克对于珀西的死是有责任的；没有他，珀西也不会想要自残。现在好了，他可以逍遥法外了。"

"我没你这么肯定。还记得死因裁判官的话吗，还有团部调查呢。"

迈克简单地说了句："咱们等着瞧吧。"然后就郁郁寡欢地再次陷入了沉默。后来，他说：

"那个年轻的傻瓜。"

"谁？"

"珀西。他以为打掉自己的手指能得到什么？他会立刻受到军法审判，到了那时他又该作何解释呢？"

对于这个问题，我开始有了学术兴趣："是啊，最好有人建议他朝大拇脚趾开枪。我认为在战争中他们经常这样做，这更容易说成是意外。"

迈克怀疑地看着我，仿佛认为我太超然了。我赶紧补充道：

"这整件事充满了悲剧性的讽刺。毕竟，如果另一个靶子上有七个洞的话，至少有三个是珀西打的。他打得也没有太差。"

迈克沮丧地点了点头。"你可能会认为，"他说，"别的证人会有胆量告诉裁判官贝克一直以来都对珀西很残忍吧？"

这似乎有些不合理，我没有回答。火车慢吞吞地驶过黑乎乎雾蒙蒙的乡村，我心里突然充满了一种想赶快回家的急切感觉。

"你今晚去黑斯廷斯吗？"我问。

"这周末我不打算回家，"他回答，"我无法面对。"

"你的家人不盼你回去吗？"

"我没告诉他们休假的事。我想和几个朋友在伦敦待几天。"

"哦。"我很惊讶地说，然后又加了一句，"周日在伦敦哪里见个面怎么样，然后一起回来？"

"好主意。"

"那在哪儿呢？什么时间？"

"周日陪我喝点儿吧。两点你能赶到吗？"

"或许吧。"我含糊地说。我很想去见迈克，但是我也清楚，要是错过了周日圣餐仪式，我父母会难过的。

"我会去奥康纳尔酒吧，就在托特纳姆宫路上。到了之后找门童问我坐在哪儿。"

"好的，我尽量赶到，也可能会晚点儿到。"

"我会在那儿待到三点左右。"

达灵顿火车站比以前更像边防站了：在忙碌的伦敦快车的宽敞站台上，你可以嗅到充满了硫黄味的自由气息。几周以来第一次看到和军队不搭边的人，真是让人感觉轻松自在，但也从另一方面让人更加深刻地意识到，自己被排除在自由世界之外。穿着粗俗又不合身的军装和笨拙的靴子，我们被剥夺了被看做个人的权利，而是被标记为"士兵"，一种低级人种。在去伦敦的火车上，同一隔间的一位中年妇女越过手里的《时尚芭莎》杂志略带惊慌地看着我们，好像在预料到了随时会被强奸一样。她的存在令我们无法交谈，这反倒让我高兴。配合迈克为珀西之死而忧虑令我压力重重，此刻，包围在温暖的座套和闷热的空气中，我向睡神屈服了。

当我们接近伦敦时，我为自己的激动之情感到惊讶万分。北部郊区一闪而过，然后火车缓慢地经过了昏暗肮脏、乌漆抹黑的国王十字车站。我走到车厢走廊，把头从窗户中伸出去，看着这庞然大物优雅谨慎地驶过一个个铁轨接点。我只离开了两个月，这实在令人难以置信。

"天呐，又在这亲切的熟悉的雾气中回来真是他妈的太美好了。"我身后的一个伦敦士兵说。

确实如此。

4

午饭后,我坐在床上擦枪,为警卫巡逻任务做准备。天很热,营房里的其他人都趴在床上,听着不知是谁的便携式收音机里播放的舞曲,处在半睡半醒的边缘。一点四十五分时,节目变成了"和妈妈一起听",我们正儿八经地听起童谣和人形火车故事。

下午,我和罗伊·拉德洛绕军营转了一圈,检查军需品库存。木匠铺里的玻璃窗格,园丁棚屋里的割草机,科技陈列室里的真空吸尘器,分队静修室里的扶手椅,被遗弃的尼森式铁皮屋[1]里成堆坏掉的电器设备……这是我长久以来在巴特摩度过的最繁忙的一天。

当我们回到 A 中队办公室时,理发师亨利正在忙着给人理发。他每周在军营里转一圈,每天去一个不同的分区。

他整洁时髦,身材短小精悍,留着整齐的八字须,稀疏的黑发涂了发油,从额头的 V 字形发尖处齐刷刷地梳到后面。一般的军队理发师都像是半驯化的剪羊毛工人,但亨利却是这种古老职业的

---

[1] 一种圆筒式钢架结构,由彼得·尼森设计,广泛应用于二战中。

真正代表：我确信在他放剪子和梳子的箱子里肯定有剃刀和盛血的小碗。实际上，他是某个铺了大理石的大型商场的员工，却有着一种神奇的技艺，能用热毛巾和振动按摩小心谨慎地让那些颜色鲜艳且名字充满异域风情的洗发水展现它们的有益作用。他在巴特摩各种各样的地方工作，比如分区体育用品店——那个体育用品店紧邻中队办公室，里面堆满了有泥浆硬壳的足球衫——他甚至会在那里给A中队的人剪头发。他的装备放在一个破旧的箱子里，需要的时候再拿出来。顾客不需要当面付钱：不管是否想要剪发，每个人每周的薪水都会被扣掉六便士，用于支付剪发的费用。因此，对亨利来说，他本没有动机给某些人特别的照顾，但他还是会尽力满足个别人的需求。只见他双脚稳稳地站定，手中的剪刀在我们头顶上翻飞，灵巧娴熟地根据每个人的喜好调整发型，还得符合严格的军队规定。同时，他的嘴里也滔滔不绝，说着一些善意的玩笑、八卦或者含沙射影的话。对任何一等兵以上军衔的人，他则是满口卑躬屈膝的奉承。因为他的报酬是由军需处付的，所以他对我尤其恭敬。

我故意晚些时候才去剪头发：我想做亨利的最后一位顾客。当我走进体育用品店时，里面只剩下两个顾客了：罗伊·拉德洛坐在椅子上，他的哥们儿康纳利在旁边等着。亨利正在讲一个黄段子：

"……他上上下下，上上下下，比酒吧女招待的内裤还要快……"

康纳利从没听过这种话，狂笑不止。

"下午好，下士！"亨利向我问候，"没想到还能再见到您。"

"我也没想到，亨利。那帮混蛋让我今晚站岗。"

亨利同情地咯咯笑着说："太过分了，真是的。你周三就要退伍了。"

"继续讲，亨利。"拉德洛说。他着急地想要继续听故事。

"不行，抱歉。"亨利坚决地说，"布朗下士心地纯洁，我可不想让他受惊。"

"操。"康纳利不以为然地抗议。

"你多大了？"亨利问他。

"十八，怎么了？"

"才十八就说这样的话，"亨利一边叹息，一边摇头摆出一副真正为他担心的样子来，"你妈妈会怎么说？"

"她根本不知道这事儿，我在家的时候从来不骂人。这可真是奇怪。"他继续沉吟，"在军队里我整天骂东骂西，还对此熟视无睹。可一回到家我就不骂人了，除了可能说句'该死的'。俺妈自己把肉啊什么的烧煳了时也这样说。"

"谢啦，亨利。"

拉德洛从椅子上站起来，整理好衣领。"回头见。"他跟康纳利说。随着他沉重的脚步声渐行渐远，康纳利刚才的话让我陷入了沉思。对我们这些在"家"和"军营"之间往返的士兵来说，"家"和"军营"是截然不同而又相互独立的两个世界，有着各自法律和习俗。每周我们从军营回家，又从家回军营，像变色龙一样变来变去，以便融入新环境。在家时，我喝不加糖的茶；在军营时，我喝普通的冲泡甜浓茶。这两种茶好像完全不一样。康纳利无意中发现的特殊情况其实有着更深刻的含义。随着我服役的时间越来越长，我说的脏话也越来越多。在卡特瑞克,迈克和我有个心照不宣的协议,那就是避免使用污言秽语,这也是我们反抗军队残酷势力的一种姿态,一种表示。而现如今,我却也脏话连篇,这说明我早已不再是那个顽固的抵抗分子了。

"好了,下士。"亨利边把康纳利光滑的鬈发从披肩上抖落边说。

我坐上硬邦邦的木椅,亨利用他冰凉潮湿的手帮我把披肩围在了脖子上。

"别剪太多,亨利。"

"我知道,只要能混过今晚的检查就行。值班军士是谁啊?"

"副官。"

"嗯,那最好把侧面剪掉一点,副官要求络腮胡子一定要与耳朵对齐。"

"好的,亨利,你最了解了。但要记得,我周三就退伍了。"

"相信我,下士,没人会知道你刚从军队出来。"

"这我可不知道,我还想大声告诉每一个见到的人呢。"

"要走了,很高兴吧?这没什么奇怪的。我过去在军队时倒是挺开心的,但那时候情况不一样,那时法国和比利时刚打完二战。"

"我觉得那时候并不轻松吧,当时打了几场硬仗,不是吗?"

"哦,我正好避开了。当时我是总参谋部一个上尉的勤务兵。真好啊,那些法国女人心里充满了感激,争着和你上床。最后累得我筋疲力尽。"

"这倒提醒我了,亨利,"我赶紧抓住机会说,"我想从你这儿要点避孕套。"

我耳朵后面剪子的咔嚓声马上变得迟疑起来。幸好没有镜子,要不然我还得厚着脸皮面对他惊愕的脸。

"行啊,下士,当然行啊。"停顿了一下后,他奉承地低声说。

"你能现在就拿给我吗?"听到外面有其他顾客走近的脚步声,我问道。亨利放下手中的剪刀,从箱子里拿出一个硬纸盒。

"要多少,下士?"

"哦,我不知道。两个?算了,给我半打吧。"每个能用几次?我在心里茫然地纳闷。

"要带储精囊的还是不带的?"

"不带的。"

我没有问这两种有什么区别。因为要装出一副若无其事的样子,我紧张得都有点儿冒汗了。亨利给了我半打避孕套,我匆忙把它们塞进裤腿上的地图袋里,因为往那里放最顺手。我突然想到,这个口袋我之前竟从未用过,不论是放地图还是别的什么东西。

"多少钱,亨利?"

"算了,下士。"

"不行,亨利——"

"以前你帮过我不少忙,下士,上个圣诞节还提早给我结了账。这些我送你了,算是个小小的临别礼物。"

他的话里没有开玩笑的意思,反而带着一种真诚严肃的意味。然后他沉默着继续给我剪头发,我则慢慢放松下来。

我相信这东西应该会像理论上看起来的那样简单好用,波琳对此也不会有异议。但我在这事上的想法十分简单——她是不是曾说过天主教关于婚姻的教义很"肮脏"？怪不得在她和迈克的复杂关系中，这成了最棘手的问题之一。她是什么时候说的？很早以前了，肯定是在迈克还是我们两个之间的纽带的时候。那时我们就像两个站在绝症病人病床前的观察者，急切地谈论和写信交流关于迈克的事情。黑暗的病房中，我们的手不知不觉伸向了对方。那些周末时光是我们好不容易从卡特瑞克的农奴生活中争取来的——那些折磨人却苦乐参半的不寻常的日子。

* * *

我的第一次休假无可避免地令人失望。早在休假前的几周我就开始期盼了，但回伦敦之后短短三天肯定满足不了我的期待。眼见宝贵的时间白白被浪费，我也愈发感到恼火，恼火自己的同时还迁怒别人。我真是太傻了，竟然会想象一切都会和以前大不一样。这三天对于我的家人或熟人来说并没有什么特别之处，他们并没有意识到这三天对我来说就像是一次珍贵的假释，我需要他们的配合才能从这段短暂的时间里享受到自由生活的精髓。这样一来，当我返回牢狱时，这段经历才会像甘露一般滋润我的心田。在我内心深处的某个地方，我任凭一种荒唐的期盼滋生，期望着每个人都像欢迎归来的老兵一样欢迎我，心中充满同情和钦佩，尽全力为我营造一段美好的时光，女孩们则慷慨大方地向我投怀送抱。当然了，这样的事全都成了泡影。我根本不认识什么女孩，也没几个朋友。去军队之前，我过着平淡无聊的生活，回来后，我的日子仍是一样的平淡无聊。没人为我感到难过，这也难怪，因为我的骄傲阻止我向别人透露我的军队生活是多么苦不堪言。不管怎样，那时我以为身边的人都自私自利、麻木不仁，我对此深感失望。

周四晚上倒也轻松愉快，那是我回家后的第一个晚上。尽管天色已晚，我还是一回到家就脱掉了军装。感受着精纺裤子和府绸衬衫柔滑的抚摸，享用着家常菜特有的滋味，还有邓禄普床垫超强的弹力，一整个晚上我都处在一种迷幻狂喜的感觉中。

第二天早晨，我去了我的大学，这是个错误的决定。新学期才刚开始几周，新生脸上的焦虑和兴奋、老生固执己见又信心满满的样子，以及周遭那种从容随便、放纵任性的气氛，在我心中激起了一种复杂而恼人的情感：嫉妒、遗憾、怀旧、急躁、孤独。我又一次深切体会到了朋友的匮乏。我急切地想遇到一个认识我的人，一个会走过来拍一下我的背、恭喜我拿到了学位，然后带我去喝咖啡的人。但我的同学都已经离开了，除了他们之外我几乎不认识别的什么人。我倒是遇到了几个能认得出的人，我试着冲他们微笑，但他们要么勉强回应，要么一脸茫然，我只好尴尬地放弃。我去了英语系，那天正值周五，没有多少课，因此系里人不多。我本想和教授讨论一下我的研究项目，但他没在学校。我和系里的一些老师随便聊了一会儿，他们都觉得我看上去不错，这让我有些恼火。应陆军部要求给我开证明的那位高级导师问我是否已获得委任，当我告诉他我撤回了申请时，他满脸的不悦。后来我拾阶而上，去找菲利普·米金。

我想米金算是我大学里最亲密的朋友了。我们俩都缺乏个人魅力，除了学习之外对什么都不感兴趣。这使得我们结下了一种不冷不热的"书呆子"友谊——当中最强有力的元素就是互相猜忌。毕业考试时他盼着能考一等，但最终只拿了二级甲等，这曾让我很高兴。但是，从那以后他就转运了：因健康原因，他被免除了兵役，教授给他提供了助研奖学金，这意味着他只要在系里做点辅导，就能在赚点工资的同时拿到更高的学历。

米金的办公室外面，两个大一女生正在紧张地傻笑着。我猜想他应该是她们的辅导老师，她们正等着见他。她们对他的那种敬畏之情让我感到很可笑，我真的好想告诉她们，他根本没有资格教导她们。然而我只是默默举起了拳头，敲了敲门。

"米金先生忙着呢。"其中一个女孩用责备的语气说。我猜她可能以为我也是来请教米金问题的。想到我会请教米金问题，这实在是令人发笑。我敲了一下门，与此同时米金打开了门，把另一位非常漂亮的女孩送出了门外。

"谢谢您，米金先生。"她忽闪着长长的眼睫毛说道。

"别客气——"他的眼睛在镜片后面瞪着我，"乔纳森！什么风把你吹来了？我以为你在军队呢。"

"军队有时也会休几天假。"我不高兴地回答，"我能进来吗？"

"当然。哦，不行，稍等一下。你介意我先见这两个学生吗？我只需给她们列个推荐书目就行。"

我等了大概十分钟，那两个女孩才出来。她们低眉顺眼恭恭敬敬的样子，仿佛刚被 T. S. 艾略特接见完一样。在她们还没走太远的时候，我几乎抑制不住自己的冲动，想对米金大喊："你考了二级甲等真是令人遗憾啊。"

"那么，"当我们双双坐下之后，他说，"军队里怎么样？"

"以灵魂为代价的浪费时间。"我颇费了些时间斟酌这句短诗，但是用在米金身上完全就是浪费。"你根本不知道自己有多幸运。"我又说。

"我想，对于我这样的人，你应该颇有微词吧？"

"哦，怎么会，"我撒谎了，"我充分尊重任何一个想方设法免除兵役的人。"

"我没想方设法，"他抗议道，"我一直都有哮喘。"

要是我的话怀有恶意的话，我心里想得则更加恶毒。依我看，涂柏油粘羽毛①也抵偿不了米金的罪过。我陷入了一种自怨自艾的深海里，无法自拔。这个摆满了书的书房本该属于我，沐浴在漂亮新生的赞美声中的也该是我，而不是米金。我越过米金望向窗外，外面潮乎乎雾蒙蒙的，而屋里却温暖舒适。米金将继续温暖舒适的生活，他的书和身份可以保护他免受外面残酷世界对身心的摧残。老式的中央供暖管道里冒着泡，叮当作响。摆在我面前的却是一片黯淡的前景：难以遮风挡雨的军营，早晨的冷水，愚蠢上司的严厉训斥，枯燥乏味又漫长的日子。我心中流下了无形的懊恼的泪水。

---

① 自近代起，可见于欧洲及其殖民地的一种严厉的惩罚和公开羞辱对方的行为，意在伸张非官方认可的正义，通常由暴民作为私刑实施。受刑人通常会被剥去上身或全身衣服，在动弹不得的情况下被倒上或涂上灼热的柏油。之后由人在其身上扔满羽毛或者是推至羽毛堆中，让羽毛粘在身上尚未凝固的柏油上。随后受刑者通常会被放在车上或被木棍架起游街。刑罚的目的是对受刑人造成身体和精神的双重伤害，使其顺从暴徒的要求。在当代欧洲语言中，涂柏油粘羽毛也比喻对人严重的羞辱。

在剩余的休假时间里，我一直笼罩在卡特瑞克的阴影之下。周五晚上我看了一场戏，周六看了一场电影。但即使是在表演正精彩时，我也总是走神，为即将返回军营而忧虑不安。身边无人陪伴，我对这种忧伤更是毫无防备之力。到了周日，我非常渴望见到迈克。因此，尽管父母十分失望，我还是冷酷无情地无视了他们的感受，囫囵吞下我的那份烤牛肉之后，就匆匆与他们告别，在一点四十五分打着嗝离开了家。因为不打算再回来了，所以我不得不穿着军装出门。我希望能和迈克一直待在一起，然后去国王十字车站乘十一点一刻的火车回军营。

奥康纳尔是个爱尔兰酒吧，位于托特纳姆宫路的一条小岔路上一间昏暗的地下室里。我进门时，一个穿着衬衣和吊裤带的男人从一份《团结的爱尔兰人》报纸上抬起头来看着我。

"迈克·布雷迪？哦，他在等你。继续往下走。"

我沿着摇摇晃晃的楼梯往下走，酒吧展现在我面前。空气中弥漫着浓浓的香烟烟雾，到处是操着爱尔兰土腔的人。我看到迈克在吧台旁边的一张桌子旁，他的平头像烧红的煤块一样熠熠闪光。我慢吞吞地走过人群，因为穿着军装和靴子，还打着绑腿，我感到很难为情，同时也引来了许多好奇的目光。迈克穿着一件看上去很昂贵的麂皮夹克和我所见过最干净的衬衣。他身边还有两个人，一个是长着鬈发的圆胖子，眼睛很漂亮；另一个是沉默寡言的高瘦子，前额上翘着一绺黑色的头发。

"乔恩，见到你真高兴，"迈克站起来招呼我，"快来坐下。喝点什么？"

"有咖啡吗?"我问。

"嘘,咖啡在这儿是脏话,"那个圆胖子说,"来杯波特吧。"

"波特是什么?"我问。

"波特是什么?"他转向迈克,"你这是个什么土鳖朋友啊。"迈克笑了一下,圆胖子继续说:"波特是什么?内克塔① 是什么?让我来告诉你波特是什么。它是一种上好的健力士黑啤,奥康纳尔特地亲自从爱尔兰进口的,你要是再问我健力士黑啤是什么的话,我立马走人。"

我笑了,接受了他的建议,尽管我从不喜欢喝健力士黑啤。迈克打断了我们:

"乔恩,我来给你介绍:乔纳森·布朗,布兰登·马奥尼,彼得·诺兰。他们知道你是谁。"

迈克从人群中挤过去,走到吧台,我惊讶地发现他华丽的衣服下竟然穿着军靴。在他离开的这段时间里,布兰登·马奥尼就健力士黑啤的特性和原料给我做了一个专题演讲。在这个话题上他就像一个专家,而且他还特别强调,酿这种酒用的水出自一口特殊的井。令我沮丧的是,迈克带着一品脱黑乎乎的、无法引起食欲的液体回来了。他好像心情很好。

"假期过得不错吧?"

"很棒,"他回答,"你呢?"

"还行吧,很安静,不想回军营,你呢?"

---

① 一种蜂蜜啤酒。

他做出一副愁眉苦脸的怪相，喝了一大口酒，说："别提这个了。"

"我都不知道你是怎么混进去的，迈克。"瘦高个诺兰说，这是他第一次开口，"他们永远不会让我进他妈的军队。"

"要是知道你是什么人，彼得，我想他们确实不会。"迈克咧嘴笑着附和他的话，然后转向我，"你记得不久前泰特美术馆一件莱恩遗产画作被偷的事吧？"

我记得。一个爱尔兰学生在普通民众和美术馆工作人员的众目睽睽之下，把那幅画夹在胳膊底下，冷静地走出了泰特美术馆。他的同伙甚至提前向一位新闻摄影记者通风报信，记者拍下了那个学生胳膊下夹着画、面无表情地走下楼梯的样子。小偷毫无遮挡的脸引起了媒体的轩然大波，直到那幅画在爱尔兰被发现，才被归还。

"嗯，一定要守口如瓶，你面前的这位彼得就是幕后智囊团成员之一。"迈克说。诺兰勉强微笑了一下。

"那到底是怎么回事？我从来都没搞清楚。"我坦承，诺兰和马奥尼开始热情地向我详细解释莱恩遗产的法律史，以及英国人是如何背信弃义，从利己的角度去解读法律。

"那你们为什么后来又把画还回去了？"最后我问。

"那不是我的主意。"诺兰闷闷不乐地说，"我——"

"我们留着没用，"马奥尼解释，"它只属于一个地方：都柏林市立美术馆。美术馆已经做了充分的准备，有一个房间，门上写着'莱恩遗产'。进去之后，里面除了莱恩的肖像画之外空空如也。这个房间在等那些画，早晚有一天它们都会来的。我们从泰特美术馆偷走那幅画,就是要引发人们的思考。"

我慢慢地小口抿着我的波特酒,感到有些厌恶它的味道。我开始觉得这喧闹,这烟雾,还有迈克的伙计们凯尔特人似的狂热全都令人生厌。当迈克站起来要走的时候,我感到很高兴。我们彼此握了一下手,诺兰并没有立刻放开迈克的手。

"记住,迈克,我们永远是你的依靠。"

"当然了,彼得。"迈克说,"再见。"

"现在去哪儿?"当我们走进新鲜的空气中时,我故意假设我们要一直待在一起,便这样问他。

"你想来和我的一个朋友喝杯茶吗?"

"好啊,他们知道我要来吗?"

"不,她不知道。但没关系。"

"她!不会碰巧是那个一直给你寄来淡紫色长信封的人吧?"

"同一个。"

我对这次会面充满了兴趣。

"我不知道你有女朋友,迈克。"在我们去地铁的路上我说。

"你怎么会知道?我从没告诉过你。我们已经认识大约一年了。"

"她叫什么?"

"波琳·维克斯,挺吓人的,是吧?"

"她是干什么的,学生吗?"

"以前是,现在是个图书管理员,我是在一个舞会上认识她的。你有女朋友吗,乔恩?"

"没有特别的女朋友。"我说。不知为何,我不愿意告诉他我根本不认识什么女性朋友。"你的衣服很时髦啊。"为了转换话题,我说道。

"都是借的,"他解释,"除了靴子。我找不到适合的鞋。我不太喜欢这件麂皮夹克,老是咯吱咯吱响。"

"真希望我没穿这身军装。"我说。我很想给迈克的女朋友留下一个好印象——否则她可能会讨厌我的存在,可惜卡其色并不适合我。

我们乘坐皮卡迪利线,从霍本站上车,一路向北,在登碧巷站下了车。当我们走出地铁站,一群小孩开始在人行道上尾随我们,反复唱着:

> 生姜头,你真疯,
> 你永远也当不了兵。

迈克转身骂他们,他们就尖叫着四散跑开了。"我正求之不得呢。"他苦笑着说。我们继续走,他们在身后保持着一段安全距离,又开始唱:

> 生姜头,你真疯,
> 你永远也当不了兵,
> 你永远也当不了侦察员,
> 你的衬衫晾在外面,

生姜头,你真疯。

波琳住在一栋维多利亚式别墅二楼的一间单身公寓,那栋别墅像蜂巢一样被分成了很多间这样的小公寓。波琳打开门时,给我的第一感觉是惊讶。她是一个如此漂亮正常的女孩,非常传统,好像迈克不应该被她吸引,而她也不应该喜欢迈克。看到我,她有点儿生气,但很快就恢复了常态,这让我也放下心来。发现我曾是迈克的校友,她似乎很高兴。

"很高兴认识一位不在那个讨厌的爱尔兰酒吧里混的迈克的朋友。"她说。

"又说爱尔兰人的坏话,我要把你放在我膝盖上打屁股。"他回答。我不自觉地瞥了一眼波琳浑圆的臀部。她坐下时也轻抚了一下臀部,这让我想起了营部办公室的打字员。

"我能把靴子脱了吗?"迈克央求道。

"要是你先洗洗脚的话,可以。"

"好主意。我想我洗脚时还可以洗个澡。"

"我去给你拿条毛巾,"波琳说,"别把浴室搞得乱七八糟的,要不然帕特里奇太太会来找我的。你别拘束,"她又对我说,"把靴子脱了吧。我相信你的脚肯定很干净。"她咯咯笑着说,脸上泛起绯红。

"哦,我的脚很干净。"我马上回答。

迈克洗澡时,我抓住机会仔细观察波琳的外表,通过几个精烁的问题了解了一下她的背景。她的外表很难形容,因为她哪个部位都不太突出，给人一种模糊的印象，那就是她的漂亮恰如其分：柔软的波浪形浅棕色头发，有点不对称的圆脸，不张扬的鼻子和嘴，曲线玲珑适度的体形，普通而又完美无瑕的双腿，穿五号鞋的脚。那天下午她穿的裙子漂亮但不时髦，裙摆比流行的长度至少长了两英寸。煤气暖炉两侧各有一把扶手椅，她坐在我对面的一把扶手椅上，看上去令人赏心悦目。我注意到一个细节，并且很快就喜欢上了她的这种做法：她深深地陷在扶手椅里，而不是像大部分女性那样欠身坐在椅子边上。

我了解到她在伦敦大学的韦斯特菲尔德女子学院拿到了历史学二级乙等学位，之后又取得了图书管理员文凭。她的家人住在埃塞克斯，而她自己则乐意独自住在伦敦。刚开始时，她父母并不喜欢这个主意，但她说服了他们。

我们的谈话转向了军队。

"迈克从来不跟我说部队的事，你一定得多讲讲。"

她的话正合我意，她就是我整个周末一直在找的听众。我用一种幽默超然的语气描述了军队生活的痛苦和空虚，引得她连连叹息，觉得这些事情难以置信，对我们产生了强烈的同情。

"迈克跟你说珀西的事了吗，那个死了的小伙子？"

她看上去一脸严肃："说了，很可怕，是不是？不过他没说多少。"

楼梯平台那边隐隐传来了水声，表明迈克快要洗完澡了。

"我想我们最好避开这个话题，"我小声地说，"关于这整件事，迈克非常难过，他和珀西感情很深。你知道，珀西是天主教徒。你是天主教徒吗?"

她微微皱了一下眉:"不是,你呢?"

"不是。"

迈克回来了,满脸绯红、容光焕发,额头上还挂着汗珠。"唷!我浑身没劲儿。"他边说边趴到了波琳的沙发床上。

"你用的水太热了,迈克,你老是这样。窗户打开了吗?"

"我想打开了吧。"

波琳嘴里连声啧啧,去检查浴室了。迈克冲我咧着嘴笑。

"现在你看上去更舒服了。"

确实如此。波琳的轻松友好令我放松下来,我脱掉了战斗服上衣,松了松衣领,现在更是毫不拘束地脱掉了靴子。

整个晚上我们过得懒散又愉快。先喝了些茶,洗了茶具,又听了些唱片。波琳收藏的大部分是音乐剧和西班牙民乐的密纹唱片。今年夏天,她曾和父母去了西班牙。

"我很想再去一次,"她说,"不过,再也不要坐可怕的长途汽车了。"

"我退伍后,我们可以一起去。"迈克说。

"我可不知道我爸妈会怎么说。"

"哦,你说服他们就行了。"

"不管怎样,还有两年呢。在那之前我该做什么呢?我现在已经感觉像个修女一样了。"

"这种感觉不错。"迈克说。

"你才不在乎呢。"波琳噘着嘴说。

在我看来，那天晚上唯一美中不足的是萦绕在我心头的一丝猜疑，我觉得迈克和波琳可能更喜欢单独待在一起。我自私地压制着这种想法，直到十点钟，波琳去小厨房煮咖啡了。

"听着，迈克，"我说，"希望我一直待在这里没有破坏你在这儿的最后一晚。我的意思是，两人结伴，三人不欢……"

"没事儿，乔恩。我故意请你来的，这样我走之前她就不会太难过了。但要是你能在我前面早走几分钟……"

因此，到了大约十点半时，我对波琳解释说，离开伦敦前我得给我妈打个电话，我可以和迈克在地铁站见。她充满感激地微笑着，当我看到门厅的电话时，我才意识到她早看穿了这个花招。她这样做我竟然感到很开心。我迈着沉重的步子走在周日晚上空荡荡的街头，靴子上的金属铆钉在人行道上发出咔哒咔哒的响声，我回头望向波琳的房间，禁不住垂涎三尺。房间里的主灯已经关了，只剩下煤气暖炉发出的微弱红光。

地铁站一片繁忙，旅客中有很多和我一样意志消沉的年轻人，穿着不合身的军装，还有服役时间较长的士兵，他们休假时可以穿便服。服役够久的士兵可以通过他们手里拿的小巧廉价的帆布手提包辨认出来，包里可能装着剃须用品、路上吃的三明治，以及一双妈妈在周末洗净缝好的袜子。迈克过了很长时间才来，当我开始着急地一个劲看表、甚至考虑不等他的时候，他才穿着军装出现。这说明他的军装放在波琳家了，而我则开始略带不安地猜测他是不是前三晚都是在她那儿过的。但是，迈克的宗教信仰和波琳身上那种处女般的含蓄腼腆让我打消了这样的念头。迈克一直噘着嘴，我打趣他来晚了,他也只是嘟囔了一声。我不得不催他跑着去追地铁,这才刚刚赶上。这一切说明他和波琳的离别很痛苦,我也知趣地保持了沉默。

随着地铁一站一站地向前驶去,乘客中士兵的数量也越来越多了。周日晚上的国王十字车站挤满了等车的士兵。他们在月台上或站或坐,穿着起皱的军装或乱糟糟的西服,要么吸着烟,要么摆弄着自动售货机,再要么就是把脚放在垃圾堆里乱搅,眼神木然而绝望——就像一群坐在冥河边的郁郁寡欢的幽灵,等着被摆渡到冥界。很多人的女朋友都来送行,这让我再次庆幸自己是单身,因为他们看上去太可怜了:快快不乐地开着玩笑,或者痛苦地紧握双手沉默着,或者试图迷失在毫无乐趣的离别之吻中。我看着男厕所墙边的一对儿,两人倚着墙热烈地拥抱着,翻滚,扭动,然后猛然分开。女孩一言不发地走了,脸上没有任何表情。我略感震惊地发现他们嘴里还都嚼着口香糖。地铁站里到处都是这种无力告别的人。

我之所以有时间观察这一切,是因为我们发现我们的车是十一点半而不是十一点一刻发车。算错了时间还是有好处的:我们在火车前部找到了一个空的隔间,把靠近走廊的百叶窗拉了下来。有人拉开隔间的门时,我们沮丧透顶,但他又被他的同伴叫走了,这样我们就可以独占一个隔间了。我们关掉了所有的灯,隔间里只剩下天花板上的小灯泡微微亮着蓝光,这蓝光使迈克的头发平添了一丝怪异的紫色。幸亏妈妈考虑周全,偷偷往我的小包里塞了一个食物袋,火车一开动,我们就平躺在座位上大口啃起了苹果。

微弱的灯光,火车轮子发出的金属切分音,加上要回卡特瑞克的共同的忧郁，使得我冒险问了个私密的问题。

"你和波琳订婚了吗？"

他摇了摇头。"问题太多了，家庭、宗教，"他咬了一大口苹果，嚼了两下就咽下去了，"还有我……"

"波琳不是天主教徒吧。"我用一种半疑问半陈述的语气说。

"不是。我想让她接受教诲，但不知怎的，她好像很害怕。"

迈克毫不费力地倒头就睡着了，而我则陷入了沉思，脑中想着刚刚过去的这个晚上。我感到既舒服放松又烦乱不安，很长时间以来，在我心底藏着一种隐痛，我不得不一直忍受着这种痛苦，甚至几乎忽略了一件事的存在，那就是对女人的饥渴。不仅仅是性饥渴——当然这也算在其中——在我的生活中一直缺少女性的存在。

刚上大学时，我年轻又羞怯，脸上长着粉刺，脑子里却充斥着艳情诗，渴望得到漂亮又不知羞耻的年轻女孩。不管是在学校还是在外面的大街上，这种女孩数不胜数，但我太年轻，太不谙世事，既不会给学校的女孩留下特别的印象，又太胆小怕事，不敢去接近大街上的女孩。其实，只要稍有点耐心就可以找到一些友好但是不太漂亮的普通女孩，但我宁愿退到一种隐居状态，把所有的精力都用在学习上。这一结果令我倍感耻辱。尽管在家住，我在妈妈身上也未得到补偿：不知怎的，我根本没有恋母情结。自小升初考试后，我和妈妈之间的关系就像是吹毛求疵的单身汉和照顾他的女人之间的关系那样。

所以那天晚上令我感到舒服放松的并不是波琳这个人，而是她散发的女性气息，一种像精油般充斥在整个环境中的气息。梳妆台上混杂的香水味儿，放睡衣的泰迪熊（迈克拉开熊肚子上的拉链向我展示过），挂在墙上的德加的芭蕾舞演员版画，厨房晾衣绳上晾晒的丝袜和衬裙——所有这些对我来说都有着一种难以名状的新奇可爱的感觉。

波琳也是那天晚上令我烦乱不安的因素。我对她充满向往，虽然还没到有意识地渴望她的程度，但却非常想要拥有她。我想把她抱在怀里，想让她给我写信，也想享受我看到的迈克享受的那种轻松熟悉和像妻子般挂念他的感觉。我不是通常意义上的爱嫉妒的人，我以为我清楚自己的优缺点，对于明显超出自己能力的东西，不管是昂贵的车还是昂贵的女人，我都不会浪费时间和精力去垂涎。我的嫉妒实际上是一种不耐烦的感觉——我觉得自己世界里的一切都是那么不合适，那么不符合自然秩序。因此，对我来说这不仅是不幸，而且是不公。比如说，米金可以在英语系谋得一份舒适的差事，而我却不能。迈克和波琳的关系，折磨我的也不是对他们之间情爱的嫉妒或羡慕，我只是在他们身上看到了宇宙运行机制失能的又一个例子。怎么可以在我有机会插手之前就让他们如此亲密了呢？很明显，他们并不适合彼此：波琳整洁优雅、通情达理，迈克则野蛮另类。然而，波琳和我却像失散多年的手套一样合适。回卡特瑞克的漫长旅途中，我浪费了大把时间，想象自己和波琳在一起。她跟我才正合适。

早晨六点钟，我从不安稳的睡梦中醒来。车停了，我掀起百叶窗的一角朝外望去，我们到约克郡了。我起身去上厕所，门上的一张纸条提醒我，列车停靠车站时不要使用卫生间。在等待的间隙，我斜倚在门上，审视着狭小卫生间里的陈旧设施。里面还有一个告示上写着："请男士掀起马桶座圈。"我不知道它是陈述句还是祈使句。我拿出一支铅笔，在"男士"前面潦草地加上了"军官和"。

当我回到我们的隔间时，看到里面又来了一个新兵。我和迈克谁都没有跟新来的人说话，直到我们到达达灵顿，我们互相之间也没话说。第二辆火车上人满为患，火车像蜗牛一样在潮湿的乡间缓慢爬行，每一个小站都要停靠，将牛奶和邮件卸下。在终点站有卡车等着载我们去各自的营地，只需支付一便士即可。尽管这比花钱叫出租车或步行要好，但军队考虑得如此周到，反而显得有点儿阴险，就像要尽可能快地将我们围堵抓捕起来似的。我们站在卡车后半部，随着它拐弯时左摇右摆，磕磕绊绊。四轮驱动发出的刺耳吱嘎声仿佛是这世上最哀伤的声音。

在亚眠营文员培训侧楼接受培训的是一群怪人——我们是一群格格不入的人，不知为什么，我们都不符合皇家装甲兵部队的要求，所以要么自愿做了文员，要么因为所谓的"皇家装甲兵部队缺少文员"而被迫做了文员。我们的平均智商高得惊人：有些人是前预备军官（没有通过分队遴选测试或陆军部遴选测试），还有几个是已经毕业的前预备军官。当然，大部分人只是能读会写，但也比营区里包括军官食堂里的其他人要聪明得多。军方好像下定了决心，要把所有稍有智慧和个性的人连同那些古怪的傻瓜和精神病一起从新兵中清理出来。然后，为了让我们安分守己，又设计了一些滑稽无用的培训让我们去消受。

文员培训持续了一个月。前两周用来学习一些简单的军队程序，一个聪明的学生十分钟之内就能掌握。后两周主要用来学习打字，要求的速度令人毛骨悚然——每分钟十五字。

教官只有三个：汉密尔顿中士、威尔金森下士和梅森下士。汉密尔顿是个可怜的小个子，他是我见过的长得最丑的人：可怕的嘴里挤满了牙齿——当他张嘴大笑时，你能看到上百颗牙——这些牙长势茂盛，挤得他下巴都变了形，像陡峭的岬角一样向外突出。他说的话似乎都被淹没在牙齿的丛林中了，他发出一种奇怪的原始喉音，说话结结巴巴，口水乱喷，十英尺之内的人都能中招。当他说话时，很少有人能忍住不笑，我却设法忍住了。他很奇怪地总是对我态度友好，唯一的原因可能是我忍住了对他的嘲笑。

汉密尔顿精明地把大部分教导任务都留给了两位下士。威尔金森是个被宠坏了的小资产阶级，长着一张娃娃脸，军衔上的两条杠都是他在第十一旅做开局击球手得来的。梅森下士更有趣，他是个正规军。后来我有机会核实了一下他的年龄，非常惊讶地发现他才十九岁。他看上去至少得二十九岁了，皮肤白皙，长着一张堕落腐化的脸，嘴唇苍白，毫无血色，眼神冷漠，眼睛暗淡无光。我觉得他很享受这份工作，他喜欢权威的感觉，喜欢揣摩别人的心理。当我们列队走进作为教室的半圆形活动营房时，他做的第一件事就是命令人往火炉里加煤。（教室里的炉子总是烧得温度很高，水汽凝结在紧闭的窗玻璃上。）然后他会往黑板上写点什么，我们再抄到练习本上，这一天剩下的时间都用来学习这点东西。此外，梅森还会和教室里的各个学员进行一种苏格拉底式的对话，他会问我们一些私人问题，并且平静地假定他能够这么做是因为拥有不容置喙的权力。在教室的第一个早晨，他问我们的第一个问题是：

"你们当中多少人是处男？快点，举起手来。"

他数了数，然后对威尔金森说："比上次多三个。"我想他是在做某种业余的金赛性学报告吧。接着，他又更仔细地询问每个人的性经验。我注意到迈克没举手，这令我相当感兴趣；但当梅森对此做出评论的时候，迈克生气地说他拒绝回答这个问题。我真希望当时没举手。

还有一次，梅森问大家入伍前都在做什么。我们中有好几个都回答之前在上大学，那正好是征召大学毕业生入伍的第一年。梅森看着威尔金森：

"我操，你们人还挺多，一大群他妈的长头发的。"

"你学的是什么？"

"英语，下士。"

"英语？你学那个干什么？英语是你他妈的母语不是吗？你呢？"

他问的这个人坦白地说他在曼彻斯特读心理学。

"心理学家喽？我倒是一直想认识一位你们这样的怪人啊。你们认为自己知道别人在想什么，是不是？"他根本不顾那位心理学家的免责声明，"你知道我现在在想什么吗？"

"不知道，下士。"

"我在想，'你不知道我在想什么'那他妈的还有什么用。"他哈哈大笑着说。

"我是个心理学家，又不会读心术。"那位心理学家说。但梅森一点也不为所动。

"呃,我猜当你趴在一个女人身上时,你肯定在想她为什么躺在那儿。你从来都不会想为什么你他妈的躺在那儿。"

梅森主导的这种不公正的辩论会很气人,偶尔还会令人尴尬不已,但我们手头的"工作"太少,百无聊赖时,我们就配合他一下。但迈克是个例外,他依旧充满愤懑和怨恨。我知道他讨厌文员培训的所有安排,于是便充满焦虑地观察着他,怕他为了逃避而孤注一掷,比如改变军种或者自愿加入伞兵部队。至于我,则把这种无聊和耻辱看作一种为了免除严苛的基础训练而付出的小小代价。

有时候,梅森和威尔金森为了活跃气氛还会故意激怒班里的某个人,使他做出一些傲慢无礼的行为,然后再惩罚他。他们最喜欢的惩罚是让受害者靠着门站在教室门口,然后朝他身上扔网球。威尔金森是个好投球手,他从这项运动中享受到了虐待狂一般的快乐。

有时我们会有"晚间课程",设置晚间课程的目的是为了让文员培训与无线通讯和驾驶课程保持一致——后者需要在夜间练习。晚上的课根本没有必要:白天要教的要学的都已经完成了,晚上已经没什么可做的了。而梅森和威尔金森也很少会让我们上满课时,到了周四的发薪日,只要能找到足够多的人愿意拿钱跟他们打牌,晚上根本就不上课了。

培训课程开始几天后,我们惊讶地发现诺曼来到了我们中间。他因为开着百夫长坦克撞倒了一个电话亭,被驾驶课程除名了,军方灵感乍现,愚蠢地想把他培养成一名文员。至少他可以分散一下注意力：看着他像握凿子一般紧握着笔杆往练习本上记笔记，墨水慢慢地漏到他的手、手腕、军装，抹到脸上，这种记忆实在令人难忘。他很快就适应了梅森和威尔金森古怪的专制统治，证实了迈克当初对他的评论，开始扮演起普洛斯彼罗和爱丽儿的卡列班，一会儿当奴隶，一会儿当小丑，一会儿又成了受害人。在教室里升火添煤的是诺曼，把自己骇人的脸伸给梅森和威尔金森任其抽打的是诺曼，上午课结束后被"十"字形钉在门上、当网球打中自己肥胖身体时假装因疼痛而咆哮怒吼的也是诺曼。

如果说基础训练让人们想起关于地狱那些常见的画面，文员培训则会引发更复杂的联想，比如萨特的《间隔》中的地狱①。培训中混杂了各种各样的痛苦，包括无聊、徒劳和难以忍受的时间流逝得太慢的感觉。这一切还要持续两年！我根本无法描述这种痛苦。

或许是因为我的情绪太过低落，波琳牢牢占据了我所有的想象。我本该把她赶出我的脑海，一方面因为我应该对迈克忠诚，另一方面因为常识——即便我愿意放弃和迈克的友情，也不可能把她从迈克身边抢过来。但我却无法将她逐出我的记忆，我总是想到她那种无法言喻的美和身上隐隐存在的女性气质。如我之前所言，睡眠是士兵的鸦片，我却因特殊的原因对此充满期待。躺在毛毯中，总算有了温暖和舒适的感觉，我开始编织和波琳在一起的幻想，这些幻想令人在回想时尴尬万分，我却抽身不得。这也让我明白了为什么拥有纯净心灵的人大多是有宗教信仰的人。要是你相信在你的

---

① 《间隔》（又译《禁闭》）是法国作家让-保罗·萨特于1945年创作的戏剧，主要描述了三个死后被投入地狱的罪人之间的痛苦纠葛。

脑中有一扇窗，窗子另一边有一位长胡子的老头一直盯着你，做着笔记，那么当你在脑中纵酒狂欢之前，你肯定会再三考虑的。

我必须严格控制自己想不停地和迈克谈论波琳的欲望，强迫自己等他主动谈起她。但迈克却很少提及，即使是收到了撩人的淡紫色信封也不愿说起有关波琳的事情。

"波琳的信？"当我们离开分发邮件的办公室时，我会问一句。

"嗯。"他只是嘟囔着，然后把信插进胸前衣兜里。

"想看就看，别管我。"

"等等吧。"

我不愿意假设他们的关系进展得不顺利，以此作为对自己的廉价安慰（尽管当我夜晚的幻想之幕拉开时，这种假设还是有用的），我认为更有可能的情况是，迈克对珀西之死仍然念念不忘。

文员培训的第一周里，我们俩都被团部叫去接受调查，为珀西之死做证。迈克建议我们现在应该试着将注意力引向贝克，尽管我含糊地答应了，但我仍然坚持了和在死因裁判法庭上一样的说法，否则我感觉似乎有些危险。迈克谈完话回来后一脸困惑，烦躁异常。我猜他试图避开谈论珀西死时的特殊情况，将讨论引向贝克平时对珀西的所作所为，这可能遭到了严厉制止，被认为与调查不相关。他把整个调查看作是部队想挽回面子的阴谋诡计。当然，确实是这样，可我感觉这也仅停留在潜意识层面。毫无疑问，涉事军官都偏向贝克，但这也仅仅是因为他们完全忽略了基础训练对一个像珀西一样敏感的人可能造成的影响而已。无论如何，贝克都因调查而被指控了。

"死因裁判官说了那些话之后，"迈克评论道，"涉事军官们也避免不了贝克被指控了。问题是以什么罪名被指控，他应该被军事法庭审判。"

我们始终没有搞清楚贝克到底被以什么罪名指控，他也没有受到军事法庭的审判，审判他的是指挥官。他为此被降了一级军衔。而对迈克来说这根本不够，这是对死者的侮辱。

那天晚上他坐在营房中间的桌子旁写信，中间撕掉了好几份草稿。第二天将进行全套装备检查，除迈克之外的所有人都在忙着拖地、擦窗户、擦灯罩。汉密尔顿中士提前告诉了我们，说我们下一次的四十八小时休假全靠营房外观，尽管不情愿，对这种奖励机制我们也都表示尊重。迈克不肯分担活计，受到很多人口头表达的怨恨。然而对于这些奚落和抱怨，迈克却充耳不闻。我想他可能是在给波琳的信中发泄不满，但当他写完时，我发现他封了两个信封，之后就出去了。

十分钟后他回来了，像被耽搁了一样热情地投入了清洁工作中。我的手因为拖地而皲裂了，疼痛不已，于是很开心地把手里的抹布扔给了他，然后坐到床上，点着了一根烟。

"我刚寄了两封信。"他说。虽然这已是老生常谈了，但是这次却多了一丝扬扬自得的意味。

"慌什么？明天早上才有人来取。"

"我不想给自己留时间，以免再改主意。我分别写给了珀西的监护人和《泰晤士报》。"

我目瞪口呆地看着他："天呐，关于什么啊？"

"当然是珀西了，还有卑鄙的团部调查。"

我吹了一声口哨。"你干的好事。上帝才知道你违反了多少规定，给报纸写信就是头一桩。"

"那封信我没签名。"迈克狡黠地说，语气中充满了感伤的意味。

我这才稍缓了一口气。几乎可以肯定的是，《泰晤士报》不会刊发那封信，走运的话，珀西的监护人也可能注意不到另一封。我勉强笑了一下。

"干吗写给《泰晤士报》？它基本是由退伍联络官管理的。《镜报》更好，这种事正合他们胃口。"

"你是这么认为的吗？"他认真地问，"或许我可以再写——"

"天呐，你可千万别。"我急忙打断他，"继续这么下去的话，你在部队剩下的时间里都得在军事监狱待着了。我要是你，明天早上有人打开邮箱取信时，我就会等在那儿，把那些信拿回来。"

"不，我不去。"他固执地说，"不管怎样，到时我们应该在列队了。"他拧干抹布里的水，开始拼命擦地板。

营房通过了检查，于是我们迎来了四十八小时休假。迈克宣布他要带波琳去黑斯廷斯他父母那儿，我想见她的希望随之破灭了。除了一开始有种转瞬即逝的逃离监狱的快感之外，整个周末我都过得郁郁寡欢，了无生趣。周六晚上我去看了一部我能找到的最色情的欧洲大陆片，但那些黄色镜头总是浅尝辄止，令人恼怒的同时更加重了我心底的失望。之后我去了苏活区，在那儿游荡着看妓女，但当其中一位过来跟我搭讪时，我一溜烟似的逃到了沙夫茨伯里大街明亮的灯光下。街上挤满了苏格兰人，因为球队输了球，个个酩酊大醉，伤感哀怨。晚上回到家，我熬夜看了《尤利西斯》最后一章中的色情章节，这在我的道德观念中是一种不可饶恕的大罪。

周日过得痛苦沉闷，我惊骇地意识到我几乎是急着要回卡特瑞克了。如果假释无法给你带来任何快乐，那也就没必要逃离监狱了，我只想尽快熬过这令人痛苦的事情。

我提前四十五分钟赶到了国王十字车站，想为迈克和自己弄到一个车厢。令我惊讶并烦恼不已的是，戈登·坎普竟然走到了我斜倚的窗户旁边来找迈克。我不得不请他进了车厢。当我回到走廊，再次倚在窗户上向外看时，我看到了迈克拉着波琳的手来到了月台。我使劲摆手，迈克无精打采地举手示意。他俩看上去都不开心，我看到迈克对波琳说了句什么，波琳向我这边微笑了一下。他们穿过一堆堆的行李和邮袋，来到了我倚靠的窗户旁边，我贪婪地打量着波琳，她好像比以前更合我意了，但是这次，她比以前少了些镇定自若的感觉。

"你好，乔纳森。"她说。她没有简化我的名字，我很喜欢。我们随便寒暄了几句，迈克自始至终都奇怪地保持着沉默。之后，我不情不愿地回到车厢，好让他们告别。

戈登肩上别着一枚白色肩章，这表明他通过了陆军部遴选测试。他仍然很瘦，但并不像我在卡特瑞克第一次见到他时那样憔悴了。"恭喜啊。"我说出口的同时，模糊地意识到那天晚上已经听到很多人说了类似的话。

"谢谢。"他咧嘴笑着说。他还沉浸在陆军部遴选测试中，并且并没有因为我对这个话题缺少兴趣而气馁，对此我完全可以理解。

"再不快点的话，迈克怕是要赶不上火车了。"我看着表说，并以此为借口透过窗户向外望去。他们正站在一台机器旁，用那种机器你只消花一便士就可以把名字印到一个金属片上。迈克正在任性而暴力地专心操纵着控制杆，波琳安静而伤心地在一旁看着他。肯定是出事了，我内疚而快乐地想着。迈克取出了金属片，交给波琳。她看了一下上面的字，然后笑了。车站警卫的哨声响起，他们亲吻了彼此，迈克在火车开动前上了车，转身靠在窗户旁。波琳把金属片放到嘴边亲了一下，就消失在了火车后。迈克走进车厢，点着了一根烟。

"哦，戈登，"他说，"我看你已经上道了？"他冲着他的白色肩章点了点头。戈登镇定自若地咧嘴笑了。我们稍微开了几句玩笑，取笑他将来可能被委以何种重任，但很快就停止了。他是个正派的小伙子，对人没有恶意。他把委任看作是自小学以来众多测验中的一个，对于所有的测验他都毫不犹豫、坚持不懈地为之努力。之后的对话变得断断续续的，我们都说自己的假期过得很开心，但我猜只有戈登的话才是真的。我急于向迈克打探他在黑斯廷斯的周末过得怎么样，但因戈登在场，这几乎不可能。我全神贯注，试图分析刚刚目睹的那个吻，想从中看出迈克和波琳关系的走向，得出的结论是消极的：他们的关系不好，并不热烈。那个吻的时间不长也不短，也并不尴尬——他们以前就接过吻，没有任何炫技的意外，尽管这在真正亲密的情侣间很常见。他们的吻温和轻柔，好像是两个人因为习惯或者亲吻过量而导致的一个动作。我不确定这样想是不是为了安慰自己,但我也提醒自己,再多的苦思冥想也无法减轻我对波琳无可救药的爱慕引起的痛苦折磨。或许能解救我的只有时间和距离——我决定尽量去争取被派驻远东。之后,我极不安稳地睡着了,梦到了柔美迷人而又放荡得妙不可言的艺伎。

第二天早晨的文员培训闹剧又翻开了新的一页:我们开始学打字。打字课由一位头发花白、态度和蔼的老姑娘哈格里夫斯小姐负责,教室是一间老房子改造而成的。哈格里夫斯小姐本人和她的教学方式都颇有古风,令人回忆起比尔小姐[①]和巴斯小姐[②]。如果说入伍之前我曾设想过在部队可能的经历,那么,我永远想象不到会有这么一天,我会穿着军装和一群呆子、傻子和大学毕业生一起,坐在闷热的教室里,弯腰驼背地面对着一台打字机,和着老式留声机呼哧呼哧的调子,每隔十二小节就配合着哈格里夫斯小姐不知疲倦的"回车"提示打出一串串字母。新鲜感很快消失了,大部分学生很快开始感到厌烦,只是出于对哈格里夫斯小姐的礼貌而强忍着脾气。她非常有耐心,而且热情洋溢,但诺曼却大大挫伤了她的士气——他在三天内弄坏了三台打字机,到了第四天,他把手伸进机器里去按制表键,把手弄出了一道吓人的大口子。他大声咒骂着,却不小心用流着血的手碰到了嘴,同时还因为自己的话脏了哈格里夫斯小姐的耳朵而懊悔不已。她看着他身上的血,后退了几步,在慌乱中坐下了。

[①] 多罗西亚·比尔(1831—1906),妇女参政论者,教育改革家,切尔滕纳姆女校的创始人和校长。
[②] 弗朗西斯·马利·巴斯(1827—1894),英国北伦敦教会学校创始人和校长,英国女性教育先驱。

"士兵诺曼,"她用一种虚弱的声音说(当初她问诺曼名字时,诺曼厚着脸皮说了他的教名,当她误认为那是他的姓时,诺曼也未加纠正),"士兵诺曼,恐怕你得走了。"

因此诺曼又一次失业了,我们对部队该怎么安置他产生了浓厚的兴趣。

文员培训至少还有一个优点——它持续的时间短,大概比其他行业培训的时间要短一半。日子慢慢地过去,虽然过得缓慢,但终究是过去了。很快,培训结束的日子到了,分派就意味着我和迈克将要分开,这已是近在眼前的事了。即将与迈克分开(因为我们被派往同一军团的可能性很小)令我产生了一种模糊不清的感觉。有一点我无法骗自己,那就是我们之间的友情深厚,而且这友情仿佛是天生的:因为我和他都讨厌部队。另一方面,没有了迈克的道义支持,我对军队生活将变得毫无热情可言。我说的"道义"是指它的字面意思,迈克对部队的敌意似乎是基于道德方面的原因,这约束了我以自我为中心的怨愤委屈。但是,我也越来越清楚地意识到,按照迈克的"道德"标准去做事也并不可靠,我不想被扯进任何疯狂而不切实际的针对部队的讨伐运动中。起决定性作用的因素是波琳:如果我能摆脱他俩的话,形势将对我更加有利。培训的最后一周,我去见了负责分派的军官,提出了被派往远东的申请。他说在远东只有两个皇家装甲兵部队的军团,而且他认为他们并不缺文员,但他会帮我留意此事。

跟那位军官见完面回去的路上,我看到了迈克,他正从布告牌前转过身来,牌子上贴着中队命令。他走上前来,宣布:

"周四我们要站岗。"

我长叹了一声。我已经站过一次岗了,本来还希望在文员培训结束前都不用再站岗了呢。

"唉,不过至少我们能一起去。"我说。

"是啊,猜猜军士是谁?"

"谁?"

"贝克准下士。"

我做了个鬼脸:"我们的小聚会将会非常愉快。"

我们去厨房吃茶点,结果发现晚饭是牧羊人派①。以前我们曾在仓促之下吃过这东西,迈克咒骂说这肯定是真的牧羊人做的。"毕竟,这儿可是约克郡——牧羊区啊。"他说。我借给了迈克一些钱,然后我们转头去了基督教青年会。我总是庆幸自己存了一笔国家奖学金,可以用来购买食物和香烟,让自己生活得更舒适。我经常借钱给迈克,他一般很快就还我。我确信他去伦敦的费用都是波琳支付的,一直在给他零用钱的人也是波琳。这种想法令我十分恼火。

周四的技能测验之后,我们将迎来又一次的四十八小时休假。文员可以享受的休假次数之多常引起其他受训人员的嫉妒,梅森和威尔克森特别喜欢休假,因此他们也设法为我们申请到了假期。在服役人员中最受偏爱的是职业球员,他们也是最有特权的一群。一入伍他们就会被教导团的人抓去;服兵役对他们的生活影响很小;平日里他们为部队踢球,每周都要休假,回到各自的俱乐部效力。

---

① 一种肉馅土豆馅饼。

"这周末要去黑斯廷斯吗？"吃热狗的时候我问迈克。

"不，"他回答，"那周的事不太成功。"

"为什么？"

"我妈对波琳不满意。"

"我本以为她是个挺体面的女朋友呢。"我小心地说。

"'女朋友'对我妈来说毫无意义，"他苦着脸说，"她眼里根本没有女朋友，只有未来的老婆。"他突然掉转了话头，邀请我周六跟他和波琳一起出去。我心情复杂地接受了邀约。

"你们准备去干什么？"我问。

"哦，我不知道……去跳舞什么的吧。"

我有好几种理由反对去跳舞，但只说了最令人信服的一条：

"我不会跳舞。"

"哦，那你有什么建议？"

我建议先去看戏，然后吃饭。迈克同意了。我说我周六早上去买票，问他们以前看过什么，结果惊讶地发现他们很少去剧院。

"我懒得安排，"他解释，"所以我们一般都去跳舞或是看电影。"

从餐厅回来的路上，迈克顺便去了教导军团管理的部队阅览室，去看《泰晤士报》的读者来信栏，但他的信当然并不在列，他也没有收到珀西监护人的回信。

我们所在的团是一个教导团，所以亚眠营的站岗任务格外讲究排场，故意设计成这样，以此让新兵产生敬畏和恐惧之情。检查漫长啰唆而又一丝不苟，午夜还要把卫兵叫来进行第二次检查。你很有可能因为纽扣擦得不干净而遭受指责，而当迈克和我在周四晚上到达警卫室时,更是感觉山雨欲来,因为这天的值班军官是我们的老朋友布思·亨德森少尉。有谣言说他被人抓到在营房召妓,那妓女是从达灵顿来的;或者至少他行为不端,指挥官罚他连续十晚值班,这天是第七天。此外,他早已因为脾气暴躁、随意指摘别人而臭名昭著了。

我紧张地整理着军装和背带,唯恐四十八小时休假出什么纰漏。我略微转头往旁边看了一眼,正好与贝克四目相对,他正讥讽地斜睨着眼,看我整理仪容。我不禁感到一阵羞耻和愤怒,把手插进了大衣兜里。

"贝克在那边。"我对迈克嘟囔道。迈克正在用手绢擦靴子,然后,他站起身来,隔着我看向贝克。贝克已经恢复了镇定自若的神态,他毫不费力地笔直站着,像招募新兵的海报上那样干净整洁,肩上的单条杠被他用白色的布兰可涂得工工整整,像一块新鲜的伤疤一样引人注目。他和迈克死死盯着对方,好像在比赛谁先转移视线。接着,值班军士要我们集合,贝克这才从容地吐了一口口水,转身离开了。

这是审讯后我第一次见到贝克,之前只是偶尔瞥见过他的身影。他像完全变了一个人似的,再也不是那个脸色蜡黄、下巴浮肿、趴在珀西尸体上因恐惧和震惊而浑身哆嗦的贝克。他又恢复了狠毒的模样,盯着我们的眼神里明白无误地写着敌意。这令我头一次想到,虽然我们认为他损失了一级军衔只是象征性的惩罚,他却可能认为这惩罚过重了,而作为主要证人的我们正是罪魁祸首。对于晚上的站岗任务,我产生了一种不祥的预感。

布思·亨德森的检查正如我所料，恶意的花招层出不穷。他让一名士兵解下腰带，指责他腰带扣内面没擦干净，又指责另一个士兵帽徽背面不干净。他任性地对每一个人吹毛求疵——当然，更确切地说，是除贝克之外的每一个人。

布思·亨德森走到我身边，我立正站好，急促含混地报出名字和编号，希望他不要记起基础训练时我们之间那场荒唐的谈话。他先是皱着眉头看着我，又退后两步歪头斜眼看，接着又走到我身后，来来回回慢慢走着看。突然，他拉了一下我的大衣肩部。我惊得跳了起来。

"闪开！"值班中士像被布思·亨德森传染了一样，神经过敏似的大声吼叫。

"你的大衣不合身。"布思·亨德森说。

"是的，长官。"

"明天把它换掉。"

"我以前试过，长官，军需库的人说他们不给换。"

"中士！"

"到！"

"保证明天给他换件新大衣。"

"是。"

值班中士在笔记本上记下了我的名字和编号，与此同时我在心里诅咒个不停。一件新大衣，这意味着我又要去擦那些锈迹斑斑的扣子，还要熨平那一身的褶子。布思·亨德森转向了迈克，对着他绑腿搭扣带上的扣子教训了一番。

贝克负责分派岗哨，确保大家到岗。他读了命令，给我们分发了自行车车灯、口哨和丁字斧柄，分派了班次。岗哨有人执勤的时间是从晚上六点半到早上六点半——每人值两小时班，休息四小时之后再值两小时。迈克和我被分在了第二班次，这是最让人讨厌的一班，从晚上八点半到十点半，早上两点半到四点半。

时间过得异常缓慢。值完第一班岗，我就已经感到筋疲力尽了。九点就被带到警卫室的晚餐早已凉透，冻成了块，我配着温热的茶水硬咽了几口下肚，然后在硬邦邦的床铺上躺好。迈克坐在火炉边，聚精会神地看《珍闻》，不知怎的，他总是熬夜到很晚。中士在大衣下面打着呼噜。灯光明亮，我穿着靴子和绑腿，感到难以入睡，而且高腰裤的胯部也勒得很紧。我刚要睡着的时候——好像是刚合上眼——就被叫醒了，通知我们去警卫室走廊集合。布思·亨德森再次检查了我们，之后几乎不可能再睡觉了。一直等到两点半，迈克和我开始了第二班岗。

凌晨两点半站岗，正是身体和精神状态最差的时候。再没有任何时候更让人感觉兵役制毫无意义了。我们没有敌人要去防备，也没有东西值得保卫，即使有人疯狂到要觊觎我们守卫的尼森式铁皮屋里碎成渣的布兰可和潮湿的床垫的话，我们的装备也差得令人捧腹。现代军队的士兵装备着木杆，怕是野人也要鄙视我们。

已经到了十一月，天寒地冻，但我们累得连加快脚步恢复血液循环的力气都没有了。我们慢慢走在夜色下的各色建筑物之间，丁字斧拖在地上，身体因为疲劳而微微摇摆着，艰难地爬上那座俯视军营的小山，去检查上面几个仓库的挂锁。锁链虽然生了锈，用力一拉可能就会被拉开,但终究是锁着的。旁边是一个被遗弃的营房,没有了门和窗玻璃。走进去之后,我们找到了两把旧椅子,一把没了腿儿,另一把缺了椅背。我们急切地想坐下休息,但营房里有股羊粪味儿,于是我们把椅子拉到门口,小心翼翼地坐下。迈克掏出一包烟,递给我一支。

"贝克什么的不会来偷窥吧?"我说。

"没事儿。这里地势优越,在别人看见我们之前我们就能看到他们。军事战略原则第一条:占据高地。"

我接过烟,用嘴衔着烟默默地吸了一会儿,以便把戴着手套的手放在大衣口袋里取暖。脚下的营房摊开四肢沉睡着。营房里散发着汗酸和鞋油的气味,士兵们在不安的梦魇中呻吟、扭动。部队的新一天即将到来,清醒的意识和阴郁的现实从东边的地平线以下悄然来袭。脸色苍白的厨师很快就要起床,去厨房里加热昨天剩下的香肠作为早餐,打破沉默的只有匆匆爬过油腻地板的蟑螂。我大声说:

> 那我就会成为一对蟹螯
> 急急爬过沉默的海底。

"什么诗?"迈克说,"是不是艾略特的?"

"《大兵J.阿尔弗瑞德·普鲁弗洛克的绝唱》。"我确认了他的猜测。

"什么意思?"他问。

"我不知道。"

"诗不错。你有没有这样的时候——突然感觉不知道自己是谁，或者为什么在这里。"

"在部队吗，你是说？我经常有这种感觉。"

"有一天你正排队去上打字课，或者正在做其他什么毫无意义的蠢事。突然，你不明白为什么你要这样一脚在前一脚在后地往前走，好像没有理由不停下来，让别人撞上你或者绕着你走好像也没什么大不了的。"

"理由是你将受到控告。"

"但那也没什么大不了的，那是让步。因为不去做那些无意义的事就会受罚而去做那些事，这才是最烂的理由。我的意思是，我来到这世上不是为了穿军靴，我走路也不是因为别人告诉我要走，我停下来也不是因为别人告诉我要停。"

"那你来到世上到底是为了什么呢？"

回答之前迈克停顿了一下，然后用一种奇怪的学究式的语气有所保留地说了下面这句话："为了磨炼我的自由意志，拯救我的灵魂。"再次停顿之后，他又以交谈的语气加了两句："现在我没有自由意志，我的灵魂干涸得像一口枯井。都是部队害的，乔恩。反战派谨小慎微的唯一原因是和平主义，这实在让人难以忍受，对不对？我不反对战争——公平的战争。我反对的是征兵，被迫穿上军装，再被训练成机器人。这样，当某位政客决定开始一场他认为公平而我并不一定认为公平的战争时，我就得上前线。"

我含糊地低声附和着。我也反对征兵，却是出于不同的理由——我反对被中断学业,被剥夺自由,离开舒坦的生活。我反对五点半被叫醒,吃恶心的饭,被迫做无意义的工作。迈克提到的那些关于战争和良心的理论问题我几乎从不关心,真正上战场打仗的可能性也微乎其微。

"走吧,"我生硬地站起身来,"要不然会被冻伤的。"

我们开始向山下走去,又开始了徒劳的巡视。天还没亮,我看了一眼手表,才三点二十五分,还有一个多小时呢。

我们抬起头望向道路那头的警卫室,门打开时有人逆着光向屋内敬礼。随后,门又关上了。

"是贝克,"我说,"要来监视我们了,幸亏被我们及时看见。咱俩最好分开行动。"(卫兵不应该一起巡逻。)

"谁负责查问他?"迈克问。

"你来吧。"我说。我不确信自己能以适当严肃的口气查问他:"谁在那里,朋友还是敌人?"这听上去太迂腐过时了。想到贝克可能会在暗处偷偷跟踪我们,我怕我的声音会因紧张而变调。

"咱们给他设个小圈套怎么样?"迈克说,"吓吓他。"

"你什么意思?"我担心地问。

"嗯,你到路灯下大路上去走,让他看到你,然后再悄悄绕到床上用品店背后,假装要去吸烟或者撒尿,他就会跟着你,希望抓住你打盹儿。我在暗处等着,他一过来我就大声查问他,肯定能吓他一大跳。"

"我不知道,"我犹疑地说,"太危险了吧?"

迈克微笑着轻轻撇了撇嘴,他是不是看穿了我那可笑的镇定之下胆小怯懦、谨小慎微的灵魂?

"你什么都不用担心,只要——"

"好吧,"我急忙同意了,"我去。"

我迈步走到大路上,慢慢来到路中间。尽管担心贝克可能会避开迈克,可能会在任何时候出现在我身边,轻声说一些挖苦的话,甚至可能会单臂扼住我的脖子,我还是努力地控制自己不去往后看。我走到了床上用品店拐角处,并未像迈克建议的那样故意装出一副鬼鬼祟祟的样子。然后我转了回来,手里抓着自行车车灯和丁字斧,面对着商店拐角站定,心怦怦直跳。我什么也看不见,什么也听不见。我又猛然想到,贝克可能已经从营房另一侧绕道转到我身后了,于是我转过身来,绕着商店后面窥探。这就像是在玩捉迷藏——我小时候最讨厌的游戏。此时我的头仿佛是在肩膀上转动一样,试着同时兼顾两个方向。想到迈克和他的疯狂计划,我不禁骂了几句。

突然,寂静被打破了。我听到一声微弱的撞击声,然后传来了"砰"的一声。我跟跟跄跄地走到商店拐角处,抬头看路上。大约五十码开外,迈克正双腿横跨在贝克倒伏的身体上,斜倚着丁字斧,像原始勇士一样审视着被自己打败的敌人。他抬头看了我一眼,路灯下,他的脸色苍白。然后,他故意朝着寂静的空气喊道:"谁在那里?朋友还是敌人?"短暂停顿之后,他把口哨放到嘴边,短促地吹了三声。我朝他跑去。

"天呐,你干了什么?"我气喘吁吁地问。

"我查问他,他没回答。"迈克慢悠悠地说。

"但你是先打了他才查问的！"

离我们最近的商店亮起了灯，路北面稍远一点的警卫室的门也打开了，灯光洒在路上。我听到一阵靴子踩在走廊木板上发出的叮叮当当声。

"不对，乔恩，你清清楚楚地听到了我查问他，然后我才打的他，因为他没回答。"

我忍不住发了脾气。"拜托，迈克，如果你想把自己送上军事法庭，那是你自己的事。我觉得你他妈就是个傻瓜，但我绝对不会和你同流合污。"

这次迈克明显噘起了嘴。"我可能不具备基督徒的美德，"他字斟句酌地说，"但上帝会以非基督教的形式帮助我。"

我们默默地瞪着对方，彼此之间的矛盾终于公开化了。警卫室那边传来了高声询问的声音。

"听着，迈克，"我绝望地恳求，"你想让我做什么？最好合理一点儿……"

他快速转头看了一眼，说："好吧，你只需说你什么都没看见，只听到了我查问的声音就行了。看他们怎么证明——"

商店的门开了，迈克赶紧住了嘴。保安揉着眼睛走了出来，睡衣外面套了一件大衣，光脚穿着靴子。

"怎么了？"他嘟囔着，然后看到了贝克躺在地上的样子，"天呐！"

* * *

当我走出登碧里车站时，天空中正飘着雨，于是我戴上了粗呢大衣的兜帽。我满意地低头看着大衣上的棒形纽扣和浅褐色的粗条纹布裤，又想到了大衣下穿着的石蓝色灯芯绒夹克。这次总算可以不用穿着和大粪一样颜色的军装去见波琳了，这让我很开心。

主路上人群熙熙攘攘，到处都是周六上午外出购物的人，我穿着皮鞋，感到脚步格外轻快。走下主路，我拐向了波琳住的那条略显荒凉的灰色街道。我严厉地告诫自己，这次我肩上的使命并不令人愉快。对波琳来说，我要么是带来坏消息的人，要么是证实坏消息的人——取决于她有没有收到迈克的信。虽然如此，一想到要和波琳单独相处，我还是难以抑制心底的欢快与兴奋之情。当我推开一边高一边低的大门，沿着铺了瓷砖的小路往前走时，我尽力调整出一副庄重的神态。幸亏我这样做了，因为我走近门廊时不自觉地抬头看了一眼波琳家的窗户，正好看到她也在低头看我，一脸惊讶。她正在用抹布擦窗户，恰好被我撞上了这一幕。我举起手，面带愁容地笑了笑，她从窗户前消失了，我等着她下楼开门。

当她打开门时，我看到她穿了一条长裤和一件旧的手织套头外衣——上衣和裤子都紧贴在身上，像多数女人的旧衣服一样。

"乔纳森！你怎么来了？迈克在信里说，你今天晚上来找我们……"

"什么时候的信？"我问。

"我周三收到的。怎么了？先进来再说。我的衣服够难看的，请原谅，因为我在做家务。"

我走进大厅，擦了擦鞋。"哦，知道了。他可能又写了一封，你还没收到。"要我来告诉她这个坏消息,我反倒有些高兴。她带着我往楼梯上走时,我说:"恐怕迈克这周末来不了了。"

"来不了了,为什么?"她停下脚步,在楼梯上转过身来。因为失望,她的脸突然耷拉下来,令我既感到嫉妒又觉得惭愧。

"咱们先上去再说吧。"我温和地说。

一关上公寓的门,她就急着问:

"迈克没事吧?没出什么意外之类的吧?"

"没有,没出意外。但恐怕迈克情况不太好,他惹麻烦了。"

"什么样的麻烦?"

"他因为袭击军士被捕了。"我努力板起脸对她说。也就是在这时,在这个最不恰当的时刻,我头一次想到,迈克用丁字斧打贝克这件事是多么滑稽可笑。波琳把脸埋进手里,坐在了离她最近的沙发上。

"天呐,不是吧!"她低声说。

我简略地说了周四晚上发生的事情。之前我曾仔细考虑过该告诉她这一事件的哪个版本,考虑的结果是,迈克受指控时我打算怎么说,现在就怎么说。我这么做的动机,一是可以提前排练一下,二是让自己站在有利于我和波琳关系的立场上。想实现第二个目的绝非易事,要是我告诉她真相,告诉她我虽然明知迈克是先打了贝克才查问的,但为了迈克,我得称自己只听到了查问,却不知道是在贝克被打之前还是之后——我这样为迈克辩护,直接就是在讨好波琳。但既然我都愿意撒谎了,她可能会问我为什么不干脆去证明自己的确听到或者看到了迈克是在打贝克之前查问他的?对这一问题的简短回答是，如果——当然也极有可能——迈克被判有罪，在这种情况下，我将有做伪证的嫌疑。但这样回答就表示我对迈克缺少真正的忠诚和关心。因此，我趁早收手，告诉波琳我只听到了查问，却没法判断事情发生的先后。这样说并不值得称赞，却能令自己占据主动，接下来就只要等波琳暗示我去支持迈克的说法了，即他没认出来对方是贝克，是他查问在先，见对方没有回答才动手打人的。

"抱歉，波琳，"我严肃地说，"除了做伪证，为了帮迈克我什么都愿意做。"

她低下头，一脸绯红，看上去非常妩媚。

"对不起啊，乔纳森，我不该——"

"算了吧，我理解你的感受。"

她郁闷地站起身，摇了摇头说："天呐，天呐……他怎么这么傻……就像个永远都长不大的爱尔兰疯孩子……没有一点常识……对不起，乔纳森，我忘了让你脱下大衣，肯定湿透了吧？快脱下来，我去煮咖啡。"

"让我来吧。"我从椅子上站起来，热切地说。

"不用，我来就行——哦，见鬼，没有煤气了。你身上碰巧有一先令硬币吗？我的都用完了。"

我翻了翻衣兜说："有，这儿有一个。煤气表在哪儿？"

"最好让我来，要是不知道怎么弄的话会很麻烦。"

煤气表在餐柜下面，位置很尴尬。波琳蹲下身，用手摸索着。她裤子上的拉链坏了，裂了个小口，蓝色的尼龙内裤露出了一角儿。我感觉现在这种时候不适合欣赏这个,就扭开了头。可又一转念,管它呢,既然有机会,何不饱饱眼福。但是当我再转回头来时,硬币已经叮叮当当地掉进了煤气表,煤气燃烧起来,波琳也站起了身。当她端着咖啡从小厨房回来时,她问我:

"你怎么想的,乔纳森?你认为迈克是故意打那人的吗?他为什么这么做?"

"挨打的是贝克。我不知道你以前是否听说过他。"

"贝克?是不是基础训练时对你俩特别残暴的那个下士?"

"是对珀西·希金斯特别残暴。我想这可能是迈克的动机——复仇吧,我猜,或者是类似的疯狂想法。迈克认为他们对贝克发落得太轻了,这一点我很清楚。"

"所以你认为他是故意打他的?"

回答之前我慎重地停顿了一下。

"是的,波琳,恐怕我确实这样认为。当然我不会对部队的人这么说,但从他事后的举止来看,我得说他是故意的。天知道他这么做有什么用。"或者天知道他什么时候想到的这个主意。他是一直在等待机会为珀西报仇呢,还是一时抵抗不住诱惑才想打爆贝克的头呢——当时迈克站在暗处看见贝克从身边经过,他太想抓住我们的把柄了,却反倒落入了我们设好的圈套。

我突然灵机一动,问:"迈克曾经精神崩溃过或者有过其他类似的表现吗?"

"没有,为什么这么问?"

"我只是在想,或许可以以此来辩护。"

"没有。他一直都很疯，很任性，什么力气都没出过——这一点你很清楚。他也从来没有什么钱，从来不为未来做打算。但他从没有精神崩溃过，也没有过其他类似的表现。"

我们沉默着喝了一会儿咖啡。这次波琳和上次不同，她弯腰驼背地坐在椅子边儿上——到底是因为心烦意乱还是在为自己的裤子难为情，我不得而知。她无意间看到了一堆脏兮兮的亚麻布，就抱歉地站起身，用簸箕把它们收起来，倒进小厨房。转身回来又坐下后，她问我现在可能会发生什么事。

"嗯，迈克因为袭击贝克已经被严密拘禁起来了。我想他们得等到贝克恢复知觉后才能控告他。"

"恢复知觉！"

"是的，他得了脑震荡。"

波琳突然哭了起来，边啜泣边含糊地说：

"他可能会杀了……他们会怎么处置他？他要被关进监狱……很多年……"

我不想把她揽过来安慰她，这招数太俗套了。相反，我只是在不离开椅子的前提下尽量往前倾，尽量离她近一些。

"别难过，波琳，事情不会那么糟。也可能是我搞错了，可能贝克没有回答查问。我不想让你难过，只是觉得你应该做最坏的打算。但无论如何，迈克还是很有希望脱身的。毕竟，只有贝克会说对迈克不利的话。"

"迈克和下士比起来，他们只会相信下士的话。"

"那也不一定。"我口气有些犹疑地说，但波琳却充满希望地抬起头看着我。她从兜里掏出一张皱巴巴的纸巾，优雅地擤了擤鼻涕，然后尴尬地朝我微微一笑：

"我这么出洋相，真是太抱歉了。"

我小声地客气着。

"你知道的，我非常喜欢迈克。"

我什么都没说，我们长久地沉默了一会儿。我咽下了杯子里的咖啡渣，然后起身告辞。虽然我并不想走，但却想不出留下来的理由。

"好的，我想你肯定很忙。你能来告诉我这一切真是太感谢了。"

"我倒不忙，"我充满期待地说，"就是怕你有事。"

"嗯，我得去趟自助洗衣店，要是你能等一会儿的话，我可以陪你走到地铁站，自助洗衣店就在那附近。"

当我们走出房间时，天上还飘着雨。我拿着要洗的衣服，波琳撑着伞。她既想遮住我们两个人，又不想离我太近，所以姿势有些奇怪。我说我不需要打伞，然后戴上了粗呢大衣的兜帽。

"应该把这事告诉迈克的父母吗？"我问她。她突然生起气来。

"你想告诉他们的话，当然可以，我是不会告诉他们的。"见我一脸惊讶，她又说，"他们可能会把这事怪到我头上。"

我说："根据迈克的话，我猜你和他父母不太合得来吧？我得说这真是让人出乎意料。"

她微笑着问："为什么这么说？"

"嗯，就像当时我对迈克说的，我觉得你是个很体面的女朋友。"

她腼腆地笑了，可以看出来她很高兴。

"他们怎么样?"我问。

"谁?迈克的父母?他们当然都是爱尔兰人了,口音很重,但他们的孩子口音倒还好。"

"那迈克有兄弟姐妹喽?"

"是啊,两个哥哥,三个姐姐,还有两个已经去世了。我只见过肖恩,是个医科学生,还有丁普娜,住在家里,当他爸爸的接待员。他爸爸是医生,这你大概知道。别的姐姐都已经结婚了,大哥在非洲当老师。"

"迈克年纪最小?"

"是啊,很不幸。"

"为什么这么说?"

"哦,你知道妈妈是怎么对待自己最小的孩子的,她总是替他担心,不过担心也是情有可原。迈克有一次对我说:'你知道我妈前额上的那些深深的皱纹吧,鼻子上边的那些?那些是我的皱纹。'确实如此。有一次他给我看他们家的相册,在他出生之后他妈妈才有了那些皱纹。"

我们快到车站时,波琳看了一眼手表。

"天呐,再过十分钟就一点了!我都没意识到……实在对不起啊,耽误你吃午饭了。"

"没关系,我不回家吃午饭。我正想着下午去查令十字路的书店看看,午饭在快餐店解决就行。"

波琳在人行道上停了下来,微微皱着眉头,很明显是在考虑要不要邀我共进午餐。我故意装出一副不在乎的样子,回头看着潮湿的柏油路上驶过的无轨电车,还把要洗的衣服倒了一下手。

"听着,要不中午你和我一起吃吧,乔纳森?我本来是想等迈克来的,就买了一大块牛排和牛腰馅饼。我自己吃不了。"

我象征性地犹豫了一下,然后同意了。我们走进自助洗衣店,称好衣服,取了一量杯皂粉。波琳打开一台洗衣机,将衣服一件一件整齐地放进滚筒里。看着她麻利灵巧又高效的动作,我暗自赞叹不已。她从包里拿出一件脏了的胸罩,又把它放了回去。

"乔纳森,我洗衣服时你能去买些冷冻蔬菜吗?这样可以节省点时间。"

我买好东西返回时,她正坐在洗衣机前面,衣服在滚筒里翻滚。她看着滚筒前面的小窗,就像在看一个水晶球,想从中看到她或者迈克的将来。

我津津有味地吃掉了本该属于迈克的那份牛排和牛腰馅饼,波琳却没精打采,只吃了一点儿。吃饭时只有一个话题,那就是迈克,我的此次拜访至此也只有这一个话题算得上是体面的理由。但我不停地把话题往波琳身上转。

"这么说,迈克的妈妈就是问题所在了。"我们洗餐具时我说。

"对,布雷迪先生倒是挺不错。我和他相处得很好,有点太好了,有一次他还拧了我一把。"

"在哪儿?"

她一下羞红了脸,说:"还能是哪儿?"

我大笑着解释道:"我是说当时你们在什么地方,布雷迪太太看到他了吗?这可能是她对你不太友好的原因。"

"没有,谢天谢地,她没看见,我们当时在楼梯平台。布雷迪太太的问题在于她太虔诚了,每天早上,大家还没醒她就去做弥撒了,这让大家吃早饭时都心怀愧疚,连我都感到愧疚。"

"布雷迪先生不信教吗?"

"他没那么虔诚,只在周日才去教堂——总是赶最后一场弥撒。但他从不像布雷迪太太那样炫耀。他好像有点儿不喜欢自己的宗教信仰,周日晚餐时总爱取笑教区牧师。布雷迪太太很生气,因为她觉得他不应该在一个不信仰天主教的人面前说这样的话。"

"是指你吗?"

"是的。"

"你自己感觉天主教对你有吸引力吗?"

"没有,这才是最麻烦的事情。要是我喜欢天主教的话,那就万事大吉了,不仅可以安抚布雷迪太太,迈克也会高兴的。他总想让我皈依天主教,有一次还让我去跟着读《圣经》——按他们的话说就是接受教诲。"

"结果怎么样?"

"我不知道,我在牧师家门外犹豫不决,不肯进去。然后我们大吵了一架。"

她把湿洗碗巾挂起来,我们又回到了起居室。我递给她一支烟,她头一次接了过去。她拿烟的样子很不熟练,往外吐气时闭上了眼睛。

"你是基督徒吗,波琳?"我问。

"不是,嗯,不算是。我父母是英格兰国教的信徒,他们偶尔去教堂，我小时候也去。为了讨他们喜欢，现在圣诞节时仍然会去。我喜欢那些圣诞颂歌，但是我并不真正笃信基督教。真要信奉宗教的话，我只会回归英格兰国教，因为它比较理智、合理，不会干涉私人生活，教义也更简单。我是说，天主教实在太复杂了。本来信奉上帝就已经很难了，干吗还要用那些圣餐变体论啊、圣灵感孕说啊，还有大赦等等的，让它变得更加复杂呢？就像算术题一样。而且它会吞噬我们，你知道的。他们总忍不住谈论它，迈克一家，还和爱尔兰政治问题混在一起讨论，这更让人摸不着头脑了。就因为我是英国人，而英国人对爱尔兰人很野蛮，所以他们就不停地取笑我，有时候我真想问问他们，既然你们这么鄙视我们，那干吗还住在英国呢？"

回想起我在奥康纳尔酒吧的遭遇，我充满同情地笑了。我们又喝了一杯茶，然后我就得走了，因为我再也想不出不走的理由，波琳也没再打算挽留。她说晚上会给迈克写信。

"但是乔纳森，"她又说，"可能迈克是怕我担心，所以在信里什么都不告诉我，他信里也都说得不多，所以要是发生了什么要紧的事，只能靠你告诉我了，否则我会更担心的。你不介意吧？"

我向她保证会和她保持联络。

* * *

"您找我，中士？"

我上交通行证时，有人告诉我汉密尔顿找我，于是我来到了他的"办公室"。这是文员教室的一栋附属建筑，地上铺了石板，里面只有一张木质搁板桌和一把椅子。屋子中间的炉子刚点着，还不太热，缕缕青烟从裂了缝的烟囱中飘走了。汉密尔顿中士穿着大衣，戴着无指手套，坐在桌子后面。见我来了，他抬起头来。

"谢天谢地，你总算回来了。布朗，你本不该休假的。"

"我什么都没看见，中士。"

汉密尔顿狡猾地咧嘴一笑，露出满口数不清的牙齿："那是你编的故事，你还要坚持这么说喽？"我往后退了半步，尽量不让从他嘴里喷出的唾液溅到我身上。"嗯，不管怎样，布雷迪都要受控告。贝克周六在医院醒过来了。"

"他没事吧？"

"没事，他很幸运，又可以戴贝雷帽了。否则的话，你朋友可能已经把他打死了。因为这事，他要付出两年的代价。"

两年！我浑身颤抖着。

"在军事监狱的时间算在服役期里吗，中士？"

"算才怪。时间要另算，等他出来后要重新服役。"

这实在出乎意料，我一时呆住了，不知如何回答他的话。汉密尔顿翻看着他桌上的文件。"那个布雷迪可真奇特，"他接着说，"我看他是自找麻烦，他的行业技能测验也都一团糟。"

"他通过了吧？"我问。迈克至少不会考不过这个吧。

"是的，他过了。"汉密尔顿不情愿地说，"但只是勉强通过。他往卷子上乱写了些愚蠢的笑话。"汉密尔顿从那堆文件中找出了迈克的卷子。"就像是控诉书的范例。看他怎么写指挥官的——控诉指挥官检阅时没扣前裆扣子,行为有损军纪。"

我笑了。

"当然,他没写真名。他没写陆军中校阿尔杰农·兰斯,写的是坦克兵 A. 兰斯。但这也太明显了,对不对?"

我完全同意他的说法。汉密尔顿又抽出我的卷子,平铺在桌子上。

"不过,布朗,你的卷子倒是做得不错,名副其实的第一。"

我模仿着诺贝尔奖得主的样子,做出一副混杂了骄傲和谦虚的表情。汉密尔顿似乎正期待着这样的反应。"谢谢您,中士。"我说。

"军队需要更多文员,布朗,非常需要。你只要稍加历练就能成为一位出色的文员。"

"谢谢您,军士。"我重复了一遍。这意味着什么呢?我心里想:授予学位?加个头衔?坦克兵乔纳森·布朗,文学学士(伦敦),文员 B Ⅲ(卡特瑞克)?

"你想不想在分派前长长见识?"

"您这是什么意思,中士?"

"连部办公室目前工作过多,他们问我能不能找个人,临时帮帮忙。你觉得怎么样?"

我为汉密尔顿的天真质朴而感动,他真的以为我渴望在军队当一名文员。虽然他这么做的动机很荒唐,但我还是毫不犹豫地接受了。这意味着我可以免受侧楼的无聊和辛苦,也不用在十一月的冷风中铲煤,而可以舒服地待在温暖的办公室里了。

我的期望没有落空,连部办公室可能是整个亚眠营最舒适的泊位了。荒谬的是,在军队里,越接近权力中心你的日子就越容易,也越懒散。这里军纪松懈,没人列队,可以穿便鞋而不用穿靴子,可以经常喝茶,还可以和速记员打情骂俏。当然最后这项消遣我是被排除在外的,因为上述姑娘们只对两条杠以上的军官感兴趣。然而,能够尽量不引人注意、尽量舒适地安然度过在卡特瑞克的最后几周,这已经让我心满意足了。

我被安排在档案室协助戈登准下士,他是个性格反复无常的苏格兰人,即将在1月15日退伍。正因如此,他成天喜气洋洋。对于我们的相对职位,他总是幸灾乐祸,而我也只能耐着性子忍受,幸好他很快就厌烦了。至于我为什么被指派到连部办公室,这仍然是个未解之谜,因为戈登好像并没有太多事可做。实际上,我们有很多时间可以坐着闲聊,或者眼睛瞟着门口看报纸。有时我会去翻看营区里各色人物的记录卡以作消遣,这样便可以了解他们的过去。也就是在这里我查到了梅森的年龄,看到了人事军官第一次与我面谈后给我的评论。我还发现基础训练时我的手枪射击没过关,这太不公平了,因为我不论是从前还是在来了军队之后都没持枪射击过。

在迈克去见指挥官之前我又见了他一次。那天很冷,我们都以稍息姿势站在指挥官办公室外面的走廊里——迈克、贝克和我,我们奇怪而又虚伪地沉默着。贝克脑袋上打着厚厚的白色石膏,他和迈克互不理睬。迈克看向我时,眼神正好撞上了我。他冲我笑了笑,但护送他的宪兵中士告诉他要目视前方。在我看来,迈克的笑是强挤出来的,他看上去很担心,甚至还有些害怕。

这让我想起了一年多前在大学时的一件事。那天我们在一位讲师的办公室外偶遇了,当时我们都要去取学期试卷,卷子堆在走廊的一把椅子上。我们互相点头致意,含糊地打了声招呼。我翻看着自己的试卷,满意地记下了分数,我的分数刚刚超过米金。当我转身要走时,迈克对我说:"多少分?"我说"A-"时稍有点尴尬,他肯定考得不好,我隐约觉得他和我比成绩有点不合适。我忍住了习惯性的回问,但他主动告诉我说他得了 Y-①。他站在那儿,困惑而痛苦地来回翻看着自己的试卷,好像受到了不公平的待遇一样。我为他感到难过,却又在心里想,看在上帝的分上,你希望得什么呢?那天我们进考场时,你自己告诉我你根本没用一点功。我找了个借口匆匆走开了,但是不知怎的,这件事减少了我得 A- 的喜悦之情。

我们站在游廊里,被冷风吹得直流泪,嘴里呼出雾蒙蒙的热气。就在此时,以前的那种感觉又回来了。这完全是迈克自己惹的麻烦,和我本没有关系,但当我感觉自己的生活相对舒适安全的时候,迈克的不幸就像小虫子一样咬噬着我的心,谴责着我的良心。在军事监狱待两年!还要再服两年役!每次我想到这里,总有一种间接的悲哀在心头蔓延。

当然,我也不得不去考虑一旦迈克入狱可能带来的后果。像他们说的,那样的话,我和波琳之间就没有障碍了。但是,会这样

---

① 稍次于三等的成绩。

吗?"最好的朋友进去了你把他的妞上了",这情节太夸张了,也让我觉得自己太卑鄙了。我猜迈克的不幸只可能会使他和波琳更加亲密。

指挥官的车开过来了,他昂首阔步地走过我们身边,好像我们隐身了一样。

"摘掉帽子,解下腰带。"宪兵中士对迈克说。不知为什么,受到控告的士兵在军官面前必须摘掉帽子、解下腰带。这种方式加上大喊大叫和跺脚的仪式,到底是想让被告丧失信心呢,还是如别人所言,是一种预防措施——防止被告用腰带、贝雷帽或者把徽章当刀刃袭击指挥官呢?我不确定。但这显然使迈克看上去就像是个已经被定罪的罪犯一样。他的头发被剪得很短,甚至能看到他头皮上的疙瘩。

迈克被还押了,回去等着上军事法庭。我给波琳写了一封信,告诉她在目前情况下,这是在所难免的,所以没必要难过。诉讼程序越正式、越公开,迈克被从轻发落的可能性就越大(因为我觉得他不可能完全脱罪)。对迈克不利的仍然只有贝克的证词,尽管法庭可能会倾向于相信贝克的话而不是迈克的话,在法庭方面仍然缺少迈克袭击贝克的动机,这会令法庭疑惑,除非有原来 C 中队的人向某位军官泄露贝克、迈克和珀西之间三角关系的真相。当然,贝克自己肯定不会说,因为这将重启珀西之死一案的调查。

有一个人经常造访营部办公室的档案室,他就是韦斯顿下士,指挥官的司机。他高大英俊,留着时髦的小胡子。尽管现在在皇家坦克团服役,但他的战斗服上装饰着多个战役纪念章,袖子上还别着伞兵的翼形徽章。他的战斗服是量身定做的,他也是我所见过的唯一一个穿着古怪的军装却看起来时髦帅气的人。他很受速记员的欢迎,她们经过他身边时,总是明显地撅起屁股,没来由地招他捏一把或者拍一下。为了等指挥官,他会在营部办公室待上很久,一般都会来我们的办公室等。看完《镜报》后,他会讲一些他服兵役期间的奇闻逸事来逗我们开心,当然无一例外都很色情。他告诉我们二战期间北非有一些野战妓院,还生动地描述了士兵们一大清早跟跟跄跄地走出帐篷,在吃早餐前花上六便士"打一炮"的情景。他告诉我们韩国妓女的奇怪习惯。他告诉我们汉堡有一条街道,两头都有大门,女性肉体就像肉店里的肉一样在街两侧房屋的窗子里展示。他讲这些的时候往往绘声绘色,添油加醋,令曾在英国待了两年的戈尔曼准下士嫉妒懊恼到近乎丧失理智,甚至差点因为想被派去国外而再跟部队签一年协议。只有一次韦斯顿说得有点过分了,连戈尔曼都觉得接受不了——他讲到在北非时,一个阿拉伯妇女来到他面前,为了一块巧克力,就把自己十岁的女儿交给了他。

"她大概这么高。"他说着,把手举在离地面三英尺半高的地方。

"你没接受吧?"戈尔曼说。

"这对她来说没什么大不了的,"韦斯顿解释说道,"她甚至都不是处女了。"

"你这个可恶的混蛋。"戈尔曼说完,好奇心战胜了厌恶,"什么感觉?"

对我来说,韦斯顿是个典型的军人,既有胆识又野蛮粗暴,是个矛盾体。我们因为他们的勇猛而授予他们勋章，我们的自由也是他们浴血奋战得来的。但帮助他挺过无数次残酷战争的却主要是一种野蛮残暴，一种对人类生命和体面的完全漠视。他自己都不为自己所获得的军事成就而感到自豪。他就像一只穿着军装的、好斗的、发情的动物，一个古代雇佣兵的后裔。在现代军队里他属于异类，但我却觉得他异常吸引人。

作为指挥官的司机，韦斯顿有很多机会可以听到指挥官和其他高级军官之间的谈话，他就是个军团事情的信息宝库。在我来连部办公室之后第一周的周五早晨，他来到档案室，没去看《镜报》，反倒先来跟我说了几句话。

"布雷迪那小子是你哥们儿吗？"

"是啊，"我说，"怎么了？"

"这几年你不会再有什么机会见到他了。"韦斯顿无情地咧嘴笑着说。

"为什么？"

"他要上军事法庭了，是不是？因为袭击贝克？"

"是的，但他可能能脱身。"

"这次不行，他跑不了了。"

"为什么这么说？"我故作镇定地问。很明显，这信息他早就掌握了，如果我表现出好奇或担心，只会让他拖延着不告诉我。

"我倒不怪他打贝克，贝克就是个骄傲自大的混蛋，那家伙。他有他妈什么可值得骄傲的，从没见他效过力，没有真正效过一点力。在肯尼亚追一大群该死的黑鬼在我看来都不算效力。"

我保持着沉默。韦斯顿对着戈尔曼说话,头却微微向我这边斜着暗示我。

"他不太担心自己的哥们儿,是不是?"

"我只是在等着看你还有没有新消息。"我耐着性子回答。

"好吧,新消息:你记得几周前打死自己的那个傻逼——他叫什么来着?"

"希金斯。"

"对了,希金斯。嗯,好像是你哥们儿给希金斯的老爷子写了一封信。"

"监护人,"我本能地纠正他,我已经知道要发生什么事了,"他爸不在了。"

"好吧,那就是监护人了。布雷迪给这个监护人写信,说希金斯打死自己是贝克的责任。那个老家伙刚把信转寄给了指挥官。"

"你怎么知道的?"

"今天早上指挥官亲口对副官说的。"

我转过头看向窗外。一班士兵正快速跑向体育馆,他们穿着薄薄的体能训练服,看上去既冷又可怜。这下迈克没希望了。

韦斯顿对戈尔曼说:"布雷迪写信选错了人,那老家伙一战期间是骑兵团的上尉!"见两人大笑起来,我突然气急败坏。

"这很好玩是不是?"我带着浓浓的讽刺口吻说,"有人要在军事监狱里待两年,还有什么比这更好笑的?"

他们似乎同意了我的话,因为他们笑得更起劲了。

"你们这些傻瓜,自私的混蛋!"在他们越来越大的笑声中,我大喊,"'该死的杰克,我没事'——这就是你想听的,是不是?那么——"

就在这时,门开了,团部军士长愤怒的脸从门口探了出来,涨得通红。

"你们为何在此喧哗?韦斯顿!"

"长官?"

"指挥官找你,打起精神来。"

"好的。"韦斯顿整理了一下领带,急匆匆地走了。团部军士长走了进来,怒视着我说:

"你是哪位?"

"士兵布朗,长官。"

"你在这儿干什么?"

"在我被分派前,汉密尔顿中士派我来帮忙,长官。"

"嗯,看起来你也没帮什么忙啊。谁告诉你可以穿皮鞋的?"

"我以为所有文员都可以穿,长官。"

"成为正式文员之后才可以。在那之前你得穿靴子,明白吗?"

"明白,长官。"

他刚要走,又停下脚步说:

"这周站过岗了吗?"

"没有,长官。"我的心情沉重起来。

"那你明天站次岗吧,我们缺一个人。警卫总队,下午两点。"

"好的,长官。"

团部军士长走了。二十四小时站岗,我本想让汉密尔顿中士帮个忙,然后偷偷溜走休个假的。

"该死的军队。"我说。戈尔曼无情地笑了。

直到第二天早上我才突然想到,这次站岗或许可以给我一个见到迈克、甚至和他说话的机会。当时我正在擦靴子,为站岗做准备。我没有犹豫太久就决定了要告诉他韦斯顿带来的那个令人沮丧的消息,他可能得做好面对新证据的准备。

营房里只有另外的两名士兵,其他人要么去了海陆空军小卖部,要么周末休假去了。其中一个像我一样也在擦靴子,涂上鞋油后在鞋头处画着圈地擦;另一个在给女朋友写信,嘴里咬着圆珠笔头,嘴唇染上了墨水。

"我他妈的从来都不知道该跟我的妞说什么。"他终于嘟囔了一句。

"告诉她,就算要甩也得趁你休假的时候甩。"另一位严肃地说,"在信里告诉你实在太他妈差劲了。"我们很快就知道了他的女朋友最近就给他写了一封这样的信。他把信找了出来,大声朗读:

"亲爱的艾伦,谢谢你的来信,昨日已收到。恐怕我在这封信里要说的话会令你大为震惊,但我却不得不说。很多事情你都认为理所当然,艾伦……"

这最后一句她重复了很多次,却不肯解释是什么意思。她分手的公开理由是:"你在军队的这两年,我不想和你绑在一起。"但她三番两次地建议他们继续以朋友关系保持通信,末尾还求他回信。

"你打算回她吗?"我问。

"不回。我打算下次休假时去搞清楚她在和谁乱搞,然后叫上我的伙计们教训教训那人。"

另一个人给我们讲了一个他哥哥的奇闻逸事。当时他哥哥正在马来亚,未婚妻给他写信要取消婚约。他把那封信让他的伙计们传着看了,然后,他们(总共大约三十人)同一时间每人给她写了一封信,告诉她他们对她的看法。深知士兵们侮辱人的神通,我不禁一阵战栗,充满了同情。

"那样对一个女孩是不是有点过分了?"我问。他们一副大惑不解的样子看着我。

"当你在部队时,如果一个女孩不能等你,"刚才那个读信的往鞋油里吐了口吐沫,接着说道,"那她就不是什么好东西,对她做什么都不过分。"

我一进警卫总队的门就看到了迈克。他正在扫地,抬头看见我冲我微笑了一下。但宪兵中士马上就把他关进了牢房,所以我没找到机会和他说话。牢房里还有一个人,是一个面容憔悴的军士。我后来了解到,他因为和班里一个年轻的新兵肛交,正等着上军事法庭。尽管我和迈克关系亲密,但接近牢犯时我还是会感到不安。一些站岗的年轻士兵用一种充满敬畏又迷恋的目光观察着他们,但军官和军士们却能较容易地以一种专业看守的客观态度来对待。

我发现这次的二十四小时站岗比先前想象的还要糟糕。从周六下午到晚上,时间像蜗牛一样异常缓慢地爬过。食物很恶心,但你不得不吃:炒蛋、烘豆、甜茶,这些东西的味道留在嘴里,很多天都摆脱不掉。随着时间的流逝,我越来越累,而且这种疲累越来越难以缓解。换班时的四个小时休息时间,我几乎无法入睡:床铺又硬又不舒服，灯火通明，下士的手提收音机总是漠然地播放着卢森堡电台。

周日早上四点，第三班岗结束了，我累得几乎晕倒。所幸警卫室里一片安宁，军士在打着呼噜，其他人也睡着了。下士出去安排下一班守卫了。我走到火炉旁倒了一杯浓茶，然后听见从迈克牢房那边传来的一声耳语。

"乔恩。"

我走到牢房边，同时紧张地留意着军士的动静。因为我穿着打了平头钉的靴子，走在木地板上难免会发出很大响声。迈克苍白的脸出现在牢房的护栏处，他像其他囚犯一样用手握住了围栏。我们小声地说起了话。

"嘿，乔恩，有烟吗？"

我递给他半包。

"谢谢，他们一天只让我们抽三支。"

旁边的牢房里，迈克的邻居正在睡梦中呻吟着、咕囔着。迈克居然用第一人称复数来称呼自己，这使我十分惊讶。他似乎已经和其他罪犯有了团结一致的感觉。

"过得怎么样？"我问。

"很惨。真希望军事法庭赶紧结束。"

"迈克，我有些坏消息要告诉你。"

他握围栏的手绷紧了。"什么？"

"你寄给珀西监护人的信，那老家伙回寄给指挥官了。"

迈克咬住了嘴唇。"该死，这可不妙。"

短暂停顿了一会儿,我说:"我想我应该告诉你。"

"当然,谢了。"

"真是抱歉。"

"是啊。"

"别放弃,还有希望。"

"不会的。"

我听到下士和守卫回来的脚步声,他们的靴子踩在砾石路上咔嚓咔嚓地响着。

"他们回来了,迈克,我得走了。"

他们进门时我正好走回到火炉旁。我躺回床上,闭上双眼,却难以入睡。我听到迈克牢房里传来了擦火柴的声音,然后出乎意料地,有人在我的肩上拍了一下,说道:

"到你了,伙计。"

当我十点钟回来时,大家都醒了,看上去我再也没有机会和迈克说话了。但是,当我从火炉上拿起茶壶倒茶时,我听到迈克的声音:

"能给我一杯茶吗,军士?"

"给他倒一杯。"军士举着《世界新闻报》说。

我走到迈克的牢房,他把杯子递给我。

"帮我洗一下杯子,伙计。"他说。

我朝杯子里面看了一眼,底部有一个折叠起来的信封。

"你他妈的以为这是哪儿,旅馆吗?"军士说。

"别这样啊,军士。"迈克说。我从他幽默讨好的话中听出了他

的焦虑,带着杯子去了厕所。我拿出信封,立刻塞进兜里,然后在水池里洗了洗本来就很干净的杯子。当我把茶递给迈克时,他说:

"谢了,伙计。"

站岗两点就结束了,可我等了很久才敢看那个信封。我确信信里肯定有给我的消息,所以打算私下里再看。我乘公共汽车去了军营中心,然后去海陆空军俱乐部洗澡。放水时,我从兜里拿出了信封,把它打开。不可思议的是,信竟然不是写给我的,而是写给卡姆登镇的"戈尔迪亚诺·布鲁诺"的。这令我大惑不解,我从没听迈克说过他还有意大利朋友。他费尽力气偷寄这封信又是为了什么呢?据我所知,他是可以写信的。洗完澡,我在信封上贴上了邮票,把信寄走了。之后我就去了静修室,给波琳写了一封信。

后来,我在食堂吃饭时碰上了法洛菲尔德、彼得森和戈登·坎普,他们都穿着便装,这是通过了陆军部遴选测试的预备军官的特权之一。看惯了他们穿军装的无名小卒模样,再看到眼前一幕,真是格外显眼又发人深省。彼得森穿着精工细作的夹克骑装和锥形斜纹厚呢裤,法洛菲尔德穿着深蓝色夹克和深灰色裤子,戈登穿着粗花呢防水夹克和亮闪闪的浅灰法兰绒裤子。我不太想和他们说话,但戈登却友好地和他们一起端着食物托盘来到了我的桌子旁。

"嘿,"我说,"都穿'便装'了?"

"是啊,"法洛菲尔德回答,他并未察觉我说"便装"时讽刺的语调,"这个特权倒是相当有用,意味着周末特别是休假时不会弄脏你最好的战斗服了。"

"你不是说你之前休假时对穿便服有所顾忌吗?是这样吗,你俩?"

正在狼吞虎咽吃饭的戈登摇了摇头。"我可没有,老伙计。"彼得森说,"我可受不了战斗服,它们总是让我浑身刺痒。"

"嗯,不久你们就能穿那些光滑平顺的军官服了。"我说。

"这不是有没有顾忌的问题,"法洛菲尔德有点恼怒地说,"这是在无人检查的情况下仍然要服从命令的问题,你得做到和有人检查的时候一样。"

"这就是我说的顾虑。"我回答。

短暂停顿之后,法洛菲尔德开始和彼得森讨论最近一次识读地图的练习。戈登对我说:

"迈克怎么样了,乔恩?你最近看见他了吗?"

"实际上我昨晚刚见过他。站岗的时候。真是让人心力交瘁。"

"肯定是啊,听到这事时我很难过,你觉得他的情况怎么样?"

"不太好。"

"那晚到底怎么回事,乔恩?你不是和他一起站岗的吗?"

法洛菲尔德和彼得森都住了嘴,竖起了耳朵。

"现在还是不谈这个了吧,戈登,希望你别介意。毕竟案件还在审理中。"

"这会儿是谁有顾虑了?"法洛菲尔德说。

"好吧,换句话说,我并不想给别人因为迈克的麻烦事而幸灾乐祸的机会。"

"我不会幸灾乐祸的。"戈登说。

"我知道你不会,戈登。"我边回答边往后推了一下椅子,"我得走了。你们关于识读地图的谈话真精彩,我就不打扰了。再见。"

戈登在门口追上了我。

"乔恩……我在想我们能不能为迈克做点什么。"

"我们能做什么?"

"我在想……或许教授可以写封信……"

"亲爱的戈登,要知道迈克可不太受教授青睐。那只会让他们对自己的看法更加确信不疑。"

"呃……那么……我想我们只能期待最好的结果了。"

"是的。"

短暂而尴尬地沉默了一阵之后,戈登说:

"你知道吗,乔恩,我认为你做了一个正确的选择。我是指关于拒绝委任的事。"

"我可没有那么伟大,戈登,我只是拒绝去争取获得委任罢了。"

"对……嗯……不管怎样,我在预备军官侧楼待得烦透了。那帮人都是可怕的势利眼,还有一半是同性恋。有一天晚上我回去晚了,看到两个人在一张床上。"

"不是法洛菲尔德吧!"我惊叫,"不管男女都不会愿意跟法洛菲尔德上床吧。"

"不,不是法洛菲尔德,"戈登咧嘴笑着说,"你要知道,他其实还可以。"

"是,他是还可以,不过是个顽固自大的笨蛋罢了。不过既然你这么讨厌那里,干吗不离开?"

"我也不知道。现在我已经走到这一步了……我父母也不会理解的。尽管我可能会在蒙斯被淘汰出局。"

我拍了拍他的肩膀说:"你会没事的,戈登。他们不会淘汰你的。你什么时候走?"

"下周。"

"那么,祝你好运。"

"好的,也祝你好运。"

我们挥手告别。我开始感觉到了站岗的影响,期待着晚上能早点休息。在俱乐部外面,我看到了一辆红色的名爵,彼得森带着法洛菲尔德和戈登上了车。戈登是个正直的小伙子,他为什么特地跑来告诉我说我"做了正确的选择"?难道他认为我在嫉妒他吗?

在接下来的周四早上,韦斯顿来到了档案室,脸上带着那种自以为是的表情,生怕别人不知道他又得到了什么消息似的。他刚一张嘴,我就抢先了一步。

"是的,我们知道了。他昨晚逃走了。"

当天晚上,我给波琳打了一个长途电话。是一个女人接的电话,可能是房东吧,然后她去叫了波琳。停顿了很久之后,我模模糊糊地听到了波琳的声音,我正说着"你好",她接起电话重复了一句"你好"。

"你好,波琳吗?"

"找我?"

"我是乔纳森。"

"谁?"

"乔纳森。乔纳森·布朗。"

"哦。"突然传来了一声焦急的、近乎歇斯底里的笑声。电话听筒被"咔嗒"一声放在了桌子上。我听到了一阵含混的声音,是男人的声音。到底发生了什么事?然后一个粗鲁的声音开始说话。

"嘿,我是宪兵。你是哪位?"

"我是布朗。我——"

"我知道你是个士兵,请报上军衔和编号。"

"五三一七四九七九号士兵乔纳森·布朗,有'e'的布朗。"

"五三……"

"五三,一七——"

"一七……"

"四九,七九。听着——"

"四九七九,士兵布朗,有'e'的布朗。军团?"

"第二十一皇家坦克团。听着,这通电话是我花钱打的,我想和维克斯小姐说话。"

就在这时,报时的信号响了。

"好吧,稍等。话务员!"

经过长时间的争吵,宪兵说服话务员延长了通话时间,并把话费记在了军队的账上。然后他又回来跟我说话。

"你认识士兵迈克·布雷迪吗?"

"我认识,这也是我想跟维克斯小姐通话的原因。"

"你知道他在哪儿吗?"

"不，我不知道。"

他又问了我几个问题之后，才让波琳来接电话。

"嘿，波琳，你好像已经知道迈克的事了。"

"是的。你来电话时我还以为是他……太可怕了……怎么……"

"对不起，我没听清那句话。"

"他会怎么样？"

"我不知道。我想他们会很快抓住他，尽可能地快。他这样做只会让事情变得更糟。"

"他会怎么样？"她好像没听到我的话似的，不断重复着这一句。在公共电话亭的镜子里，我看到了自己因努力倾听和交流而扭曲的脸。

"我还以为是他，"她继续说，"他们让我承诺尽量找出他藏在哪儿。"

"蠢猪，你怎么不把他们赶出去？"

"什么？"

"当我没说。听着，电话上说话不方便，我周末可以去找你吗？"

"可以，请一定来，乔纳森。"

"周六？这次我请你吃午餐。"

"好的，那太好了。"

"那周六见。"

"好的。再见，乔纳森。"

我等她先放下听筒，但她一直没放。我说了一句"再见，别担心"，就放下了自己手中的听筒。

第二天早上,我去找汉密尔顿中士开四十八小时休假的许可。我正填表时,他说:

"你那哥们儿逃跑了?"

"是啊。"

"傻瓜。袭击军士,被捕后又逃跑,他是惹上大麻烦了。当然,他们会把他抓回来的。"

"恐怕会的。"

"你觉得他会去哪儿?"

"我一点儿线索都没有。"

"他逃得倒是干净利落,我不得不这么说。拆掉了警卫室的屋顶,以前还从没有人动过这样的念头。"

"也许他们到时候也会发现他不那么好抓。"

"他们会抓住他的,需要点时间。"

我填完休假表,交给了他。

"你得先去找书记长签名。"

"好的,中士,我现在就去。"我刚抬脚往门边走的时候,他说:

"你在连部办公室怎么样?"

"哦,很好,"我又尽力憋出一句,"其实还挺有趣的。"

"你的分派结果还没批下来吧?"

"没有。"

"有什么意向吗?"

"我填了远东。"

他叹了口气说："你们这些家伙怎么都想去远东？你们肯定认为那儿到处都是啤酒和妓院，是不是？嗯，确实如此——一年里大概有两周是这样的——在你休年假时。其余的时间里尽是苍蝇、高温、巡逻和痢疾。"

"嗯，我想反正可能也去不成，德国某个偏远的破地儿倒是更有可能。"

汉密尔顿在他桌子上的文件里翻了翻。"我刚收到一个老朋友的来信，"他说，"是巴特摩——皇家装甲兵部队特别培训机构的书记长。他需要一位新文员，让我给他派个好的去。你感兴趣吗？"

"这地方在哪儿？"

"多塞特的汉普郡——在那附近。"他短暂停顿了一下，又狡猾地说，"离伦敦大约一百英里。"

离伦敦大约一百英里，四十八小时休假距离正合适，要是交通顺利，三十六小时休假也足够。

"你可能会被分到皇家坦克团，不隶属于任何营。好吧，不管怎样，考虑一下吧。"

"不用考虑，中士。要是您能安排的话，我愿意去。"

"我能安排，"他回答，"咱们现在就去委派室。你不会后悔的。"

去委派室的路上，我们遇到了贝克。他和我对视了一眼，眼中冒着仇恨的凶光。我确信一直以来他最恨的不是珀西或迈克，而是我，但是被他逼入绝境的却是他们俩，而不是我。

5

到了那天傍晚，天空乌云密布，像锅盖一样阴沉地压在军营上空。天更闷热了，预示着一场暴雨即将来临。我极不情愿地脱下已经被磨得光滑的破旧工作裤，换上了最好的裤子，那裤子很厚，内层的短绒毛也未经穿着，弄得人发痒。我捋下衬衫袖子，再系上战斗服上衣扣子时已经开始冒汗。我把亨利给我的临别礼物从换下的裤子的地图袋里拿出来，装进钱包。

我走出小隔间，来到长镜前检查衣着，嫉妒地看了一眼在床边玩牌的人，他们都穿着凉爽的牛仔裤和棉衬衫。见到我，他们纷纷拿我打起趣来：

"都收拾好了，下士？"

"明早别太早叫醒我们。"

"靴子擦得挺像样的嘛。"

"乔克·高登斯顿给他擦的靴子。他从来不自己擦靴子，懒蛋。"

"说话注意点，大兵。"我边说边跺脚，好让裤子平整地顺到绑腿里。

"想要点重物吗，下士？"为了把裤子顺进绑腿并拉紧裤子折痕,虽然有违规定,大家还是会习惯性地在裤腿处放几个铅坠或几段自行车链条。

"不要,谢了。"

"嗨,下士,你的靴子是几码的?"

"八码。"

"我也是,你走之前咱们换一下吧?"

"不行吧,仓库不会收你的靴子的,像被百夫长碾轧过一样。"

"不是,我最好的靴子,下士。"

"我说的就是你最好的靴子。"其他人爆笑起来。

穿着军装的我看起来总是那么滑稽可笑,虽然我已经习惯了镜子中自己的形象,但仍会感到心烦。穿上军装总让我有种窘迫的挫败感,就好像不是我穿着军装,而是军装穿着我。卡其色令我的皮肤显得灰黄、病态,过大的贝雷帽在头顶上很不安稳,衬得帽子下面的脸病病快快又消瘦干瘪。波琳说她第一次见到我时,我就像个被解放军抓住的难民,匆忙之中被随随便便套上了一身衣服。只要有办法,我再也不会穿着军装去见她了。从镜子前转过身来,我突然意识到刚才忘了把肩章从二等战斗服上移过来。我回到隔间拿了肩章,把它们塞进肩襻。棕色、红色、绿色条纹的肩襻。"穿过泥泞,浴血奋战,走向绿草地",是我们军团的座右铭。历经厌倦,牢骚满腹,走向幸福的平民生活,一想到即将退伍,我不禁精神振奋。

"哎呀,这将是我最后一次站岗了。"我对那些玩牌的人说,同时拎起手提包,里面装着毯子、保温瓶、书和烟。

当我走到蒙哥马利警卫室时,"白垩"·怀特正在外面等候。

"你在这儿干吗,'白垩'?"

"和你一样。我替诺比·克拉克站岗,他周五替我。我想下周休四十八小时假。"他解释道,"我们班周六有事,很早就得开始干。"然后又说:"把我排在第一班次吧,乔恩,可以吗?"

"好的,'白垩'。"

其他士兵慢慢吞吞、不情不愿地来到了警卫室。

一个穿戴干净利落的皇家电气和机械工程兵团的技师朝我们走了过来。"那个爱胡说八道的人来了。""白垩"嘟囔着,"但他能赢得手杖。"

"白垩"说的是一种古雅的仪式,"指挥官的手杖"其实并不存在,只是在检查时给穿戴最整齐的士兵的象征性奖励,赢得奖励的人将被免除警卫任务。

"今晚要是能得到手杖的话,我倒是不介意。""白垩"又打着哈欠说,"过完周末,周一我总感到筋疲力尽。"

我也一面打着哈欠一面附和。头天晚上缺乏睡眠很快就会表现出来,第二天我会感觉像行尸走肉一样。不过幸运的是,站岗时下士的任务比士兵容易得多,挨到早晨六点,我就能结束这令人厌烦的任务,迎来幸福的生活了。横在自由面前的只剩这一整天了。

突然间,我看到戴着肩带的福瑟比军士长从军士食堂向我们这边走过来。

"老天爷!千万别告诉我福瑟比是今晚的值班军士!"

"你没看中队命令吗?""白垩"问。

"我懒得看,每个人都急着告诉我上面写了什么。"

福瑟比越走越近,我努力保持着泰然自若的神态。后来回想起来,那天早晨我对他的态度对他来说似乎比以往任何时候都更粗鲁无礼。

和福瑟比一起来的还有军士恩肖和梅休,他们俩分别负责蒙哥马利警卫室和停车场警卫室。恩肖又蠢又懒,但心地还算善良,他可以带着我们毫不费力地站完岗。福瑟比瞥了一眼手表,告诉我们集合。我们在广场上散开,面向警卫室列好队。停车场警卫人员最多,每班需要三个人在飞机库和坦克停车场巡逻。蒙哥马利警卫室每班只需要一个人在军营入口巡逻。因此,恩肖的文件夹中除我之外只剩下其他三位士兵了:一个是"白垩",一个是光彩照人的皇家电气和机械工程兵团的技师,还有一个看上去闷闷不乐的小个子,来自B中队,我不知道他的名字。

站在我们身后的是武装纠察队的人,他们的职责是保护军营,防止爱尔兰共和军的进攻。差不多在一年前,军营北面的军械库几次被爱尔兰共和军成功偷袭,部队因此沦为笑柄。虽然那种恐慌早已成为历史,但武装纠察队继续保留并遵循着一条熟悉的军法,那就是任何应急措施不仅不会被撤销,还会并入军队惯例。随着各项规定积累得越来越多,它们的本来意义也都渐渐消失了。武装纠察队住在离蒙哥马利警卫室不远的一个营房,在那里可以收到电铃发出的警报,他们睡觉时要穿着靴子和衣服。卫兵接受完检查后,武装纠察队的人给枪支装上子弹,再锁到墙上的机架里。一旦听到警铃,负责的军士就打开机架,分发枪支,带领纠察队投入战斗,至少理论上是这样的。实际上，纠察队对于任何可能的侵略者都算不上什么威胁，对于他们自己和我们这些人才是真正的威胁。巴特摩的士兵不习惯操作火器，一旦出于训练目的拉响警报，他们很容易慌乱。很少有训练不发生枪支走火事件，已经有一个人被击中脚部，得以从部队退役，这令他大喜过望。

当我们在原地稍息，等待福瑟比做初步检查时，恩肖中士对我说：

"我们是不是少一个人，下士？一般来说应该有四个守卫等候检查。"

他说得对，不管谁得了手杖，第四个人都得做替补，除非他自己拿到手杖。

"你说得对，中士，但我不知道少了谁。"

"听上去好像是他来了。"

从床上用品商店拐角处传来一阵沉重的脚步声，接着出现了一个熟悉而笨拙的身影：是诺曼。

"快点，士兵。"福瑟比喊着。他遗憾地看了一眼手表，"再晚来十秒就要指控你了。"

诺曼气喘吁吁地跑了过来，朝我眨了眨眼，在队列的最后头站好。福瑟比开始了检查。

作为皇家装甲兵部队的废纸篓，巴特摩主要是为了接收被处理的那些招人厌或者有缺陷的人，因此，一年前诺曼出现在这里时我并未感到惊讶。在巴特摩，他也终于实现了自我价值。"正规军里有你的位置"——他入伍时征兵海报上写着这样的话，当他来到巴特摩，终于找到了自己的位置：他负责这里的猪舍。坦克和打字机一旦落到诺曼手里就会突然出毛病，下场悲惨，但猪却不一样，即使是诺曼也伤害不了它们。他们之间甚至还形成了一种默契，当诺曼抬起泔水桶往猪食槽里倒泔水并看着它们狼吞虎咽时，他的眼中闪烁着喜爱之情。猪吃的是士兵的剩饭：一大堆混杂了卷心菜、土豆、肉末、牛油布丁、肉汁和蛋奶吐司的东西。在工业贫困地区长大的诺曼已经颇有一副农民的样子了，有时还能看到他嘴里叼着一根稻草，说着三年后"要去养猪"这样的话。

福瑟比检查花费的时间比往常都要长，或许他已经习惯了在他自己的军团当值班军官。然而在巴特摩，军官数不胜数，一大部分准尉只要能当上值班军士就满足了。福瑟比回到警卫室游廊，我们则稍息站在阴沉闷热的天空下等待副官。一个穿红色背心和牛仔裤的士兵从营房里走出来，脖子上搭着一条毛巾，正尖声吹着口哨走向洗衣房。哨声停顿了一下，最终消失了。从我的左边飘来淡淡的猪的气味，诺曼站在那里，依然在沉重地喘息。

一阵引擎的低沉轰鸣声宣布副官的捷豹来了，驾驶员驶进军营时减换了低挡，一脚油门就把那辆车身低伏的绿色小车带到了警卫室的台阶前。驾驶员停下车，熄火之前又卖弄地让引擎加速转了一下。格雷斯利上尉从车上下来，他穿着军礼服，身材挺拔。他的军礼服光辉灿灿而又奇特怪异：深绿色的帽子镶着金边，帽舌富有光泽；外套是深栗色的；深绿色的紧身裤瘦得超乎任何一个阿飞最狂野的想象，裤腿两边还有两道金色的宽条纹；银色的锁子甲像雪一样堆在肩膀上；靴子的后跟上钉着银色的马刺。当他走向福瑟比时，身上还叮叮当当地微微作响。他微笑着和福瑟比打招呼，他们属于同一个骑兵团。

"真是光彩照人啊！""白垩"悄声说。

"他们怎么都穿得像参加毕业晚宴一样？"我回答，"门警开会似的。"

正如"白垩"所预言的，那位皇家电气和机械工程兵团的技师得到了手杖。看上去闷闷不乐的 B 中队小个子——后来得知他叫霍布森——受到了格雷斯利和福瑟比的严格盘问，从那之后他就更加愁闷了。不幸的是，他和他们同属一个军团，在此之前他还从未和这个军团的人共过事，对其一无所知，我猜他也会强烈希望自己不要有机会加深对这个军团的了解。之后的检查再没出什么事故，我们齐步离开了广场，卡车把那些停车场警卫人员带到了其他警卫室。我拿过脏兮兮的粘着警卫命令的厚纸板，向我的乌合三人组宣读了一遍命令，把"白垩"排在了第一班，霍布森第二班，诺曼第三班。

警卫室里又闷又热，格雷斯利在里面昂首阔步，仔细查看是否一切正常。牢房里没有犯人。他按了一下警铃，我们听到了从武装纠察队营房里传来的尖锐警铃声。然后他就和福瑟比一起离开了，我们安顿下来，准备过夜。

中士恩肖坐在高桌旁边，开始费力地填写警卫报告。诺曼拿出了一本破破烂烂的平装本小说，书名是《地狱海滩》。一个咆哮着的海军陆战队士兵从封面跃出，屁股后面的冲锋枪正喷射着子弹。这个讽刺真是意味深长，我沉思着，现代军队的士兵最喜欢的逃避现实的文学形式,不是色情书籍,不是西部小说,而是战争小说。我拿出自己带来的燕卜荪①的《朦胧的七种类型》。霍布森坐在他的床上,木然地看着前方,他没带什么可读的东西,或许他不认字。突然,他对我说:

"嗯,下士,第二班岗天就黑了吧?"

"天黑?我想是的,现在天已经黑了。我想可能有暴雨。怎么了?"

一阵忧闷的沉默之后,他说:

"我不喜欢这该死的警卫任务。"

"其实我也不喜欢,但这是我最后一次了。"

"很快就解放了?"诺曼问。

"周三。"

"开心吧?"

"你说呢?"

我们又看起书来。

"都是因为那辆该死的坦克。"霍布森突然说。

"哦?"

"那辆坦克,德国坦克,天黑之后我不想走近那辆坦克。"

"哦,我明白了。那恶鬼,诺曼,这家伙害怕那个幽灵,值第二班时你能牵着他的手吗?"

"我也不太喜欢那辆该死的坦克。"他闷闷不乐地嘟囔。

---

① 燕卜荪(1906—1984),英国著名诗人、批评家、文学教授,成名作为《朦胧的七种类型》。他是20世纪40年代以后中国现代派诗歌的一代宗师。

"坦克怎么了?"坐在桌子旁边的恩肖问。

"你没听说过吗,中士?据说那辆坦克里有个德国士兵的冤魂出没。"

"他的脸都烧焦了。"霍布森用一种半是恐惧半是幸灾乐祸的声音说。

警卫室里再次恢复了沉默,只有钟表的滴答声和"白垩"的脚步声偶尔打破沉默。"白垩"踩着节拍,绕着警卫室、床上用品商店、军械库、武装纠察队营房和指挥官的车库到处走着。他转了一圈又一圈,像一颗卫星绕着快要死亡的行星公转。我继续品读着燕卜荪的书,欣赏他对一首玄学派抒情诗精妙的拆解,把各个部分展示给读者鉴察,再熟练地重新组合起来,将其中的原理加以运用,成功地拿到你耳边。跟随着他做这样的理性思考十分令人愉快,同时这也预示了等在我面前的舒适生活:黄昏时温暖的图书馆,新书的手感,旧书的清香,脚注和致谢词的幽默诙谐与浮华虚荣。当他轻轻地揭下另一位19世纪著名吟游诗人的长袍时,我不禁窃笑。

"你在看什么?"恩肖离开了桌子问我。我懒得解释,干脆把书递给了他。他瞥了一眼书脊上的书名,从我停下的地方继续往下读,眉毛皱了起来。

"这书是关于什么的?"

"文学。"

"我知道,但是它是关于什么的,比如说,它里面有什么?"

"这不是故事书,是文学批评,是——"

"你看这玩意儿又是为了什么呢?"他打断了我的话,把书还给了我。

"我只是碰巧对它感兴趣而已。"

"对你没什么好处吧?"

"实际上有好处,尽管这并非我读它的原因。"

"为什么,它对你有什么好处?"

"我希望把文学研究作为我的职业。"

"你是想当老师吧。但它对你到底有什么好处?或者对你教的孩子有什么好处?文学有什么用?"

我开口为文学研究辩护……对于那些我们最关心的问题,你可以知道,其他人思考过或说过的最好的话……然后我闭上了嘴。我并不是因为觉得我的研究对自己或其他人有用才急于回到大学的。人类所有的活动都徒劳无用,但有些活动比其他活动更令人开心快乐。部队教给了我很多人生哲学。这整个社会没有交流,实际上,根本不存在什么社会:社会只是一堆各自独立的小盒子而已,这些盒子被绳子凌乱地系在一起,漫无目的地在时间长河中随波逐流。每个盒子的主人都确信自己的盒子是最重要的,完全不理会别人的主张。成功并不在于占有那个能行使最多权力的盒子:很多人有权却不幸福。成功在于决定哪个盒子最让你开心快乐,然后再去占有它。如果你被迫暂时占有了一个让你不开心的盒子,那你就得尽量把它弄得舒适一些,直到你能离开它。运气和狡猾是这世上最有效的属性,而狡猾更可靠,虽然它显效较慢。

"不管怎样,那个名字是什么意思?"恩肖问,他又回到了桌子旁边。

"什么名字?"

"那本书,什么东西的七种类型。"

"哦,'朦胧',意思是一个词或一句话有不止一个意思。"

恩肖难以置信地笑了起来。

"你是个怪人,这毫无疑问。"他说。

运气或狡猾,如果这两者你都不具备,那就会像迈克一样,不属于任何一个盒子,徒劳地想要忽视其他盒子的存在,在冷酷无情的风浪中颠来倒去,受尽蹂躏。因为不管这个盒子有多不舒适,待在盒子里总比在外面的一片混乱中要好。

"来,要是你那么聪明,"恩肖说,他又回到了我床上,"看看这个你能不能行。"他把六个一便士的硬币摆成了一个三角形,然后发出挑战,让我用两步把它们摆成直线。我解不了这个难题,这也似乎印证了他的教育无用论。远处传来了一阵低沉的隆隆声。

"打雷了,很快要下暴雨了。"恩肖边把那些硬币扫进手心边说。然而暴雨却走远了,或者是在盘旋。时间一分一秒地流逝,窒闷压抑的天气却毫无改观。

十点的时候恩肖说他想睡几个小时。

"两点叫醒我,然后你就可以去睡了。竖起耳朵,听着副官的动静,他就是个热心的混蛋,福瑟比也是。他们很可能会来逮我们打盹儿。"

"好的,中士。"

我坐在桌子旁边,从自己带来的保温瓶里倒了一杯咖啡。外面漆黑的夜幕偶尔被地平线上的一道闪电照亮。霍布森的靴子慢吞吞地在外面的路上拖动着，他一直在警卫室附近走动，没有走远过。我走到窗前，不客气地说："你要在整个营区巡逻，知道吗？不能总是待在这一头。"他恐惧而充满责备地看了我一眼，然后朝着坦克方向出发了。

"白垩"正在跟诺曼讲着一个苏格兰士兵的事，那个士兵在营房睡觉时说梦话，说自己的性爱奇遇。我支起耳朵听着。

"'你冷吗？'他说，他肯定是把那个妓女带到了一个沟里之类的地方，'你冷吗，詹妮？哦，你的小奶头真冰凉，詹妮，让我给你暖暖。'没有，我没有开玩笑，就是这样的，你可以问营房里的任何一个人。'低头，詹妮，有人过来了。'他说。我们都围在床边乐不可支，还得忍着不能笑得太大声，怕把他吵醒。然后诺比·克拉克把他的头盔放到了乔克手里，乔克的手在上面来回游动。'哦，你的屁股真可爱，詹妮。'他说。……"

现在是做春梦的好时候。我悠闲地想着什么情况下才能探知波琳气味清新的身体的全貌，在她光滑白皙的大腿间陶醉和迷失。或许会在午休时旅馆的卧室里，地中海强烈的阳光被软百叶窗割成一根根金色的长条，烙在她的裸体上。又或许是在午夜游完泳之后，我们为彼此擦干身体，披着浴巾，满面泛红的时候；她身上应该还带着咸味儿……

外面传来一阵脚步声，有人朝警卫室跑来，狂乱地砸着门。恩肖中士掀开毯子站起身，压低嗓子咒骂着。

"去看看是谁。"他边系腰带边对我说。

我打开门时，脸色苍白、浑身颤抖的霍布森差点跌倒在门口。

他张了张嘴却说不出话来。

"怎么了?"恩肖问。

"我见到那个幽灵了!"霍布森脱口而出。

恩肖一脸厌恶地扔下腰带。

霍布森恳求地看着我说:"真的,下士。我看见他了,就在坦克旁边。当时正好有一道闪电,我看见他了。他穿着一件德国长大衣,就像照片里的一样。"

"你为什么不查问他?"恩肖问。

霍布森呆呆地说:"因为他是个幽灵啊,中士。"

恩肖走到霍布森面前,抓起他战斗服的翻领,把那个可怜的年轻人拎了起来。"现在听我说,"他怒吼着,"根本就没有什么该死的幽灵。十秒钟之内回到你的岗位上去,要不然我就让你脚不沾地地飞回警卫室。"这处置刚说出口,说话的人就意识到他本来就身在警卫室,但他的话依然有效力。霍布森一跌一撞、可怜巴巴地走向夜幕,恩肖则转身面向我:

"你最好出去看看,可能有人在四处窥探。"

我拿起一个手电筒,走到外面的游廊。沉闷滞重的空气如水一般在我面前分开,又在我身后合拢。

"咱们一起看看去。"我对霍布森说,他正蜷缩在一面墙前。

我们走近那辆坦克时,他尽量贴近我,当另一道闪电在地平线上亮起,照出那个颇有年代的轮廓时,他的脚步开始变得踌躇。我从来就不怕什么超自然现象,因此当我们走到坦克跟前时,看着身边吓坏了的霍布森,我产生了一种优越感。那坦克只剩下一具躯壳,像一具被掏空内脏的史前动物的残骸。坦克后部被移走了,以便人爬进去。我爬进坦克里,拿着手电筒四处照,里面除了一些烟蒂和一小堆狗粪之外什么也没有。很难想象这个狭小又恶臭难闻的舱室曾在弗兰德斯战场的泥泞中翻滚,将那些奄奄一息的人的骨头压得粉碎,子弹像冰雹一样飞溅在薄薄的钢板上。迈克把坦克称作"移动的棺材"。它曾是一个德国士兵燃烧的坟墓,这倒比较容易想象。它满目疮痍,臭气熏天,就像一个被腾空了的坟墓。

坦克外面的地面很硬,无法提供任何线索。

"你肯定是在做梦。"我们起身离开时我对霍布森说。

"我没有,下士,真的。"已经放弃说服我的霍布森接着说了一句更紧迫的话,"别让我再待在这儿了。"

我瞥了一眼手表,说:"已经快十点半了。在警卫室附近再待一会儿,我派别人来换你。"

十二点五十分,"转动不息的世界的静止点"。我坐在高桌子旁的高脚凳上,头上顶着刺眼的电灯。"白垩"的脚步慢慢走近,经过,走远,如此循环往复。恩肖和诺曼以不同的节奏打着恼人的呼噜。有时他们轮流打,之后诺曼会慢慢赶上恩肖,追平他,再超过他。霍布森拉起毯子盖住头,不知是为了挡住光线还是挡住幽灵,睡梦里他还在叹息着,抱怨着。燕卜荪的文字在我充血的眼前跳动,我把他的书放在一边,拿起了恩肖带来的报纸,随意翻阅着皱巴巴的纸页:八卦专栏,女性版面,弯腰挤出乳沟的电影小明星,以及各种比赛。"赢得一辆全新的阿斯顿·马丁或三千英镑现金"——在这些比赛中谁会选车呢,我思索着。如果没人选车,那干吗不只提供现金？"崭新的生活方式骤然来临"——另一则广告上，一对男女正坐在一张豪华大床上看电视，电视放在他们脚下的搁架上。"乔治，把手拿开！马上要演《篷车英雄传》了。"不知他们有多大的概率会觉得这电影有趣？一篇社论引起了我的注意。

    昨日国防部长在下议院宣布，政府希望在四年内结束征兵制。
    我们国家为自己的现役军人深感自豪，现役军人与正规军战友们在韩国、马来亚、塞浦路斯和苏伊士并肩英勇战斗。繁荣兴旺的英国工厂欢迎这些因征兵制结束而解放的劳动力，母亲们在夜晚也更容易安眠。
    为了让母亲们高枕无忧，我们产生了其他想法。兵役制在教育年青一代独立性、主动性和责任心方面卓有成效——这些品质在两次世界大战中令我们的国家受益良多。我们绝对不能把英国的年轻人从军营广场送到街头巷尾。必须找到一种可替代的方式，像兵役制一样在性格培养方面对其产生同样积极的影响。

我在心里组织了一下对此社论的答复："兵役制成功地向年轻人灌输了坏习惯，教会了他们脏话、懒散、倦怠、酗酒，以及'人不为己，天诛地灭'这样友善的人生哲学，我认为能找到有兵役制一半能耐的替代物都是困难的……"但报纸的无知所向无敌。新闻工作就像文学研究，和当兵这事一样，是一种毫无用处的自偿式活动。

那位社论作者接着建议开办外展训练学校进修部,说这样即可解决这一问题。我对外展训练学校倒没什么意见,如果人们乐于通过爬山或露营一类的活动去取悦爱丁堡公爵的话,我并不想去阻止他们,显然他们也乐在其中。但是如果有人认为这些活动与兵役制相似,那实在太荒唐了。在我服兵役的两年里,我从未露宿或睡过帐篷,我也从未参与过任何战术演练,连打枪都没超过两次。从第一次在国王十字车站踏上开往卡特瑞克的火车直到最后,我都没有做过或学过任何能在战时稍微派上用场的东西。我早已不再怨恨这些,但如果有人认为还有别的东西能与兵役制相提并论,我难免会感到怨恨。

是的,我早已不再对兵役制心存怨恨。一旦你接受了这一事实,即兵役制毫无意义又徒劳无用,你就很容易去适应那些琐碎的要求,也能更容易地让自己过得比较舒服。但是,既然它毫无意义,我为何会在最后这些天里不断地回想起在卡特瑞克头几周的生活呢?我希望通过对比在卡特瑞克的头几周和在巴特摩的生活,从中梳理出某些意义。

或许这只是时间的阴险奉承罢了——它劝告我们,那些将要结束的事情总得意味着什么,总得有点儿意义。在医院受尽了痛苦、不幸和尴尬后,谁离开时不曾经历过突如其来的悔恨之痛?尽管这有点卑鄙无耻。谁又不曾涌现过对病友、护士和外科医生的无理之爱?尽管他们或曾因为自私的呻吟令你无法安眠,或曾直到第三次才将海波①注射进你体内，又或曾令你的伤口感染。我想，即便是被释放的罪犯，当监狱大门在他们身后关上的那一刻也会有同样的感受。或许那些飞翔着穿过炼狱大门的灵魂，在一切结束之时也会有同感。

服兵役就像是去往地心的一次漫长乏味的旅程。你和很多人一起踏上了火车，车里一时人满为患，拥挤难耐；但片刻后，人群散去，你找到了一个座位，新人进来，老面孔出去；广告上的标语越来越熟悉，甚至开始令人厌烦，但你继续坐着，直到经过很长一段时间之后，你才自己走了出去，来到了当初踏上火车的车站，被电梯运回阳光和空气中。当你走向终点站时，你会很自然地试图将旅途的终点与起点联系起来，试图回忆促狭摇晃的车厢里乱推乱撞、争吵打闹、鼾声震天的所有人的模样和身形。法洛菲尔德更像是神学院的学生，而不是军事学校的学生；彼得森带着老伊顿人②式的笑容，戈登·坎普慷慨大方，脾气也好；珀西跪在地上，哈德卡斯尔摆好架势，准备与赤身裸体的迈克打上一架；小巴恩斯到处推荐他的《湖上夫人》；贝克因愤怒而龇牙咧嘴，脸也已扭曲变形；梅森在气氛热烈的教室里做性学讲座。还有很多我不知道名字的人：穿便装开心地离开亚眠营的智力有缺陷的人；大声朗读女朋友来信的年轻人，尽管他已被抛弃；还有在我身旁湿漉漉的草地上徒劳寻找第五颗空弹壳的士兵——他是不是叫琼斯？很多人连续不断地

---

①即硫代硫酸钠溶液，用作定影液。
②伊顿公学是亨利六世于1440年创办的古老学府，是英国最著名的贵族中学之一，以"精英摇篮"、"绅士文化"闻名世界，也素以军事化的严格管理著称。

出现在我的脑海中，因为时间太久，有些样貌已经模糊，他们就像《麦克白》中的幽灵一样忽然出现又迅速消失。他们现在都在哪儿呢？其中的一个就在离我十英尺远的地方打着呼噜。然而奇怪的是，诺曼与我初来军营和即将离开时相比，却大大变了样。在巴特摩的诺曼和在卡特瑞克的诺曼迥然不同：就像是漆黑的儿童卧室里的一个奇怪而又阴险的影子，等到早晨太阳升起，却发现它只是一件或许有些丑陋却无害的家具罢了。别人都在哪儿呢？他们都像我一样，在等待退伍、在最后一次擦靴子、在站最后一班岗、在对着自己的同志们幸灾乐祸吗？

不是的，有些人并非如此，有些人不可能退伍。珀西不可能退伍；戈登·坎普不可能退伍——他在塞浦路斯一条阳光灿烂的大街上走路时被人射中了背部；法洛菲尔德则早早就被释放了——预备军官课程对他而言压力过大，他服用了过量阿司匹林，但被人及时发现，也因此离开了部队。在所有人中，偏偏是他获得了自由，一种他并不想要的自由，这真是一种讽刺。至于其他人，他们现在都在哪儿呢？

其实我并不太关心。他们对我来说并不重要，如果要将我的这段特别的经历做成马赛克瓷砖的话，那么他们只是其中的一些碎片而已。现在我弯下腰，想擦去这两年来的浮尘，露出那些渐渐遗忘的脸庞；但是随着时间流逝，我将再次踏足其上，对于在我脚下渐渐消失的图画，我也会越来越漠不关心。但是，有一张脸庞却要花费更多时间和精力才能将其抹去。他像一个憔悴的拜占庭圣人一样抬头盯着我，而且还将一直盯下去。这个幽灵很难驱除。

电话铃响了,应该是停车场警卫室打来的例行电话。我慢慢走到房间那头去接。

"蒙哥马利警卫室,我是布朗下士。"

电话那头传来了上气不接下气又有些兴奋的声音:"我是停车场警卫室的梅休中士。有人刚刚偷了一辆卡车跑了。"

"什么?"

"一辆卡车,他妈的有人刚刚偷了一辆卡车。他们开进了飞机库,又越过了守卫。"

"谁干的?"

"看在上帝的分上,我怎么知道。你最好派出武装纠察队的人。"

"稍等。"我走到恩肖身旁,推了推他的肩膀。他不情愿地从睡梦中醒了过来。

"什么事?"

"停车场的电话,有人偷了一辆卡车。他们想让我们派出武装纠察队。"他愣着看了我一会儿,这才惊跳起身。

"那么,别傻站着了,按他妈的警铃啊。"

他穿过屋子自己按下警铃。我们听着,却什么也没听见。

"那东西他妈的肯定是坏了。去把他们喊醒,快点。"他一把抓起电话,激动地和梅休说起话来。我跑出警卫室,向武装纠察队营房跑去。我打开灯,用拳头敲打锡制储物柜。

"醒醒,醒醒!"

有些人从床上坐起来,在刺眼的灯光下揉着眼睛。我费了点周折才找到军士,叫醒了他。

"这游戏可真他妈的好玩。"他抱怨着,然后穿上靴子。

"这可不是游戏。有人从停车场偷了辆卡车。"

"那我们有什么办法?现在他们可能都快到索尔兹伯里①了。"

"我不知道,你最好赶紧出发。"

混乱持续了整整十五分钟。大部分士兵的靴子都已经脱掉了,现在还得笨拙地重新系上鞋带。军士找不到锁步枪的枪架钥匙,最后不得不砸开锁,才终于把枪分发下去。武装纠察队的人开着卡车走了,一时间电闪雷鸣,我在跑回警卫室的路上碰到了"白垩"。

"怎么了?"

"有人从停车场偷了辆卡车。"

"啊呀!有人要有麻烦了。嗯,你带防潮布了吗?要下雨了。"

"来不及了。"我继续跑着。

我回到警卫室时,恩肖还在打电话。"我在试着找副官呢,"他说,"但他好像不在食堂。"

"武装纠察队的人出发了。"

"花的时间可真他妈够长的。"他手里仍然拿着话筒,然后转身面向诺曼和霍布森。奇怪的是,他俩还在呼呼大睡。

"叫醒那两头懒猪。"

我刚抬脚往他们那边走,这时听到了敲门声。

"可能是副官,让他进来。"

我打开了门,外边除了我投到游廊上的影子之外空无一人。我

---

① 英格兰南部城市。

站到门槛上,有人用胳膊像铁棍一样击中了我的喉咙,勒着我的脖子把我拖到了一边。我的脸被缠上了布,封住了口,副官的声音在我耳边低语:"放松,下士。"

副官和福瑟比穿着毛衣和橡胶底帆布鞋,并排坐在警卫室中间。他们气喘吁吁,被颜料涂黑的脸上直冒汗,却掩饰不住胜利的骄傲。副官努力做出一副严厉的模样,但还是忍不住一个劲地朝着福瑟比咧嘴笑。"白垩"和我站在一起,护理着喉咙和嘴巴;诺曼和霍布森则尽量低调地系着扣子;恩肖中士坐在一张床的床头,脸色苍白。

"没事吧,中士?"副官问。

恩肖小声说着关于他心脏的什么问题。

"不管怎样,你至少英勇战斗过,中士。不像房间里其他所谓的士兵。"他轻蔑地扫视着我们。"比如你,下士,"他对我说,"你开警卫室的门时,都不看看谁在外面吗?"

我实在无言以对。

"别人可能以为你在玩邮递员敲门游戏①呢。"福瑟比哧哧地笑着。副官转身面向"白垩"说:"还有你,士兵,我们观察你很久了,你既不朝左边看,也不朝右边看。至于你俩——"诺曼低下头,霍布森则在颤抖。"即使我们接管整个军营,也吵不醒你俩。"他开始在警卫室前前后后地昂首阔步。"嗯,我又赚了二十英镑。我跟指挥官打赌,只要再找一个人——当然得从我自己的军团里

---

① 一种假装邮递员送信换来亲吻的儿童游戏。

找,"他朝福瑟比咧嘴笑了笑,"我就能从停车场偷一辆卡车,然后占领蒙哥马利警卫室。我做到了。我想明天早上你们见到指挥官时,他的心情估计不会太好。"

空中闪过一道耀眼的闪电,紧接着传来一阵轰隆隆的雷声。之后,就像一个胀满了水的纸袋子在我们头顶爆炸了一样,雨砸到屋顶上,落在警卫室外面的水泥地上,一时之间各种声音嘈杂纷乱,哗哗作响。几乎与此同时,雨水找到了屋顶上的一条裂缝,滴在地板上。面对这暴雨,我们瞬间愣住了。后来,见雨势稍减,恩肖才担心地说:

"您不会控告我们吧,长官?"

"我不会控告你的,中士,因为你表现得很好。但那些让我们开着卡车逃脱的警卫,你们这些士兵,"他冲"白垩"点了点头,然后又转向我,我一时呆若木鸡,"还有你,下士,你们都失职了,将会因此受罚。这一营区的安保实在太丢人现眼了,要是团部对此事进行调查,那也不足为奇。"

我努力控制着内心翻腾着的质疑、劝告和抗议。因耻辱而恼怒的感觉和因这件事的荒谬而产生的质疑在与忧虑做斗争。很快,忧虑也迅速演化成了恐惧,我怕退伍也会因此受影响。我的时间安排很紧张,要是周三走不了,波琳和我将错过周四一早的包机,后面再没有别的航班了。我失神地计算着可能出现的情况,航空公司会不会退还部分票款?若是能退还的话,需要提前多久通知他们?然后我又愤怒地想到了当前的主要问题:副官这个愚蠢的恶作剧将导致怎样的结果?或许我会遭到降职——但我并不担心这个,而且这也不会耽搁我的行程，因为理由并不正当。或许明天这事就结束了，但也可能结束不了。有人提到了团部调查，这可不是什么好兆头。他们会因此扣留我吗？他们能因此扣留我吗？不管怎样，他们可以轻易将我扣留到周四，因为周四才是我的法定退伍日。我再也无法保持沉默了。副官手持电话，正试图打给接线员。

"打扰一下，长官。"我说。

"什么事？"

"我周三就要退伍了，长官。这会影响我退伍吗？要知道，我已经订了——"

"我真的说不准，下士。"他转身面向电话，不耐烦地拍着听筒下的叉簧。福瑟比带着毫不掩饰的笑容看着我。副官说：

"这部电话好像断线了，恩肖中士。"

"几分钟前还是好好的，长官。"

"肯定是因为暴雨。下士，你能快速去一趟连部办公室吗？那边电话能用的话，打给停车场警卫室解释一下情况。让梅休中士集合武装纠察队的人，送他们到这儿来。我要见一见当班的军士。"他转向福瑟比，"他们花了多久才出发，军士长？"

"嗯，他们出发前，我们在这儿待了整整十分钟，总共大概花了二十分钟。"

"丢人现眼。"

"警铃坏了，长官，"恩肖补充说，"布朗下士不得不跑去叫醒他们。"

"今天傍晚时警铃还好好的。不管怎样，这都不算借口，这只会影响几分钟而已。好了，下士，你去吧。"

我关上警卫室的门，一道水帘扑面而来。我没披斗篷，但也顾不得什么了。我一脚踏进了洪水中，雨水像血一样温暖，豆大的雨点直直地打到我的脸上，顺着脖子往下淌。我的军服像吸墨纸一般，很快就被浸透了，脚下的雨水像沸腾的热水一样冒着泡。我机械地跑向连部办公室，一路上水花四溅。因为计划突然被打乱，我心中愤愤不平。然而，最令我恼火的并不是因此而导致的麻烦，而是一种总体的感受——长久以来一直温和回应我的抚摸的机器突然失控，开始胡作非为。我本是带着美好的期待迎接在巴特摩的最后几天的：我将带着轻松享受的心情离开巴特摩，我的指尖直到最后一刻都一直放在控制装置上。这就像一场典礼，一种仪式，形式无关紧要却意义非凡，因为它的高潮将是一个从士兵到自由人的转变。但现在我知道了，不管发生什么事，即使我设法及时脱身并赶上飞机，我在巴特摩的最后几小时也不会再有片刻的宁静，我也无法享受这个典礼了。这最后的几个小时，我将在焦虑、疑惑和束手无策中度过——我还以为自己早已把这些感觉留在卡特瑞克了呢。

我不得不连续敲打连部办公室的门。难以置信的是，值班文员好像一直在酣睡，连暴雨声都没听到。最后他终于来开了门，边打哈欠边揉眼睛，傻傻地问：

"下雨了？"

我站在门口，军装湿透了，身上滴下来的水在脚下形成了一片积水，面积在迅速扩大。

"没有，有人在房顶撒尿。"我回答，"我想用一下你的电话，警卫室的电话坏了。"

连部办公室的行军床支在了房间的正中间，我从旁边挤了过去。

"嗨，看着点儿我的床单。"

我不顾他的抗议，坐在床的一头打起了电话。停车场警卫室还处在极度不安的状态中，加上无法与蒙哥马利警卫室取得联系，他们更加担心了。我花了不少时间向梅休中士解释眼下的状况，还得回答他的问题，听他骂人。

"武装纠察队的人都去荒野了，"他说，"把他们集合起来得花不少时间。"

"好的，我会告诉副官的。"

"要找他们，我浑身都得他妈的湿透。"

"浑身湿透的不止你一个。"

"哎呀，你把我的床弄湿了这么一大块。"我放下电话站起身时，值班的文员说。然后，他的不满终究被好奇心占了上风，缠着我问起了晚上发生的事情。我简短粗暴地回答了他几个问题之后就走了。

当我走近警卫室时，我对超自然现象持有的怀疑论遭到了极大的动摇。倾盆大雨中，一道闪电照出了一个人的身形，他穿着长长的束带大衣，跟霍布森描述的幽灵一模一样，我顿时不安起来。我停住脚步，心脏像打雷一样怦怦狂跳。我透过夜幕向前张望，又一道闪电掠过，人影消失了。我又往前走了几步，站在一个能看得见警卫室的位置。透过窗户，我看到了比任何幽灵都更令我难以置信的一幕。副官和福瑟比背对着我，双手高高举起。在他们中间，我看到一个戴面具的人站在门口，举着一挺斯特恩式轻机枪。

随后我非常冷静地采取了行动，后来也备受赞许，但却没人知道我的冷静多多少少是因为我只是想弄清楚究竟发生了什么事。这天晚上发生的所有事情都如此怪异，如此紧张刺激，在巴特摩的所有的夜晚加起来也比不上这一夜。我在惊愕之下忘了冲动行事。

我小心翼翼地绕过警卫室，转到了军需官办公室的游廊。游廊面向警卫室的一侧，我躲在暗处，注视着警卫室。雨点接连不断地打在游廊屋顶上，很难透过警卫室的窗户听到任何声音，就像是在看一场配音出了故障的电影：暴力行为和感情的流露都在一种滑稽可笑的沉默中进行着。他们都在警卫室里，和我离开时的人数相同，只多了一个穿睡衣的人，我认出来他是军械库的保安。突袭正在进行中——这次可是正儿八经的突袭——来突袭的人选择了一个最幸运的时刻：武装纠察队的人分散在一英里开外洪水泛滥的荒野中，电话坏了，我意识到这可能也是他们搞的鬼，坏了的警铃也是。还有那个幽灵，他肯定也是突袭队中的一员。

一个脸上蒙着围巾的人走进了警卫室，好像在和那个拿斯特恩式轻机枪的人说着什么。拿枪的人点点头，示意副官和其他人往牢房那边走。他的同伙从墙上的架子上拿了钥匙，钥匙上还简洁地贴着标签。然后，他们把俘虏锁进了牢房。

我仔细地思考着该做些什么。（直到很久之后我才开始感到奇怪，不明白当时为什么认为自己非得做点什么。）距我五十码远的地方就有沉睡的士兵，但他们既没有武器，又睡意蒙眬，即便我设法及时叫醒他们，他们又能做什么呢？军需官办公室里有一台电话，但门是锁着的，我能找到的距离最近的电话在连部办公室，可如果等我赶到那儿，他们可能早就跑了。

我匆匆脱下绑腿和靴子，沿着游廊蹑手蹑脚地往前走，一直走到看不见警卫室内部的地方，再迈着小碎步快速从军需官办公室跑到军械库。军械库和床上用品店中间有一条臭气熏天的狭窄通道。我不情愿地把头低向泥地，挤着爬到通道尽头，向四周看去。模模糊糊地，我看见一辆贝德福德厢式货车，旁边还有一辆福特康索尔。从厢式货车后面传来了装重物的声音。军械库外面的灯被关掉了，但一道闪电照亮了这些车辆。我缩回通道里面。贝德福德是灰色的，康索尔是黑色的。我又像乌龟一样伸出头去，雷声隆隆，我不耐烦地等着下一道闪电，当它亮起时，我隐约看见了贝德福德的车牌：MUP5——只能看到这么多。我等着更多的闪电，但厢式货车的门被猛地关上了，我听到说话声和一阵匆忙的脚步声。我再次缩回通道向后爬行，直到认为足够安全了才站起来转过身。引擎发动，那些车都开动起来了。我跑回了军需官办公室的游廊，在游廊尽头能看到军营入口。贝德福德朝左，福特向右，各自加速驶出了我的视线。

我的脚上只剩下袜子，就这样跑回了连部办公室，小声嘟囔着："MUP5, MUP5……"

"天呐，你怎么又回来了？"那位文员抗议道。"你的靴子呢？"

当我扑哧扑哧地走过他身边时,他又震惊地说。我一把抓起了电话。

"请告诉我指挥官的家庭电话。"我说。

我先打给了警察,再打给了旅部,之后又打给了指挥官。指挥官说他马上就来。

我慢慢往警卫室走去。雨势渐弱,刚才因行动而暂停的大脑此时恢复了运转,我开始反思。我有了一个令人愉快的想法,那就是我可能会因为刚才的所作所为而赢得赞赏,这足以抵消当晚早些时候的不幸事故,并且可以帮助我尽快退伍。不管怎样,瑕不掩瑜,副官不太可能将他所说的控告继续下去了。实际上,等指挥官来了就会发现副官脸色阴沉、身着便装和诺曼、霍布斯一起被关在牢房里。要解释这一切,他还得颇费一番口舌。

我先去了军需官办公室的游廊,脱掉袜子,拧干又穿上,然后穿上靴子。我听到了指挥官的车开过来的声音。

"嗯,布朗下士,你在部队的最后一周干得不错。根据你的描述,警察毫不费力地查到了那两辆车。而且你懂得去观察它们的动向,这也很有帮助。在我看来,你的行为显示了非凡的主动性,非凡的主动性。"

我朝指挥官谦虚地笑着,嘟囔着一些客套话。小时候读过的男孩故事的作者们尽到了职责——我为什么能成为英雄人物,为什么可以享受这种快乐,我想不出其他理由。这次的事件也满足了我自己都不知道自己拥有的一种欲望。清晨的灿烂阳光照耀着指挥官的办公室,漂白了地毯,也漂白了副官愁眉不展的脸。昨晚对他而言相当难堪，突袭者带走了牢房钥匙，他们花了两个小时才找到以前多配的钥匙。

"你什么时候退伍，下士？"

"明天，长官。"

"嗯。问题是你可能需要配合警察调查此事。"

我又开始担心了。

"我希望不要这样，长官。我已经安排好了周四去马略卡度假，周四一早的飞机。"

"哦，我们不能让此事耽搁你的假期，是不是？你打算离开多久？"

"两周，长官。"

"嗯，稍等。"

他拿起电话，让接线员为他接通郡警察局局长的电话，他称呼对方为"福瑞德"。随着他们谈话的进行，我也慢慢放松下来，指挥官带着胜利的微笑放下了话筒。

"都搞定了，下士，等你度假回来他们再找你。同时，我替你安排好了，下午去镇里向警方做陈述，我的司机带你过去。明天早上你就能及时离开了。"

"谢谢您，长官，万分感谢。"

"不用客气，下士。要是让那些混蛋爱尔兰共和军们逃脱了，巴特摩就将成为部队的笑柄。对不对，杰弗里？"

副官没好气地点了点头。我敬礼之后转身离开，快走到门口时，指挥官说：

"我想这应该是你的专长，杰弗里。很显然，有一个家伙是逃兵。警察想知道什么——"

我慢慢转过身，面朝他们。

"请原谅，长官。"

"怎么了，下士？"

"您提到的那个逃兵……您是否碰巧知道他的名字？"

"哦，我想他叫布雷迪。是的，就是布雷迪。"

"不是迈克·布雷迪吧？"

"是的，就是迈克·布雷迪。怎么了？你脸色煞白！"

"我没事，长官。只是以前认识他。"

"谁，布雷迪吗？我希望他不是你的朋友，他麻烦大了。"

"不是，不是您所谓的朋友，长官。抱歉，长官，对不起。"

我虚弱地敬了一个礼，在他们奇怪的注视中离开了办公室。当我穿过走廊走向A中队办公室时，有人拍了一下我的肩膀，我惊跳起来。

"放松！感觉内疚还是什么？"通讯员下士对我咧嘴笑着，"你的信。啊呀，你看起来真奇怪。"

"我没事。"

那是一个长长的淡紫色信封，他放在鼻子底下闻了闻才递给我。

"真好闻，有些人就是幸运啊。"

我没有回办公室，而是去了厕所，坐在一个凉爽而发臭的隔间里思考着。我的大脑已经本能地将一些事实联系在了一起，形成了一幅迈克自从逃跑之后的进展图。毫无疑问,他肯定是在那个神秘的意大利人的帮助下,以某种不为人知的方式去了爱尔兰。迈克给他的信还是我寄出去的。此时我忽然想起,"戈尔迪亚诺·布鲁诺"就是那个在奥康纳尔酒吧的爱尔兰人彼得·诺兰的化名,诺拉的布鲁诺[①]!这是乔伊斯最喜欢玩的文字游戏[②]了。诺兰也正是与爱尔兰共和军有联系的那类人,或许他就是共和军中的一员。迈克偷渡到爱尔兰之后,与爱尔兰共和军联系上了。为什么?因为他有激进民族主义的家庭背景。但是,任何有迈克那样的头脑的人都明白,现在爱尔兰共和军只能算是一个拙劣的笑话——还是个愚蠢又危险的笑话。那他是一心想为珀西之死报仇吗?为了完成自己执着的目的,把爱尔兰共和军当成一个便利的工具,就像詹姆士一世时期的复仇者利用社会上其他人鸡毛蒜皮的争吵那样?

随着另外一个想法带给我的压力越来越大,我不得不把这些疑问抛诸脑后。我惊恐地看清了一个难以置信的事实——在所有的人当中,是我在不经意间背叛了迈克——我的所作所为已经超过了军队生涯中应履行的最低职责。某个恶毒的神灵用他强有力的手在我的腰背插了一刀,令我陷入了双重背叛的泥潭:一是背叛了迈克本人,二是背叛了我和迈克共同遵守的行为准则——蔑视军队。或者说,自打迈克逃走后我就已经开始了对他的背叛,而这次的事件只

[①]乔尔达诺·布鲁诺(1548—1600),文艺复兴时期意大利思想家、自然科学家、哲学家和文学家,出生于意大利那不勒斯附近诺拉城,人称"诺拉的布鲁诺"(Bruno of Nola)。布鲁诺捍卫和发展了哥白尼的太阳中心说,被宗教裁判所判为"异端",烧死在罗马的鲜花广场。
[②]此处的文字游戏是指将乔尔达诺(Giordano)的拼写稍加调整后得到戈尔迪亚诺(Gordiano),并由诺拉(Nola)的布鲁诺联系到彼得·诺兰(Nolan)。

不过是计划的一部分？其他还包括不露声色地征服波琳，轻松适应巴特摩的生活。

我手里还拿着波琳的信。我打开信封，读着她整洁优雅的圆体字。

我最亲爱的乔纳森：

我想我不得不写信，尽管我将很快见到你。我只是想告诉你，你真的不要嫉妒迈克，因为我根本已经不关心他了。他是我的第一个男朋友，但如果我经历得够多的话，我早就该知道我们在一起不合适，在一切开始之前就该结束。实际上，尽管拖了很长时间，但我与他并没有很深入的交往。对我而言，他已走出了我的生活，我也不太想再见到他。我想我应该写这封信，把这些想法一吐为快，因为我感觉迈克给我们造成了一种压力。我注意到有那么一两次，当我们可能会谈到他时，你突然间闭上了嘴。所以，把它说出来再忘掉也是件好事。咱们以后不要再提了。

我盼着周三的到来，当然对我们的假期也激动万分。我从没想到爸爸妈妈会同意，但他们相信你！你怎么想？我买了一件比基尼！实际上不是真的比基尼，但也是两件式的，是一次大胆的尝试，希望你会喜欢。不管怎样，周三晚上我会穿给你看，你可以告诉我是否合适，我认为那些西班牙人有些拘谨……

我把信揉成一团，心不在焉地从两腿之间扔到了马桶里。

与巡官争吵了很长时间后，他说：

"哎呀，好吧，下士。虽然这有违规定，但我还是会给你五分钟的。中士，你能带他下去吗？"

"好的，长官。"

"我可以和他独处吗？"

"绝不可能，下士。我允许你见他本来就已经越权了。"

"好的，我知道了，非常感谢。那好吧。"

会客室在忏悔室和邮局之间，我面对金属丝网格坐着，等候迈克。虽然为了见他大费力气，此时我却想不出什么要说的话。我听到网格后传来脚步声，有人向门口走来。

我让中士告诉了迈克我的名字，这样他就不必因为惊讶而浪费时间了。但当他走进会客室时，脸上还是带着震惊的表情。

"乔恩，你来这儿干什么？我——"

那个中士打断了他的话，给我们讲了讲有关说话的要求和其他规定。但我几乎没听见他说的内容，因为我被迈克的外表吓了一跳，猝不及防。他的头发是黑色的，脸上留着浓密的黑胡子，就像法国工人留的胡子一样，遮住了上嘴唇，这令他看上去苍老了许多。可笑的是，我问他的第一个问题竟然是：

"你的头发怎么了？"

"染黑了。你到底来这儿干什么，乔恩？你怎么知道……"

"你们昨天晚上偷袭军营时我也在场，轮到我站岗。"

他轻轻吹了声口哨。

"我们知道那里应该还有一个军士,我四处搜寻都没找到他。天呐,乔恩,我有可能打你一棍子呢。"

"你打了我反倒更好。我一直都在观察,还立刻联系了警察。但我并不知道你是其中一员。"

迈克停顿了一下,才慢慢接受了这些信息。

"没关系,乔恩。你只是在尽你的职责而已。"

"该死的职责。"

那个中士在几码之外烦躁地在椅子上来回摇动。

"我看你又多了几条杠,"迈克说,"你肯定快要退伍了吧,对不对?"

"是的,明天。"

"明天?"他沉默了。在那暗淡的蓝眼睛下,他在思考着什么?我心痛地不敢去猜。

"迈克,我得知道,要是你能告诉我的话,"我往中士那边瞥了一眼,"你怎么和那些人混在一起的?"

"爱尔兰共和军?"他以一种讽刺的口吻虚情假意地说着那几个卷舌音,"说来话长了。是他们把我带出英国的,这你可能已经想到了。接着,他们让我在一个女修道院里藏了一段时间——这也一言难尽——然后我好像自动入伍了,反正也没别的事可做。真是搞笑,离开一个军队,又加入另一个军队。我能告诉你的是,两者当中没有太多可选的。听着,要是仅限于闯进军械库,让军队出点丑,这我倒并不在乎。然而几周前,几个傻瓜在阿尔马①炸了一个电话亭,一些人受伤了。这真是够了。于是我们达成了协议,只要我帮他们突袭,他们就送我去南美洲。剩下的事你都知道了。"

"时间到了。"那个中士说。迈克站起来。

"乔恩。"

"嗯?"

"你最近没见波琳吧?"

"见了,实际上我经常见她。"

"她怎么样?"

"她挺好。"

"代我致以……最衷心的祝愿。对不起,我一直没有写信,太冒险了。或许现在我会写了。"

"快走吧。"中士说。

"不行,迈克,这可能会让她难过。"

他看了我一会儿,然后轻声说:

"好吧,乔恩,你最了解情况。"

"我会写信解释的。"中士带他离开时,我拼命大喊着,"我还会再来看你的。"

门关上时,他举起手,做了一个……

……那是什么手势?安慰?不屑?祝福?我能懂吗?

我斜倚在火车走廊的窗户旁边,最后一次回望巴特摩。警卫吹响了哨子,小站的木头月台开始向后滑动。一英里外,军营的营房围拢在一座山的一侧。军营后面,坦克像昏昏欲睡的虫子一样,在荒野中爬行。

火车将我带到军营,又将带我离开。在我身后的车厢里,悠闲散漫的中年旅客们无精打采地翻着手中的杂志，打着呵欠，一点一点咬着巧克力，通过手表查看着火车的进程。对他们来说，这不过是一趟去往伦敦的旅程罢了，既无聊又平常。他们怎么会知道这旅程对于我的意义，怎么会知道在周三早上穿便装旅行是多么奇怪的感觉……

而我无心去多想这些。这趟旅行我盼了两年，此刻却并没有因此感到快活，这一点我无法隐瞒自己。原因并不难找——安慰？不屑？祝福？

火车渐渐加速。我把头伸出窗外，迎着疾风，沿着远处显得更小的车厢回望。军营依然可见，在八月的阳光中是那样的低矮、沉闷又丑陋。更远的镇上，建筑物的尖顶映入眼帘，那里监禁着我的朋友。

"生姜头，你真疯。"我顺着气流低语，强大的气流从我的嘴唇上裹挟着这些音节，连同在远处窗玻璃上飘动的纸袋子一起带走了。火车来到一个拐弯处，弧形的车厢将巴特摩和那个小镇挡在了视线之外。我把头缩回车厢里。

我的朋友。"不，不是您所谓的朋友，长官。"性格和命运截然相反的两人之间能存在什么样的友情？我性格谨慎，注定成功，迈克则有勇无谋，注定失败。部队像石蕊①般精确地揭示了我和迈克的区别。

"抱歉，先生。"有人奉承地说。

---

① 一种遇酸变红、遇碱变蓝的物质。

我后退了一步,让餐车服务员从身边经过。"晨间咖啡有需要的吗?"他大声叫着。

迈克依然掌握着榨干我所有沾沾自喜的想法的诀窍。对这趟旅程我没有丝毫的热情,在终点站等着我的成功人生看上去也和等着迈克的重刑一样沉重。但我再次检视自己:这是否仅仅是多愁善感的一种夸张的说法?因为成功的生活肯定比被关押在军事监狱要舒适得多。我信奉的人生哲学禁止我去赎罪,与波琳断绝关系的疯狂想法也刚一萌发就被我驳回了,因为波琳想要的是我而不是迈克,谁都不能责怪她。迈克算不上什么英雄,他傻头傻脑的,波琳心里没有他。能为他辩解的,最多也只是"无知",因为人们曾经这样称呼傻子;如果他信仰的所有神奇事物都被证明是真的,当我们一起站在审判台前,我知道在那耀眼的火光中眯眼眨眼最多的会是谁。如果末日审判真的存在,迈克听我的陈述时会不会像我听他的陈述时一样感到不舒服呢?拉撒路会不会因为无法给焦渴的财主送去滋润舌头的一滴水而痛苦难当[①]?

问题,问题……人总是无法克制自己问问题,把硬币抛向空中,喊着"正面"或者"反面";但大家都站在一堵墙后,要想爬

[①]《圣经·约翰福音》中的故事:有一个财主,穿着紫色袍和细麻布衣服,天天奢华宴乐。又有一个讨饭的,名叫拉撒路,浑身生疮,被人放在财主家门口,要得财主桌子上掉下来的零碎充饥,并且叫狗来舔他的疮。后来那讨饭的死了,被天使带去放在亚伯拉罕的怀里。财主也死了,并且被埋葬了。他在阴间受痛苦,举目远远地望见亚伯拉罕,又望见拉撒路在他怀里,就喊着说:"我祖亚伯拉罕啊,可怜我!打发拉撒路来,用指头尖蘸点水,凉凉我的舌头,因为我在这火焰里,极其痛苦。"亚伯拉罕说:"儿啊,你该回想你生前享过福,拉撒路也受过苦,如今他在这里得安慰,你倒受痛苦。不但这样,并且在你我之间,有深渊限定,以致人要从这边到你们那边是不能的;要从你那边到我们这边也是不能的。"(路16:22—26)

过这堵墙，只有一个方向。同时，在爱德华时代舒适的卧铺车厢里，还有咖啡等我去啜饮；伦敦和巴特摩之间熟悉的地标一闪而过，还有香烟等我去尝试，这些香烟可以凭喜好随意选取；在滑铁卢，波琳在等我奉上甜蜜一吻，还有一个适度挥霍放荡的地中海假期等待我去享受，一个新的学位等待我去攻读，一个中产阶级婚礼等待被安排，一个半独立式的房子等待被购买，一个精心计划的家等待被养活……

去餐车前我去了厕所，把亨利给我的临别礼物扔进马桶冲走了。

尾　声

我记得我正忙着修改故事的倒数第二段，那段的内容是关于将来的想象，还混杂了奇怪的骄矜和内疚之情。但几个小时之后，波琳就用她怀孕的消息将一切都粉碎了。这时距我们从马略卡回来已近两个月，这两个月里我一直全神贯注于沉思默想和修改故事。奇怪的是，这个故事如此盘根错节地纠缠在我的生命中，不只是它记录的经历，还有它本身。比如说，小迈克的存在从某种程度上来说都是因为它——在我写作时，他就坐在我旁边的马桶上。

我们几乎一到马略卡，波琳就发生了严重的食物中毒，卧病在床很多天。我一天三次去她昏暗的房间看望她，她只盖着一张床单，脸色苍白，头发上全是汗水，打着绺儿。她虚弱地试图向我撒娇，告诉我床单下的她一丝不挂，但我却对此无动于衷。除了去病房看她，剩下的时间都得靠我自己打发。我过得并不开心，沙滩很快就让人厌倦了：我并不是游泳好手，轻率地暴晒于阳光之下让我晒伤了皮肤，痛苦不堪。天气太炎热，不适合长时间散步，要想坐在阴凉处，你就得去咖啡馆买杯并不需要的饮料。波琳会说一点西班牙语，我却一句也不会，无法与人交流令我持续不断地感到尴尬和恼火。

我提醒自己我自由了，想以此迫使自己去享受期待已久的假期。但是，在这个耀眼花哨、崇尚享乐主义的度假胜地，我却感觉还不如在部队时自在。巴特摩落满灰尘的办公室，卡特瑞克昏暗的营房，像乡愁一样拖曳着我的思维。令我心神不安的核心人物当然是迈克，他在那个县城监狱的牢房里无声地责备着我。

我推迟了几天才告诉波琳迈克的消息，因为担心这消息会毁了我们的假期。随着日子一天天过去，我感到越来越难以启齿，关于迈克的这些想法带给我的压力也越来越大。到了第四天，我买了一本笔记本，开始写作。这一天我写了五十页，完全忘记了在往常的时间去看望她。

波琳病愈离开病房之后，发现带她来马略卡的我和现在陪在她身旁的我竟已判若两人；或者说，我根本就没有陪在她身边。我含糊地告诉她，我在写一部关于兵役制的小说，一开始她还觉得我很了不起，也颇为好奇。但当我拒绝回答她的提问时，尤其是当她发现自己和自己的娱乐地位尚不及这本书时，自然流露出了怨恨之情。她急切地想弥补假期前几天浪费的日子，尽管我顺从地跟着她从小旅馆去海滩，又从海滩去咖啡馆，但那本脏兮兮、皱巴巴的笔记本总是伴在我们身边，像个第三者，这激起了波琳恶毒的嫉妒。

"我都不知道你何必陪我来度假，"她生气地抱怨，"你干吗不和你的破书一起待在家里？"

遇到这样的情况，我就会收敛一些，把我的大作放在一边，带她乘船转一圈或者踩着温热的海水在沙滩闲逛，说些甜言蜜语哄她开心。但是用不了多久，当我以前一直在回想的一些细节从脑海里涌出时，我就会再次心不在焉地陷入沉默，手也开始发痒，急于再次握笔疾书。可怜的波琳！她的这个假期可真是糟糕——这也将是她未来很长时间里都不会再享受到的最后一次欧陆国家假期了。我们在马略卡的最后一晚，波琳放声大哭，说这是她度过的最差的假期。我认为她完全没有夸张。

就在波琳痛哭的那天下午，我刚刚给我的故事暂时定下了结尾，正经历着文学创作结束之后的心情放松和如释重负的狂喜；才智耗尽，想象枯竭，但是身体的其他机能和感受却被唤醒，对整个世界都感到亲切。我带波琳去了一个类似夜总会的地方，把我剩下的比塞塔①都挥霍掉了，买了那儿能提供的最好的晚餐和香槟。我甚至借着醉意模仿其他情侣和波琳在地板上慢悠悠地转了几圈。当我们沿着海滩走回小旅馆时，那些我早已耳熟能详、在书中读过多少次的棕榈树、月光和温柔的海浪这才散发出姗姗来迟的浪漫风情。我公然向波琳调情，波琳则因为我古怪的行为而怒气全消，意乱情迷，急切而饥渴地回应着我。我在她的床上过了夜，颇费力气地成功弄破了她的处女膜，却并未感觉到多少愉悦，然后将一颗精子种在了她体内。后来，它变成了一个小男孩，现在就在我旁边散发着难闻的气味。事后我们一起躺在床上，浑身黏糊糊、软绵绵的，我心里并不太满意，一支接一支地抽烟，把迈克的事一股脑全告诉了她。她默默地哭泣，我也不知道她哭是因为迈克还是因为失去了处女膜。然后我就离开了。

---

①西班牙及安道尔在2002年欧元流通前所使用的法定货币。

第二天早晨她就恢复精神了，而我却开心不起来，为头一天晚上的事可能带来的后果忧心忡忡，咒骂着自己一时冲动丢掉了亨利的离别礼物，让自己失去了安全保障，但波琳说她正在安全期。一回到英国，我就沉浸在修改故事的工作中，把所有关于波琳和未来的想法都抛在了脑后。

波琳怀孕的消息让我产生了一种大部分人称之为精神崩溃、少数人可能称之为精神危机的症状。现在我才意识到，这些神经过敏的症状只是一种防御机制，目的是让我推迟行动。当时唯一可行的做法就是放弃攻读研究生学位，和波琳结婚，然后找个工作。这些事情我一样都不愿意做。然后迈克被拖延良久的审判开始了。

我和迈克的关系就像一根雷管，埋在我自满的基岩里，已经默默地持续烧了两年。当我时不时闻到它刺鼻的烟雾时，就会感到焦虑不安。现在雷管爆炸了，以极大的威力向我揭示了一种可能，那就是在我人生中第一次去做些积极无私的事情。迈克坐在被告席上听着法官不祥的总结时，瘦削憔悴，目露凶光。看着这一切，我绝望地想象着他将来的遭遇。不管判决结果如何，它都会毫无疑问地因迈克的反抗而被延长。或许他还会试图再次逃跑，他永远不可能宁静平和，因为他太傻了。就在这时，我感到灵光一闪，然后满面笑容地对着他，他肯定以为我在犯傻。

我匆忙和波琳结了婚——在她的教区教堂举行了一个安静的白色婚礼。一打听到迈克服刑的监狱在哪儿，我们就搬了过去，租下了这个狭窄的小屋。因为这里既偏僻又潮湿，本地的主要产业又是一座监狱，很少有老师感兴趣，所以当地的现代中学很高兴地聘用了我。过去三年中每个月的头一个周日,我都会去探望迈克——除了最近有一两次没去,因为我设法劝说布雷迪太太和她的败家儿子恢复母子关系。布雷迪先生曾从黑斯廷斯长途跋涉来过这儿几次,和我一起去探望迈克,他私底下很为儿子的犯罪记录而自豪。当他带着妻子一同前来时,我就被迫让出了我的位置,因为每次只允许两个人去探望。在我不能去看迈克的那两个周日,我都奇怪地感到非常痛苦。

哐啷!又一个盘子摔到了洗涤室的石板上。再次怀孕让波琳手脚笨拙,而且一想到要招待迈克吃午餐,她就紧张不已。她已经几乎五年没见过他了,总是拿孩子当借口,不肯陪我去监狱。然而,这当中肯定还有更深层次的原因。或许她以为迈克还爱着她吧,我总不好告诉她他不爱她了,尤其是等他看到她现在这副样子,更不会再次爱上她。又一声哐啷!其实我也紧张,我今天早晨换了三本书,直到从抽屉里找出这部手稿。再过二十分钟,迈克就会呼吸着自由的甜美空气、穿着廉价的新西服出现在监狱大门外了,他不想让我去接他。

我希望迈克能同意和我们一起住些日子。长期以来,他一直是我生活关注的焦点,他将立刻和哪些人恢复联系呢?我奇怪地嫉妒他们。同时,一想到他将不再需要我的支持,我就感到有些恐慌。这不是没有了我他该怎么办的问题,而是没有了他我该怎么办的问题。现在他自由了,我却备受束缚——妻子和家庭吧,我没那么爱,事业吧,只是勉强可以忍受。

我一直以为当我的"使命"完成,我们将搬回伦敦,然后重拾被我以正当理由忽视的关于18世纪古文物研究者和书志学家的研究，这是我的毕业论文题目。但现在我又拿不定主意了。对我来说，现在要做的这个决定至少和三年前带我来到这儿的那个决定同样重要。全职教学，兼职研究，这二者的结合充其量只是另一个借口罢了（当前的借口是迈克的幸福），这只能勉强达到一个丈夫和父亲的法定要求。全心全意扑在母亲的角色上、对其他事情心不在焉的波琳似乎还没有意识到我们婚姻的缺失，但她终将意识到。我得抢先一步。不管怎样，我得学着去爱她。对于我来说，这事在这儿做似乎比在伦敦要容易一些。

另外，我开始奇怪地依恋起这个地方来，这儿从十月份就开始雾气弥漫，直到春天才消散。这个偏远的社区，一年中有半年都被大自然环抱着，在这里我感觉我的生命有了点用处。我在监狱里讲的课让我对补救工作产生了兴趣。迈克开始在监狱学习并参加了学位考试，还有其他几个犯人准备参加普通程度考试，从那以来，我的这一想法更坚定了。迈克是幸运的，他的案子是由民政部门审理的，而且他被送到了一个有着一位开明监狱长的监狱。

要向波琳解释为什么我想留在这儿可能很难；但如果——当然这看上去也很有可能——他们明年让我做学校副校长的话，我们可能就能租得起一个有浴室和室内厕所的大房子了，这两样便利设施几乎可以收买波琳做任何事。

十二点的钟声敲响了。我得给小迈克换上干净的尿布了，然后还得收拾桌子，拿出苹果酒，还有健力士黑啤。

后　记

小说家经常被问到的一个问题是：写这部小说的想法是怎么产生的——这种想法最初是以什么形式出现的？于我而言，这种想法始于一种直觉，感觉自己的某一段经历有种主题一致性，它不只对我个人有意义，还可以通过小说故事来探讨。换句话说，任何一部小说都将面临一个问题，那就是：它是关于什么的？这部小说就始于对这个问题的简短回答。

至于《生姜头，你疯了》，这一问题的答案简单明了：它是"关于"和平时期的兵役制的。大部分出生于——比如说，1928年到1941年之间——的年轻人都经历过兵役制度，有过当兵的体验。有这种经历的人如此普遍，战后小说中直接论及此事的却少之又少，这实在令人吃惊。对于那些背景设在马来亚、朝鲜或苏伊士等地的小说来说，那些应征士兵参与了实战，它们属于战争文学。如果不考虑这些战争文学作品的话，探讨兵役制的战后小说就更少了。对大多数现役军人而言，真正为祖国上战场的可能性微乎其微，日常的军队生活对大部分有用的职业来说都毫无意义，无法激发一个人为履行爱国义务而产生的积极紧迫之情。这就是大部分现役军人怨恨兵役制的原因，人们不同程度地痛恨军队征用了他们人生中最宝贵的两年自由青春年华。军队和历届政府在赋予兵役制积极的或建设性的意义方面失败得一塌糊涂。我们这些服过兵役的人则感到，军队训练我们不是为了让我们在国家危难时做有用之材（我们所受的训练本来用三个月或更少的时间就可以完成），而是把我们当作廉价的常备军供养，整日忙于一些琐碎无用而又要求苛刻的任务。

当然，并非所有人都对此心怀偏见。对于很多人来说，服兵役是一个离开家、去欣赏异国风光、沉溺于放荡生活的机会。在过去，想做这些事情比现在要难得多。但对于大多数人来说，服兵役是一种令人厌烦的暂时失去自由的经历，就像成年人被迫回到学校一样——还是个特别差的寄宿学校，雇用了很多野蛮、愤世嫉俗又不称职的老师。

实际上，大部分服兵役的人都刚刚离开中学，有的是直接从学校去军营的，所以并不太难适应军官和军士们对待他们时的恃强凌弱的傲慢态度。但那些为完成大学学业而推迟服兵役的人，二十多岁了才被征召入伍，智力发展已相对成熟，思维独立，基础训练的侮辱和之后长达两年的奴役生活令他们感到绝望，更容易让他们出离愤怒——特别是如果因为这样或那样的原因，他们想通过委任来得到一些物质享受的期望落空的话。《生姜头，你疯了》就是从这样一个视角来讲述兵役制的，因为这正是我自己的看法。

像我的叙述者乔纳森·布朗一样，在我取得伦敦大学英语语言与文学专业学士学位后不久（确切地说，在1955年8月），我就应征入伍,进了皇家装甲兵部队。我在卡特瑞克营接受了基础训练和行业培训,之后被分配到多塞特郡的波维顿营,成为皇家装甲兵部队驾驶和维修学院的长期工作人员。作为文职人员,我一直工作到1957年8月才退伍,而那时我已获得了代理下士军衔。为了保证故事的真实性(不管这部小说存在怎样的不足,我想在真实性方面都不会有问题),《生姜头,你疯了》密切遵循着我亲身经历的军旅生涯。尽管三位主人公的故事是虚构的,但是其他次要人物、说明性事件或背景细节无不源于生活。

因为我自己的军旅生活乏善可陈,所以我需要虚构一个故事,这显而易见。我对部队的态度从对其价值观的抗拒和愤愤不平(比如,基础训练期间,我曾鼓动几个大学毕业的应征士兵放弃预备军官资格)到决定务实,尽量保证自己生活舒适,并尽可能高效地利用自己的时间(在波维顿营,我设法在一栋偏僻的办公楼里为自己争取到了一个小小的保安"铺位",在这里我拥有了阅读和写作的私人空间、和平安静的环境。我的第一部小说《电影迷》大部分都是在那儿写的)。为了写《生姜头,你疯了》,我将自己的这两种反应拆成了两个人物,然后让他们互动。为了加大这两个人物之间的对比,我给那个反叛者设定了一个爱尔兰天主教共和党的背景(还有火红的头发),将那个顺从的实用主义者设定为不可知论者。为了让他们的命运更加针锋相对,我又在他们之间安排了一个女孩。

叙述者乔纳森·布朗是个不可知论者,但在其他的大部分方面他都比那个鲁莽冲动而又肆意任性的迈克·"生姜头"·布雷迪更像我自己,因此我毫不犹豫地选择透过他的视角来描述。迄今为止,《生姜头,你疯了》是我唯一一部使用"第一人称"叙述者的小说。将部队生活带来的冲击安排给一个对此毫无准备并且难以适应的敏感心灵去讲述,这在当时看来似乎是很明显而且自然的方式。在使用类自传式叙述者时,人们总不免自哀自怜,自我开脱,为了避免如此,我让乔纳森表露出了一些不太善良的品质:嫉妒、自私、自负——这只是想将作者和其笔下的人物脱离开,但也冒了减少读者同情心的危险。为了减轻这种影响,我在故事主体前后分别添加了一篇序和后记,在其中乔纳森表现出了道德自评和自强的倾向,但是现在我却不确定这是否只是因为我缺乏胆识。这部小说完成之后的二十年来,乔纳森本人和他的创作者被冠以了一些闻所未闻的恶习——比如说,性别歧视。这令我突然想到,他的几次观察现在在《卫报》的"裸猿"一栏都可以挣得一席之地了。这种说法也并不出乎意料:性别歧视的征兵制度怂恿了性别歧视的态度。

我面临的另一个问题是对时间的处理。不管是在现实中还是在故事最初的情节里,服兵役过程中戏剧性的事件都集中发生在头几个月,然而剩余时间中平淡乏味、枯燥无聊的生活也是这部小说的必要元素。线性的、按时间顺序安排的结构有可能导致败兴的结尾和无聊厌烦的感觉。有条理的倒叙技巧似乎是解决这一问题的最好办法,可以把乔纳森对自己服役结束前最后日子的记录,和他凭借自己的努力为自己争取到相对舒适称心的岗位的过程交织在他对于自己和自己的朋友初入军营时的回忆中。

这部小说出版很久之后我才意识到，我下意识地借用了格雷厄姆·格林①的《安静的美国人》的结构。格雷厄姆·格林在我形成世界观的青春期和成年后早期对我影响至深，在离开部队、动手写《生姜头，你疯了》之前，在上研究生课程时，我曾详尽研究过他的作品。在《安静的美国人》中，格林精妙地应用了倒叙手法，我想我不仅受到了这方面的影响，同时也受到了福勒和派尔二者之间关系的影响。福勒作为叙述者，愤世嫉俗，对一切都持怀疑态度；而派尔则天真单纯，是个危险的狂热分子。派尔动摇了福勒的自信，并离开了他。在他们的感情竞争中，尽管最终派尔胜利了，却也深深陷入了内疚和自责的泥潭。或许格林颇具影响力的宗教小说《恋情的终结》也对我的创作有所影响，其中的叙述者莫里斯·本德里斯是一位无神论者，他对自己的嫉妒之情的强迫性探寻，从某种意义而言也是一种精神探索。在《生姜头，你疯了》第一段中的一句话颇具格林式的典型风格，它讲到了道德生活的悖论，句法有节奏有韵律，隐含的抽象意义引人共鸣："我再也不会像下文中一样将自己写得如此不堪了，因为这将导致太多修改的可能，这太可怕了。"

如果说本书作者在写作时未能立即感受到格雷厄姆·格林对《生姜头，你疯了》的影响（叙述者的名字，带"e"的布朗，或许在无意识中承认了这份人情债）的话，可能是因为它与另一类小

---

①格雷厄姆·格林（1904—1991），英国作家、编剧、文学评论家。

说有着更明显的类同，即20世纪50年代一些比格林年轻一辈的小说家们所创作的作品，那些作家被不太令人满意地标记为"愤怒的青年"。这种新一代的文化英雄的原型当然是吉米·波特了，他是在1956年首次公演的约翰·奥斯本①的戏剧《愤怒的回顾》中的人物。我在一次周末休假时去观看了这部戏剧，清楚地记得它的反政府言论所带给我的欣喜和兴奋，在我人生的那一时刻，它与我的感受毫无二致。

"愤怒的青年"之所以备受文学新闻工作者喜欢，是因为它既适用于虚构的人物，也适用于创造那些人物的作者。属于"愤怒的青年"一类的小说包括：约翰·韦恩②的《每况愈下》，约翰·布莱恩③的《上层的空位》，艾伦·西利托④的《周六晚上和周日早上》，斯坦·巴斯托⑤的《一种爱意》，金斯利·艾米斯⑥的《幸运的吉姆》，和基斯·沃特豪斯⑦的《说谎者比利》。尽管这些小说五花八门，差异迥然，但它们有一种相似性，有着如下共同特点：写实的现实主义，对于英国阶级和地区差别的准确观察，中低产阶级或工人阶级视角，反政府的态度，对于一切形式的伪善说教和装腔作势

---

① 约翰·奥斯本（1929—1994），英国剧作家，由其剧本《愤怒的回顾》而闻名，被称为第一个"愤怒"的年轻人。
② 约翰·韦恩（1925—1994），英国小说家、诗人、剧作家、评论家、文学流派"愤怒的青年"的一位代表性作家、运动派诗人的重要成员。
③ 约翰·布莱恩（1922—1986），英国"愤怒的青年"文学流派代表性作家。
④ 艾伦·西利托（1928—2010），英国著名工人作家、20世纪50年代文学界"愤怒的青年"代表人物。
⑤ 斯坦·巴斯托（1928—2011），英国工人阶级小说家、剧作家、编剧。
⑥ 金斯利·艾米斯（1922—1995），英国小说家、诗人、评论家。
⑦ 基斯·沃特豪斯（1929—2009），英国小说家、专栏作家、电视剧作家。

的敌意，喜欢使用第一人称、自白式的叙述技巧。当《生姜头，你疯了》在美国出版时，推介作者使用的形容词之一就是"愤怒"。

那些愤怒的青年究竟因何而愤怒呢？我们无法用政治或意识形态的字眼来表述，他们之后的发展也清楚地表明了这一点。我认为，从根本上说，他们是因为英国社会变化太过迟缓而愤怒。"人民战争"和1945年工党政府推行的福利国家制度使得社会结构发生了不可避免的变化。继承特权不被社会大众质疑的死板的阶级社会已经或者本已经被平等的社会、经济和教育政策所取代。比如，伊夫林·沃①认为在1945年工党大选获胜后，这一发展是不可避免的，他还提了一个独特的、具有双重意义的建议，那就是把他当时居住的格洛斯特郡建成一种保护区，在保护区里以自然状态保留贵族和士绅，以此来教育将来的一代代无产者，供他们取乐。但是，英国的当权派们表现出了对权力和特权的顽固执着。自由的文法学校和自由的大学教育培养出了越来越多的英才，他们常常发现有些东西仍然维护着世袭的中上阶层的利益，其中包括老同学关系网，伦敦、牛津和剑桥，以及公学之间的权势联系，标准口音、礼仪和服饰等。这些在和平时期的军队表露无遗，他们对于军官、中士和其他军衔的死板划分正是基于战前英国社会的等级制度，这一做法被沿用至今；而这一点在包含了所有传统"精英"装甲兵团的皇家装甲兵部队表现最为明显。《生姜头，你疯了》中的愤怒是一个聪慧而又傲慢的青年的愤怒，他激动地感受到了通过教育实现个人抱

---

① 伊夫林·沃（1903—1966），英国著名作家，被誉为英国20世纪最优秀的讽刺小说家，20世纪最杰出的文体家之一。

负的可能性，却发现自己的学业被粗暴打断，不得不去服两年的强制兵役，对于部队他既无法认同又无法战胜。但是如果这部小说被看作一种个人报复行为的话，我希望其中的愤怒是克制的，因为我故意在服完兵役后拖延了几年才动笔。

《生姜头，你疯了》的创作始于1960年，1961年夏完工，并于1962年年底由麦克吉本＆基出版社（现已不存在）出版。我的前一部小说也是第一部小说《电影迷》也是这个出版社出版的。1961年当然是"查泰莱夫人审判"的那一年[①]的，审判结果即将对英国文学语篇习俗产生深远的影响。企鹅出版社被判无罪之后，对于有着严肃文学主张的小说中猥亵语言的起诉无一胜诉。

审判结束后的几年中，作家和出版社随意使用直白的语言描述性行为，并且一字不落地全文印刷那些所谓的四字母脏话。然而，这一发展已然太迟，无法影响《生姜头，你疯了》的结构形式了。我特别关心的并不是本书中性行为的描写，而是准确地再现军队中尤其是军官的大部分口头用语的单调猥亵，这也是我写作的部分目的所在。拘泥于当前的写作习俗，我采用了诺曼·梅勒在《裸者与死者》中使用的权宜之计，将最常用的四字母脏话写成了"fugg"；在表述女性阴部的粗俗字眼的首字母和最后一个字母中间

[①]《查泰莱夫人的情人》于1928年问世，是劳伦斯的最后一部作品，该书一经出版即在英国被定为"邪恶的标志"，只在少数国家正版发行了删节本，而盗版全本在全世界从没有中断过。在他去世三十周年后的1960年，英国著名的企鹅出版社决定出版劳伦斯全集，包括《查泰莱夫人的情人》一书的全文未删节版。正待发行之际，却招致一场官司，控告方是伦敦首席检查官琼斯，理由是该书"宣传肉欲，赞扬通奸，语言淫秽"等。经过六天的辩论，陪审团一致认定企鹅出版社无罪，这是一次对《查泰莱夫人的情人》一书遭禁三十年历史的彻底清算，是将劳伦斯树立在文学艺术殿堂的光辉时刻。

加了一个破折号（这些破折号被麦克吉本＆基出版社的文字编辑或印刷工人奇怪地拉长了，或许他们是为了防止单纯无辜的读者猜出原本的那个词，但是这却使得这个四字母单词看上去像是有八个字母了）。即便如此，我还是感觉有必要在本书中加上前言，以示警告：

  士兵的语言行为粗俗鄙陋，人所共知，但为达成本小说的写作意图却必不可少。特此警告读者可能因此而感觉烦扰或反感。

  几年后，到了1970年，黑豹出版社发行了本书的第二版平装本，这一告示看上去极其古怪。我删除了它，并且利用这次重新印刷的机会修改了内容，猥亵用语以完整的形式出现。这一经历着实奇怪，我就像一个公共图书馆的破坏分子一样，手握一本自己的小说，在几乎每一页的空白处一丝不苟地写下污言秽语。
  当前《生姜头，你疯了》的再版版本重新使用了第一版的轻微删节文本，这样可能更合适，因为现在它看起来更像一部古代作品——20世纪50年代而非60年代的作品。1960年最后一批人被征召入伍，我们国家的青年们迎来了一个前所未有的时代，富足、自由、放纵，不受乔纳森·布朗口中所述的那种生活的威胁——"一片黯淡的前景，难以遮风挡雨的军营，早上的冷水，愚蠢军官的严厉训斥，枯燥乏味又漫长的日子"。如果兵役制没有结束的话，

60年代青年主流文化——音乐、着装、发型，以及对性、毒品和生活方式的实验都不可能存在。作为对60年代文化洪流到来之前的年代的一种提醒或揭露，希望我的小说仍具趣味。

戴维·洛奇
1981年12月